失乐园

Paradise lost

[英]弥尔顿◎著　　王锦喜◎译

煤炭工业出版社

·北　京·

图书在版编目（CIP）数据

失乐园／（英）弥尔顿著；王锦喜译．--北京：
煤炭工业出版社，2016（2022.3 重印）

ISBN 978 - 7 - 5020 - 5051 - 1

Ⅰ.①失⋯　Ⅱ.①弥⋯　②王⋯　Ⅲ.①叙事诗—英国
—近代　Ⅳ.①I561.24

中国版本图书馆 CIP 数据核字（2015）第 297991 号

失乐园

著　　者	（英）弥尔顿
译　　者	王锦喜
责任编辑	马明仁
责任校对	郭浩亮
封面设计	左小文

出版发行　煤炭工业出版社(北京市朝阳区芍药居 35 号　100029)
电　　话　010 - 84657898（总编室）
　　　　　010 - 64018321（发行部）　010 - 84657880（读者服务部）
电子信箱　cciph612@ 126. com
网　　址　www. cciph. com. cn
印　　刷　唐山楠萍印务有限公司
经　　销　全国新华书店

开　　本　710mm×1000mm$^1/_{16}$　印张　19　字数　220 千字
版　　次　2016 年 3 月第 1 版　2022 年 3 月第 3 次印刷
社内编号　7902　　　　　　　　定价　58. 00 元

目　录

卷一

内容提要

在第一卷里，我首先简要地点明本书的主题：人之所以失去曾经拥有的乐园，是因为违背了天神的命令。然后说明人失足的主要原因是撒旦附身的蛇。撒旦曾经纠集了众多天使军来反叛天神，结果被天神全部逐出天界，进而落入了无垠的深渊。本诗在简略地交代这件事以后，便直叙事件的中心，描述撒旦及其叛军落入地狱之中的情形。这里描写的地狱并不在地的"中心"，而是在天外的冥荒，"混沌"一词是对其最恰当的描述。撒旦和他的天军在这里被雷电轰倒在炎热的火湖里。过了一段时间后，他从眩晕中清醒了过来，然后叫起倒在他身旁的一个品位仅次于他的天使，共同商量这次惨败的事。接着，撒旦唤醒了其他处于同样昏昏沉沉的扈从，让他们起身清点人数，整理阵容，宣布将领名单。而这些将领的名字和之后在迦南及其邻国信奉的偶像相符。撒旦用演说来安慰和鼓舞他们，说天界有望光复；最后告诉他们，根据一个古老的预言，将有一个全新的世界和一种全新的生物被创造出来；按照古代教父们的看法，天使们早已在这个世界未被创造出来之前就存在了。接着，他们便决定召开全体会议，探讨这个预言并商量对策。他的党徒们都跃跃欲试，刹那间，在地狱中筑起了雄伟的撒旦万魔殿，巨头们就在那里面召开会议。

> 人类最初违反天条偷尝禁果，
> 使死亡和种种灾难降临人间，
> 于是人类悲痛万分地
> 从此遗失了伊甸乐园。
> 直至一个更伟大的人出手拯救，
> 才能够恢复这乐土。
> 天庭的歌神缪斯啊！
> 你在那神秘的何烈山顶，
> 和那西奈的峰巅，
> 曾点化过那个牧羊人，
>
> 讲述太初之时，
> 天和地如何从混沌中生出。
> 神殿近旁汩汩流动着西罗亚溪水，
> 我便在那里祈求您赐予我力量，
> 完成这篇大胆冒进的诗歌，
> 去追踪一段事迹。
> 从未有人试过缀锦成文，

用成诗的语言去吟咏，
凌云的遐想飞越爱奥尼的峰巅。
圣灵啊！
祈求你喜爱纯洁正直的心灵，
胜过那全部的神殿。
请就你所知，告诉我，
混沌之初，您便已经存在，
您展开巨大的双翅，
如鸽子一般伏孵洪荒，
孕育生命的辉煌。
愿您的光明驱散我心中的蒙昧，
托起我，让我不再低微，
使我能企及这个伟大主题的高度，
维护恒久的公义，
向人们昭示天道的公正。
请先说那缥缈的天界和深渊的地狱，
因为一切都瞒不过您的眼睛。
为何我们的始祖，
除了受制于那唯一的禁令以外，
在乐土中如此得天独厚？
他们原是世界的主宰，
为何竟背叛了他们的创造主？
究竟是谁引诱他们犯下这弥天大罪？
原来就是那地狱的蛇，
嫉妒和仇恨激起了他的奸智，
使他欺骗了人类的母亲夏娃。
他的高傲，导致他和他的天军
全部被逐出天界。
造反天军的援助使他觉得无上荣耀，
他坚信，只要他反叛，
就定能和上帝分庭抗礼。
因此野心勃勃，一发不可收拾，
觊觎着神的宝座和权力，
徒劳地在天界发起了忤逆的战争。
全能的神如栽葱般，
把烈焰焚身的他从天上摔下去，
而这个挑战全能神的神魔迅速坠下，
一直落到深不见底的地狱，
被禁锢在金刚不坏的锁链
和永远燃烧的刑火之中。

根据人间的算法，

这个过程大约经历了九日九夜。

他和他那一群可怕的党徒，

沉沦辗转在熊熊的烈火中，

虽有不死之身，却与死者无异。

既失去了往日的幸福，

又要饱受无止境地折磨。

此刑罚却激起他更深的愤恨。

他抬起忧愁的双眼，环顾四周，

伴随而来的是莫大的烦恼和隐忧，

还夹杂着傲气和仇恨。

这时候，他竭尽天使的目力，

望断天涯，却只见

悲风弥漫，希望渺茫。

阴森的地牢如烈火四射的洪炉般，

从四面八方包围着他。

但那火焰只是朦胧的一片，并无光芒，

可依然能辨认出那里的苦难情形、

悲惨的境地以及凄怆的暗影。

和平和安息从不在此停留，

希望无所不至，

而这里却是个例外，

只有无穷无尽的苦难步步相逼。

永远燃烧的硫黄不断被添注，

不灭的火焰有如洪水向他们滚滚袭来。

正义之神为那些反叛者准备的，

正是这个天外冥荒中的牢狱。

这个监牢远离天界的亮光，

距离相当于天极到中心的三倍。

啊，这里和他未坠落之前的

地方相比简直是天渊之别呀！

和他一起坠落的天使军，

淹没在烈火和旋风的洪流之中。

他依稀可认出，在他身旁挣扎的，

是权力和罪行都仅次于他的神魔，

后来在巴勒斯坦才得知他叫别西卜。

这个在天上被称为"撒旦"的首要神敌，

用豪壮的言语打破可怕的沉寂，

向他的徒众说道：

"这是何等的坠毁，何等的巨变呀！

你原先居住于光明的乐土，
浑身披盖着胜过璀璨群星的灿烂光辉。
你曾与我联盟，同仇敌忾，
为光荣事业努力奋战。
现在，我们是从高高的天界上，
沉坠到了无穷无尽的深渊呀！
他手握雷霆，确实强大，
可谁知这凶恶的武器竟威力无比呢？
然而那强大的威力，
和胜利者的狂暴，
都不能让我沮丧或是改变初衷。
虽然外表的光环已经消失，
但坚定的信念和骄矜决不改变。
军力的受损使我深深震撼，
使我决心率领无数天军
投入激烈地战斗，和强权一决高下。
天军们都厌恶天神的统治，
所以转而拥护我，
竭尽全力与至高的神权抗衡。
在天界沙场上进行的冒险的战斗，
撼动了他的宝座和神权。
而我们损失了什么？
也并非一无所获——
坚定的意志、热切的复仇心、
永恒的憎恨，以及永不屈服的勇气。
难道还有比这些更难战胜的品质吗？
不管是他的暴怒，还是威力，
都绝不能夺走我的这份光荣。
经过了这次惨烈地战争，
好容易才使他的神权动摇，
若是此时还要卑躬屈膝，
向他乞求怜悯，
拜倒在他的权力之下，
才是真正的卑微可耻，
比这次的坠落还要卑贱万分。
因为我们拥有与生俱来的神力，
赋有轻灵的品质，永恒不朽，
还有经过这次教训，
我们要准备更为精良的武器，
作出更为高明的远见，

才能增大成功的希望，
以武力和智力向我们的劲敌，
进行永不调和的持久战。
他现在正沉溺于胜利，
在天上得意忘形地掌管暴政呢!"
变节的神魔虽然嘴上
说出如此豪言壮语，
心中却满怀深沉的痛苦和失望。
他那勇猛的同伙随即反击道：
"统领天使的首领啊!
在您的领导之下，
天将们率领骁勇的撒拉弗天军作战，
毫无畏惧地投身到冒险的战斗中，
使天界不朽的王陷入危机。
他靠的是暴力、侥幸和命运，
来维持自己至高无上的霸权。
我目睹了这次悲惨的事件，
为这可悲的覆没，以及
可耻的败绩而深深哀痛。
这使我们失去了天界。
这样的大军竟遭受如此惨败，
沦落至这样的境遇之中。
我们原是神灵，气质清逸，
而今却衰败到末路穷途。
但我们还存有不可
战胜的精神和意志，
不久就会恢复元气。
虽然无边的黑暗
驱散了我们所有的光辉，
无尽的悲惨吞噬了我们的欢乐，
然而我们的征服者，
还让我们保留着这些精力，
或许是要让我们承受
更多的痛苦和苦难，
从而承受他那报复的怒火。
或是让我们在烈狱中心
干苦活，服更大的苦役，
把我们当成俘虏，当成奴隶，
让我们疲命奔波于黑暗之中。
这样，我们将承受无穷的刑罚。

即使自己觉得力量
尚未衰退，甚至永生不灭，
但又有何好处呢?"
大魔王立刻急切地回答他:
"堕落的基路伯啊!
示弱是最可悲的!
无论做事还是受苦，
行善绝不是我们的宗旨，
为恶才是我们唯一的乐事。
而反抗敌人的强大意志，
这一点则是毋庸置疑的。
若他想从我们的恶中寻找善，
那么我们事业的目标就要颠倒，
就去探寻由善到恶的途径。
假如我不失算的话，
这定会屡屡奏效，
定能使他忧愁烦恼，
扰乱他周全的计划，
让他达不到预定的目标。
你看，那暴怒的胜利者
已经召回了复仇和袭击的使者;
暴风雨般追击我们的
硫黄火霰逐渐平静了;
吞没我们的从天界悬崖
坠落下来的洪波也平息些了;
赤红的闪电和狂躁的愤怒，
也日渐消退了;
而带着翅膀的轰雷，
大概由于已经耗尽了弹头，
现在已经不在这深渊中轰鸣了。
不管这是因为敌人的蔑视，
还是由于他怒气已消，
我们都不要错过这个机会。
你没看到那片寂寞荒芜的、
人迹罕至的原野吗?
那里不见亮光，
只有一些黯淡的火星，
闪烁着青灰色的、可怕的幽光。
我们到那里去避一避凶猛的火浪，
重新整顿我们疲乏不堪的队伍。

然后请大家商讨，
如何才能给予敌人更大的冲击，
如何才能挽回我们的损失，
如何才能渡过这个恐怖的危机。
我们可以从希望中获取灵感，
从失望中想出对策。"
撒旦这样对其最亲近的伙伴说道。
他的头枕在火焰的波浪上面，
双眼放射出炯炯的光芒，
身体的其他部位
则平躺在火焰的洪流上，
肢体又大又长，平浮几十丈，
庞大的体积正如神话中的怪物——
和育芙作战的地母之子巨人泰坦；
百手巨人布赖利奥斯；
古代守卫塔苏斯岩洞的百头神台芬；
或者是根据船夫们所说的海兽列未坦，
即上帝所创造的一切能在汹涌大海里
游泳的生物中最庞大的怪物。
他时而在澎湃的挪威海面上打盹儿，
常常有夜航遇险的小舟，
误以为他是个岛屿，
便将锚抛扎在他的鳞皮上，
泊船于他身旁的背风处，
在漆黑的夜里守候姗姗到来的黎明。
大魔王就是这样横陈着巨体，
被禁锢在炽热的火湖上面，
根本无法起身，甚至头也不能抬起。
但他凭借着天神统领万物的意志和洪量，
暗怀阴谋，一心加害于人，
最终却咎由自取地加重了自己的罪行。
这让他悔恨地看着自己所有的恶意，
是怎样给他所引诱的人
带来无穷的善意、恩惠和怜悯；
而他自己却惹出了
三倍的慌乱、惩罚和报复。
火湖中，他庞大的身躯慢慢屹立而起。
两侧的火焰往后避退，
斜吐着尖长的火舌，卷成两股巨浪，
中间便现出一个恐怖的溪谷。

他张开双翅，腾空而上，
使沉郁的空气变得十分凝重。
然后降落在一块干燥的陆地上，
那陆地永远被固态的火炙烤着，
与那炎湖被液态的火燃烧着一样。
它的颜色就好比皮洛斯地岬，
被地底潜风的强力掀翻。
一个个山峰，和像爆裂的
艾特那火山的斜坡里面，
狂风鼓扇着硫黄猛火，
一直烧至内部易燃的矿质，
最后留下一片焦土，
氤氲着毒臭的恶气。
这就是他不幸的双脚所停栖的地方。
他和他的亲密同伙不论飞到何处，
都得意扬扬，飞扬跋扈，
夸耀自己是如何神通广大，
全靠自己，才能逃离地狱的火焰，
而不是因为至尊全能者的默许。
那失势的大天使说道：
"难道这就是我们用天堂
换来的地盘和疆域？
难道光明只换来这悲催的幽冥？
也罢，既然如今人为刀俎，
他想要怎样就怎样吧。
论智慧，他和我们不相伯仲，
论实力，却远远超出其同辈。
像这样的家伙，离我们越远越好。
再见了，幸福的家园！
再见了，永乐的住所！
恐怖，来吧！
幽冥，来吧！
还有你，深暗的地狱。
来吧，来迎接你的新主吧！
他带来一颗永不改变的心，
这心便是它自己的住所，
能把天堂变成地狱，地狱变成天堂。
那又有什么要紧，倘若我
也能永恒不变，屹立不动，
也会略逊于他，毕竟他霹雳在手。

在这里，至少我是自由的，
那营建地狱的全能者，
总不至于嫉妒地狱，
将我从这里赶走。
我们在地狱里尽可以稳坐江山，
一展雄图，建勋立业。
与其在天堂里当奴隶，
倒不如在地狱里当王。
可是，为何我们还要让
那些忠诚的朋友、患难的伙伴，
胆战心惊地沉浮在茫茫的忘池中呢？
为什么我们不将他们唤醒，
将他们召集起来，
在这悲惨的土地上再度共患难呢？
又为何不重整旗鼓，卷土重来，
试着收复天上可能被收复的地方，
在地狱里还惧怕会损失什么呢？"
撒旦说完后，别西卜这样回答：
"除了全能者，谁也不能战胜的，
就是英明的三军首领呀，
可如今他们正处在恐怖和危险之中，
祈求生命得以保全。
他们只要一听到您的声音，
马上就会士气大增，精神振奋，
以往他们总是听您可靠的号令的，
不管是在激战中陷于危机时，
还是在险急的前线发动冲锋时。
现在，他们匍匐平卧在火湖里，
和我们一样受怕担惊。
当然这也不足为奇，
毕竟是从高天上坠下来的！"
话音刚落，大魔王便往岸边走去。
他那天庭铸造的沉重的盾牌，
坚硬、巨大、厚实，
安放在其背后。
那个庞大的圆形物体，
好似一轮挂在他的肩膀上的明月——
就是那个突斯岗的大师于日暮时分，
在飞索尔山顶和瓦达诺山谷，
通过望远镜搜寻到的，

有新土地和河山的布满斑纹的月球。
跟他的长矛相比，
那从挪威群山上砍伐下来的
用作军舰桅杆的高壮松树，
看起来也仅仅是根小棍儿。
他拄着这长矛，踏着沉重的步伐，
行走在燃烧着的灰土之上，
不像当初在天界时那样轻盈矫健。
而且遍地都是火，热浪袭面而来，
炙烤得他浑身火辣辣的。
但他依然强忍剧痛，走到火海的岸边，
呼唤他那些虽具有天使般容貌，
却昏睡着的众天军。
他们之间紧密得像秋天的繁叶，
缤纷铺满了华笼柏络纱的溪流。
而那溪流满是枝丫参差的参天大树。
他们又像红海海面上漂浮的海藻，
当强猛的海风袭击海岸时，
红海的浪涛便淹没
布西利斯及其孟斐斯骑兵。
因为他背弃了诺言，
憎恨寄居于歌珊的民众，便派兵驱赶，
结果却看着被逐的民众齐齐登上彼岸，
自己反而全军覆没，
只剩下浮尸和破败的车轮。
狼藉不堪的天使军，正是这样
密密麻麻地漂浮在火焰的洪流上，
撒旦为着他们的悲惨遭遇
而忧伤，然后他大声疾呼，
使整个空洞的地狱都响彻回声：
"王公们，勇士们，天国的精英们！
如今你们失去了本属于自己的天界，
难道这个惊人的巨变，
就让不朽的精灵从此无力了吗？
难道你们甘心将这种地方，
作为艰苦战斗之后的休息的场所，
把它当作天上的乐园吗？
难道你们就以这种颓废的姿态，
向那胜利者屈服吗？
如今他正看着撒拉弗和基路伯天军，

是如何煎熬于洪流之中。
不久神速的追兵将看准时机，
从天界下降，赶到这里，
践踏疲颓的我们。
用连珠炮似的轰雷，
把我们打进十八层地狱。
快醒醒！快起来！
否则就永远沦陷了！"
这一席话令他们汗颜，
于是急忙振作起身，
好像正在打盹的站岗士兵
在被长官发现后，
从惺忪状态中猛醒过来一样。
他们不是没有意识到自己悲惨的处境，
也不是没有感到巨大的痛苦，
但一听到大将军的命令，
数不胜数的士兵便都纷纷站起。
好比暗兰的儿子在埃及蒙难时，
挥动神杖，打遍各处，
引来了一阵蝗虫组成的黑云。
它们乘着东风汹汹而来，
如夜色般覆盖了法老境内上空，
使尼罗河流域一带黑暗无比。
那不可计数的恶天使也是如此，
在地狱的穹庐底下，
盘旋飞翔于四周的火焰中间。
接着，他们的统领挥动长矛，
以此作为信号，指挥前进的道路。
他们四平八稳地飞行着，
轻盈地降落在坚实的硫黄地上，
于是原野的各个角落都被挤满了。
就连那人口稠密的北方蛮族，
也没有如此多的人。
那些蛮族在天寒地冻的
地域繁衍生息，子孙繁盛。
当他们如洪水般向南面涌来，
越过莱茵河、多瑙河流域，
冲过直布罗陀海峡，
汹涌至利比亚沙漠时，
也未必有这样密集的队伍。

各队的队长，以及各班的班长，
都匆匆奔向总司令所站的地方。
他们一个个英姿勃发，
气质非凡人能比，
都有着王者的威严，
都是天上在位的掌权者。
由于叛变，生命册上
已删除了他们的名号，
天界众生已将他们渐渐淡忘。
直至后来在天神的允诺下，
才得以游历人间试探世人，
用各式诡计和谎言去腐蚀他们，
使他们背叛其创造者——天神。
并且把创始者无边的光彩，
转化成禽兽的形象，
用淫乐的仪式，将魔鬼奉为神明。
用浮华的装饰，塑造得冠冕堂皇，
于是他们便在异教地域遍传
各式各样的名号和偶像。
天庭的女神缪斯啊！
那时诸将领的名字，
谁在最先，谁在最后？
他们一听见大王的呼声，
便从炽热的火焰床上、
从昏沉的睡梦中苏醒，
撇下无数的随从，以名号为次序，
逐一来到远离大王的裸露的湖岸上。
这些将领后来从地狱挣逃了出来。
他们游逛在大地上，找寻着目标，
竟大胆地将自己的座位置于神龛旁边，
让邻近诸国的人民奉为神明。
将自己的祭坛设在神的祭坛旁边，
与那位坐在基路伯天使正中的
从锡安发出雷鸣的耶和华正面抗衡。
但他们屡次把不洁的祭品置于圣庙中，
用被诅咒了的物品
玷污真神的圣典和圣品，
还用黑暗来掩盖天神的光辉。
首个降临人间的可怕魔王摩洛，
将人作为祭品，双手沾满了

人血及其至亲的泪水。
孩子在狰狞恶魔手中挣扎的哭喊声，
溺没在大小鼓的喧嚣声中。
亚扪人膜拜他，从拉巴
及其沟渠交错的原野，
至亚珥歌伯、巴珊，
直至亚嫩河滨，全部都供奉着他。
然而他并不满足于这些愚昧的邻国，
还用奸计迷惑了聪明绝顶的所罗门。
在污秽的橄榄山上、
在真神的圣殿建庙立祭坛。
又将欣嫩子谷尊为圣林，
改名叫作陀斐特和格痕拿，
那便是阴间地狱的称号。
接下来的一个是基抹，
淫秽的摩押子孙膜拜着他，
祭祀的地域从阿洛埃到尼波，
一直到南端亚巴林的荒野。
还有那希实本、何罗念和西宏的领土，
挂着葡萄藤的西比玛百花之谷的一端，
以及以利亚利的国境至死海之滨。
后来他又使用别名毗珥，
去蛊惑那时刚从尼罗河境内
迁出的以色列人。
他们到了什亭就为他建立淫祠，
举行淫秽的祭祀仪式，遭致了灾祸。
他还把淫祀扩展到那恶邪的山边，
到凶杀者摩洛所处的林荫四周，
让凶残和淫逸互结为邻。
最后被善良的约西亚赶进了地狱。
古幼发拉底河与埃及、叙利亚界河
之间的神祇和他一道而来。
男的都叫巴力，女的统称亚斯塔禄。
原来天上的精灵可随意
为男为女，也可以两性兼具。
因为他们的身躯不必用
笨重的肉体和脆骨来支撑。
他们的质地是如此柔软精纯，
也不必裹紧躯体和关节，
可以随心所欲地变形和飞行，

或伸展或收缩，或鲜明或模糊，
以爱或憎进行各种各样的工作。
以色列族人屡屡因为这些伪神，
抛弃了那赐予生命力的真神，
向兽神跪拜，冷落了真正的祭坛。
同理，当他们在战场上时，
也照样在卑劣的敌人刀剑前畏缩低头。
在这群精灵中，有一个叫亚斯托勒的，
是一位天上的女神，
被腓尼基人称为亚斯他脱。
她头上长着新月形的双角，
每到月明之夜，西顿的处女们，
便对她们那美丽的偶像发誓、歌唱。
她在锡安也受到赞颂。
在无礼可耻的山上，
那个好色的君王还为她建造了庙宇。
尽管这君王的心是豁达的，
但因被偶像膜拜者所迷惑，
也拜倒在淫邪的偶像面前。
第三个神魔是塔模斯，
他在黎巴嫩每年都受伤一次，
每当夏日降临，
叙利亚的处女便被他吸引，
整日唱着情歌来哀悼他的命运，
当时奔腾不息的
阿多尼斯河水变成了红色，
传说是塔模斯所流的血染成的，
从上流的山崖一直奔流到海。
这个关于爱的神话，
也以同样感染着锡安的女儿们，
使得她们也为他痛哭流泪。
这丑态正是以西结在异象中所看见的
背弃真神的犹太人膜拜淫祠的情形。
紧接着是塔模斯的神魔，
他被禁锢在自己的庙堂里，
自己的兽像被夺来的约柜损毁了，
头手分离于异处，扑倒在门槛上，
甚至连他的崇拜者都觉得可耻。
他名叫大衮，上半身是人，
下半身是鱼，是海中的怪兽。

然而在亚琐都却矗立着他的庙宇，
巴勒斯坦境内无人不敬畏。
从迦特、亚实基伦、以革伦，
直到迦萨的边界，威慑四方。
临门紧随大衮身后，
他的庙宇坐落在美丽的大马士革，
清澈的亚罢拿河和法珥法河流淌而过。
他也大胆地向上帝的神殿叫板。
他曾损失了一个癫子，
却得来了一个君王。
那君王是个愚蠢的征服者，
名字叫作亚哈斯。
他蔑视真神的圣坛，
而沉醉于叙利亚的祭坛，
献上不洁的祭品，
来祭祀自己征服的神祇。
然后一群臭名昭著的神魔陆续登场，
奥西利斯、埃西斯、奥鲁斯，
以及他们的仆从。
他们形貌诡异，身怀妖法，
欺骗了自大的埃及人及其祭司。
让他们在兽状的神祇中，
找寻一些四处游荡的神魔来供奉。
以色列人也被这坏风气所污染，
在何烈，他们用借来的黄金铸造牛犊。
那神魔也在伯特利和但地，
把创世主耶和华打造成食草的
牛的形象，重复犯着这种罪行。
当他们逃离埃及时，
一夜之间，全族人的长子
和这些做牲畜鸣的神祇全被杀死了。
最后一个恶魔是彼列，
在沉沦的天使当中，
他是最荒淫无度和冥顽不灵的。
他虽然没有建庙，祭坛上也不冒烟，
但是当祭司背叛了上帝，
和以利的儿子那样把荒淫
和残暴充斥于上帝的神殿时，
又有谁能比他更频繁地
往返于神庙和祭坛呢？

其恶势力甚至还侵入了朝廷、
宫室，乃至豪华的都市。
宴乐、荒暴、迫害、骚乱的喧闹声，
响彻高塔的上空。
当街道被夜幕掩盖的时候，
彼列的子孙便出来横行无忌，
疯狂酗酒，为非作歹。
请看所多玛街上的丑陋的景象。
在基比亚的那一夜，
主人的门户挡不住残暴，
旅居他乡的女眷
受到令人发指的凌辱！
论地位和能力，
这些神魔都是首领，
其余的也还有很多位，
并且也十分出名。
其中有后来被夸作是
天地的子孙的爱奥尼诸神，
受到了雅完子孙的供奉。
据说，泰坦是天的长子，
有众多同胞弟妹。，
他被弟弟萨吞夺走了长子的名分，
萨吞也受到了同利亚亲生儿子的报复。
这样一来，育芙手中
就握有更高的权柄。
这群神魔当初在克里特岛
和伊达山称神，
后来在他们认为的最高天界
酷寒的奥林匹斯雪峰上，
掌管着半空。
或于特尔斐悬崖上，或于多陀那山城，
遍及多利安人的所有国境；
有的神魔与老萨吞飞越亚得利亚海，
到达希斯波利安的地域，
再飞越开尔特，到地极诸岛中游逛。
这些神魔和其他同来的群魔相比较，
看起来不免形容惨淡，精神萎靡。
但一见到他们的首领便充满了希望，
觉得自己仍有一线生机，
眉眼间不禁微微显出欢喜的神色。

而首领的脸上也是喜忧参半，
但他迅速恢复了平日的骄矜，
故作豪言壮语，危言耸听。
他们消沉的意志渐渐振作起来，
惊恐和怀疑也渐渐被驱散。
然后撒旦便下令吹起喇叭和号角，
吹奏出战斗的强音，高举旌旗。
有个体形颀长的基路伯名叫阿撒泻勒，
请求赐予他扛旗的光荣使命。
于是乎挥舞金光璀璨的旗杆，
那面大王旌旗便立刻招展开来，
高扬于空中，好似风中飘荡的流星。
旗上点缀着的全是光彩炫目的宝石，
那金光辉映着天使们的
徽章、刀剑和战利品。
那时大小喇叭和号筒齐声鸣奏，
全体官兵高声呐喊，
喊声震裂了地狱的穹窿，
震惊了天外的混沌界和夜的古国。
刹那间，依稀可见千万旌旗于空中立起，
朝东方飘扬着光辉夺目的色彩。
与此同时，出现了一片长矛的森林，
金盔簇密，甲盾森严，
军阵深不可测。
密阵伴随着肃穆的横笛声，
立即移动开来。
轻柔的洞箫声吹奏出多利亚的曲调，
把古代英雄出征的英勇气魄升华到极致。
鼓吹的并不是逞一时之勇，
而是不为死的恐怖
所吓退的慎重和笃定。
庄严的曲调减轻了忧愁与烦恼，
它使所有人从心底里
打消了疑虑、恐惧和痛苦。
他们以此来显示统一大军的威力，
伴随着柔和的箫笛声，
坚定、沉着地前进，
忘记了脚下灼烧的焦土。
顷刻之间，他们已聚集在大王跟前，
大部件刀枪耀目，军阵森严，

长矛与甲盾整齐划一，
俨然古战士的装束。
时刻等候伟大首领的命令。
首领向全副武装的队伍
投射出犀利老练的目光，
迅速扫视了一周战阵，
但见他们秩序井然，
形貌和姿态都不愧为神祇。
最后，他便清点他们的人数。
于是乎他信心倍增，趾高气扬起来，
凭着这样的武装，
实力定会越加顽强。
因为这是自古以来人类最雄厚的兵力。
古时有名的军队跟这支军队相比，
也不过是被鹤鸟啄袭的小人国的步兵。
无论是弗勒格拉的巨人族，
还是受到众神援助的、在底比斯
和伊利翁战斗的英雄部族；
无论是在野史和传奇中有名的、
以攸瑟之子为中心的
不列颠和亚摩利的骑士们；
也无论是所有在阿斯波拉门、蒙塔班；
或是大马士革、摩洛哥、特列皮松各地
参加教内外比武的好汉阵营的
圣教徒和邪教徒；
还是从非洲海岸派去的
在封太拉比亚战胜查理曼大帝
和他全部英勇大军毕色塔人；
无外乎都是如此。
他们虽然都有绝世的武功，
却都温顺地听命于他们威严的大司令。
大司令的伟岸身躯巍然屹立，
在群魔中宛如一座高耸的巨塔。
他原来的光辉并没有完全消逝，
依然是坠落的天使长官。
他洋溢的荣光受到了削减，
好似初升的旭日，
被天边的雾气白雾夺去了光芒；
又好像在昏暗的日食时，
从月亮的背后倾泻出惨淡的光。

这光以变天的恐怖，
投射了半个世界，
使各国的君王为之惊惶。
天使长官的光芒虽然有所消减，
但他仍比众天使都还要明亮。
他脸上满布雷击的伤痕，
疲惫的双颊盘踞着忧虑，
但眉宇间却蕴藏着时刻准备
复仇的不屈的勇气和羁傲的神色。
凶狠的目光却也投射出
热情的和怜悯的火焰，
注视着他的同谋者，或者说是追随者。
原先他们在天上享受清福，
如今却受到无期受苦的惩罚。
不计其数的精灵因为他的过错，
失去了天庭的幸福；
由于他的反叛，
抛弃了永久的光荣。
他们虽然神色憔悴、形容枯槁，
却依然忠诚地屹立在他的面前。
好像天火烧过的橡树林，
树顶焦枯，枝干光秃，
却仍然昂首挺立于焦土之上。
他开始发话了，
于是队伍的两翼向前行进，
形成一个半圆，
围着他和他的全部大天使。
全场肃静，所有人都仔细聆听。
他三次要开口，却三次都泣不成声，
天使骄矜的泪水不禁汹涌而出，
最终他声涕俱下地说道：
"啊，成千上万不死的精灵们！
除了全能者之外的无上的掌权者们！
这场战争并不是不光彩的，
尽管目前的境况是悲惨的。
如此惨变的确令人扼腕叹息！
但即使有伟大的心力能够预见未来，
即使有博通古今的高深学问，
又怎能预料到拥有这样
强大阵容的神祇的联军，

竟然会被打败呢?
又有谁会想到,
一支如此强大的军队,
失败之后,就不会东山再起,
不会再重新踏上天庭呢?
至于我自己,全体天军都可以作证,
看我是否跟你们不是一条心。
看我是否逃避危险,令你们失望。
只是那天上的霸君依仗着
旧名声和老习惯来稳坐宝位,
统治着天下的一切。
虽然十足地显示出君王的威严,
但实际上暗藏实力,
诱使我们逞能一试,让我们沦落地狱。
此后,我们定要知己知彼,
既不轻易去挑衅别人,
也不怕别人挑起新的战争。
若是实力不及,则取之以智谋诈术,
想出锦囊妙计方为上策。
这样,让他也学聪明一点,
知道以力取胜,并非完胜。
太虚中将会产生一个新的世界,
这个消息在天界传扬开了。
说他即将要创造一个世界,
用来培殖一个高贵的族类。
这族类便是他的选民,即天之众子。
我们要到那里去,
哪怕去探索一下也好。
如今最重要的是要去哪里,
因为这个地狱的深处是无法禁锢住
我们这些天上的精灵的。
但还必须慎重考虑,仔细讨论。
在这种情形之下,
和平是没有希望了的,
谁会甘心屈服呢?
战争,只有战争能解决问题,
我们必须决定,
是公开宣战还是不宣而战。”
话音刚落,立马就有千万把
寒光闪闪的宝剑

从雄伟天兵的腰间拔出，
响应着他的话语。
霎时间，那刀光剑影照亮了
地狱里的每一个角落。
全体义愤填膺，怒视着那天君，
手里的武器猛击盾牌，
铿锵作响，发出战斗的喧嚣。
苍茫的天穹，响遍了挑战的怒吼。
附近一座山的令人畏惧的顶峰，
喷射着熊熊的火焰和冲天的烟尘。
整座山都发出萤光，
无疑那是金银矿沙，
被其腹内蕴藏的硫黄所焚烧。
一大队天军急忙向那里飞去，
好像是王师的先遣部队，
手拿锄头和鹤嘴锹，
在那里挖掘战壕，筑造堡垒。
率领这队天军前去的是玛门，
玛门在坠落的天使中最为卑微。
当初在天庭时总是垂头丧气的，
他的眼睛也总是往下看，
从不欣赏圣洁光明的良辰好景，
而最艳羡天庭的黄金砌地和豪华铺道。
他首先破坏了宇宙的中心，
后来，人类也是受他的教唆，
用叛逆的双手，搜刮地球母亲的内脏，
夺取里面应当好好保藏的宝物。
不久，那座山便被他的下属凿开了，
划开一道巨大的伤口，
挖出了黄金的肋条。
请千万不要怀疑，
这就是地狱产生的财宝。
因为那里的土壤最
适宜这个昂贵的祸根。
让那些夸耀人间事物慨叹巴别高塔，
以及孟斐斯诸王业绩的人们知道，
他们的荣誉、武功和最宏伟的艺术纪念碑，
对这些坠落的天使们来说微不足道。
他们在一个小时之内，
就能完成人世无数人在一个世纪里

不断辛劳苦作而完成的事情。
第二队天使在附近的野地上挖了很多洞穴，
洞穴的下面是从火湖引过来的
如动脉血管般粗壮的火焰。
他们用神奇的技术来溶化金属粗块，
分门别类，再过滤掉金沙的浮渣。
此时，第三队天使在野地中制造出各种模型，
用高超的方法把金液从沸腾着的
洞穴中引来，灌满所有的模型。
就好比一架风琴的传音板一鼓气，
每一支簧管都进了风一样。
不一会儿，一座高大的建筑物，
便像烟雾一样升腾而起，
同时发出美妙动听的音乐声。
那建筑物造得和神殿一样金碧辉煌，
周围耸立着壁柱和多利亚式圆柱。
柱子的上端顶着黄金的主梁，
免不了有浮雕的飞檐和饰带。
殿顶的平台镂金错彩，熠熠生辉。
当初亚述和埃及攀比奢华，
为他们的王室建造宫殿，
即使是豪华奢侈到极点时，
都没有如此金碧辉煌和宏伟庄严。
庞大的建筑物高高地矗立着，
顷刻之间，青铜的门户洞开，
里面宽阔的空间便展现在眼前：
地面上铺满光润平滑的砌石。
穹形的屋顶上悬挂着一列列
奇妙的灯盏，如星星般闪耀。
燃烧着石脑油和沥青油的簇灯，
明晃晃的好像是天上放出的光明。
鱼贯而入的群众不住惊叹着，
既有欣赏建筑物的，
也有钦佩建筑师的。
这建筑师的技艺在天界远近闻名，
他曾建造过不计其数的巍峨宫殿，
作为那些掌权天使们的府邸，
以及兼做他们称王的行宫，
因为至尊者授予他们治理天族的大权。
他的名声在古希腊如雷贯耳；

即使是在不受待见的俄索念国，
也并没有被埋没。
人们都叫他玛尔西巴。
据说，他因为激怒了育芙，
所以被罚从天上坠落，
然后被摔出了水晶城墙。
从早上到夜晚，
在整个漫长的夏季里坠落，
同夕阳一起下落。
像流星一般，从天街中心
坠落到爱琴海的楞诺斯岛上。
这个说法是不正确的，
因为他在很久之前就
和这些叛徒一起坠落了。
他拥有一身的本领，
然而还是难逃罪责。
虽然曾经在天上筑造高塔，
结果反而被驱逐，
与他的工匠们同在地狱中建屋。
那时身负双翅的天使们，
在首领的一声令下，
用庄严的仪式和号筒的声响，
向整个军队传达信息，
宣布在首领撒旦和大天使们的最高府
邸——"万魔殿"召开严肃的会议。
与会者都是各队各团中有地位的人，
以及选举出来的最杰出者。
不久，他们便成群结队蜂拥而至。
不管是大门，还是宽敞的走廊，
特别是那宽阔的大厅，
凡是出入口都被挤满了。

这大厅好比一个大圆场，
勇士们可以在其中驰骋比武。
异教的精英武士们，
可在苏丹的王座面前，
进行格斗或骑马投枪。
这个大厅竟是这样拥挤不堪！
在地上和空中，一片片
羽翼相互摩擦的声音，

如同春日里蜜蜂的嗡嗡声，
在太阳和金牛宫齐头并进的时节，
巢中飞出的一群群幼蜂，
飞舞在晶莹芳香的花露之间；
或是在它们临建的城郭——
刚抹上香蜜的光滑的板上，
徘徊往复，商谈他们的要事。
聚集于空中的天使，
也是这般拥挤，密密麻麻的。
不一会儿，然而号令一下，
看，真奇怪！
他们本来都有着巨大的躯体，
远远庞大于地母所生的巨人族，
现在却是小得不能再小了，
狭窄的房间里聚拢着无数群众，
就像印度山外的小人国的人，
又像灵界的小妖精，
在林边的泉畔，深夜游宴。
晚归的农夫对此场景似曾相识。
高挂天空的明月啊，
请你做个公证员，
沿着苍白的轨道慢慢驶近地面。
他们全神贯注地在跳舞宴乐，
动听的音乐令他销魂，
他的心在不停地跳动，喜惊参半。
那些没有肉体的精灵，也是这般，
他们把肥大的身躯变成极微小的模样，
但数目却没变，仍是多得不胜枚举，
使得这地狱的大殿豁然宽敞，
可以自由翱翔。
只是正在内廷的伟大的
撒拉弗首领们和基路伯等
大小天使仍旧保持着原形，
密集地挤在一间密室里，
大概有一千个"半神"，
坐在金制的椅子上密谈。
须臾的沉默之后，
便开始宣读集会的宗旨，
开始了盛大的会议。

卷二

内容提要

会议刚开始时，撒旦率先提出问题进行讨论，即是否有必要再去冒一次战争的危险来重建天国。各天使意见不一。最终采取了一个提案，亦即撒旦曾提起过的去侦察天上的预言是否正确。据传说，目前天神正在创造一个新的世界和一个新的族类——一种与他们无什么差别的生物。关键是派谁去做这一项艰险的调查。首领撒旦主动承担了这个任务，赢得了满堂喝彩。会议结束后，其他与会成员则各自去寻欢作乐，等待撒旦归来。在侦查的路上，撒旦经过地狱的大门。然而门关着，有守门人在看守。后来，守门人开了门，撒旦便看到地狱和天堂之间的大深渊，即"混沌界"。后来他在混沌王的指点下历经艰辛，才看见了他找寻的新世界。

撒旦带着王者的凛然气概，
高坐在宝座上。
那宝座的极尽豪华奢侈，
远远超过奥木斯和印度的富丽，
那毫不吝惜蛮夷的
金银珠宝，也相形见拙，像雨点一样洒在其君王头上的富饶的东方。
他凭借实力登上宝座，趾高气扬。
这次的绝境重生，
更加激发了他的斗志。
虽经对天交战徒劳无功，
却并没有丝毫的气馁，
依然向大众宣告自己傲慢的遐想：
"各位掌权的、执政的天界的神灵们！
地狱的深渊是无法约束
我们这些不死的精灵的！
虽然被逼坠落，
但我绝不会失去天国！
沉沦再起的神灵，
比未曾沉沦的更光荣，更可惧！
只要心胸坦荡，
就不怕再遭惨况！
现在我作为你们的首领，
首先因为这合乎天理，
其次是依靠自由选举，

再加上我在筹谋和战斗中建立的功绩，
可以说是把损失减到了最小。
所以大家没有异议，
一致同意让我坐上这个宝座。
在天界，一旦地位变高，
享有较多的权力和利益，
就会招致部下的嫉妒。
然而在这里，树大招风，
为首的不可避免会成为
雷神攻击的对象。
此外还要庇佑你们，
这将会受尽折磨，
难道也有人羡慕？
正由于无利可图，
所以不会引起党派纷争。
在地狱里有谁要争先呢？
大家受的苦难并不少，
谁情愿胸怀野心而招致更多的痛苦呢？
因此，这比在天界更加有益于团结，
更加忠心耿耿，更加戮力同心。
现在我们要复兴旧时的事业，
不勉强大家誓要成功，
最关键的是要有胜利的信心。
问题是选择一个适合的方法，
是要公开宣战，还是用权谋取胜？
我们要展开讨论，
请有高见者不吝发言。"
撒旦一说完，
执杖的鬼王摩洛便立即站起。
在天界的战斗中，
他是最骁勇的精灵。
现在由于失望，
反倒更加勇猛起来。
他坚信，论力量，
自己与那永生的王无异，
即使稍逊一筹，也无须畏惧。
只要不怕死，所有恐惧都会消失。
他不怕天君，不怕地狱，
也不怕一切更坏的东西。
他就这样发言道：

"我同意公开宣战。
若论智谋计策，我缺乏经验，
还是让那些谋士去策划吧。
将来需要用到时再说，
现在还不用讨论。
当他们坐着布局筹谋时，
难道要让百万雄兵
都手执武器徘徊等待，
做苟延残喘的天国逃兵，
蜗居在这羞耻的黑洞里，
任凭暴君发泄淫威，
徒劳地拖延时间吗？
不能！我们绝不能这样做！
倒不如将地狱的烈火当作武器，
以迅雷不及掩耳的进攻，
直接袭击天上的高塔。
将折磨我们的残酷刑具，
转变成可怕的凶器来回敬天界。
当他那万能的弓弩簌簌作响时，
也会听到地狱的雷鸣；
当天上的电光闪烁不停时，
也会看到他的天军冒出
黑色的火焰，以及同样可怕的火箭；
甚至连他自己的宝座，
也被包围在他自己发明的凶器
地狱的硫火和诡异的火焰中间。
或许有人认为振翅直上，
迎头攻击居高临下的敌人
实在是太危险，太困难了。
倘若忘湖的催眠剂已使他们昏沉，
就要让他们清醒一下。
升天返归故园是正当的行为，
永远沉沦是毫无益处的。
我们都不能忘却这次悲惨的凌辱。
在我们身后穷追不舍、谩骂不止，
将我们赶至万丈深渊之下，
这是多么屈辱的迫害啊？
可能有人会说，登天并不困难，
然而后果却不堪设想。
倘若我们再次触犯强权，

激起他更深的愤怒，
得到的将是更痛苦、更可怕的惩罚，
我们也将会遭受更不幸的惨况。
可却没有想到，我们被赶出天堂，
来到受尽诅咒的地狱里忍受苦难，
即使忏悔、哀求也无济于事。
熬煎我们的烈火，
永远没有熄灭的可能。
反正我们已经身处地狱，
还惧怕什么毁灭呢？
假使还有更大的毁灭的话，
那也只不过是死亡罢了。
若是这样，死后还害怕什么呢？
没有什么可犹豫的，
还不如赶紧去激怒他，
使他愤怒到极点，
想让我们烟消云散。
这比起苟且偷生，
岂不更为痛快？
假如我们的本质真是神圣的，
那就永不会受到亏损，
还能证明我们有大闹天宫的本事。
即便不能摧毁他的宝座，
也要让我们不断地入侵骚扰他。
即便不算胜利，也总算是报了仇。
他说完之后愁眉紧锁，
展露一种孤注一掷的复仇心理。
大厅的另一边，彼列站了起来。
他的举止雍容大方，
在所有坠落的天使中最为优雅。
他看似威严，显现出
一副功高劳苦的模样，
可事实上都是虚无的、伪装的。
他擅长甜言蜜语，
说出的道理越好听，
往往就意味着越坏的事。
在辩论中，他娴熟地颠倒着黑白。
他思想卑鄙，一肚子坏水，
对高尚的事情止步不前。
他用动听的蜜语甜言

以及娓娓动人语调，开始了演说：
"众位尊贵的战友们啊！
我也举双手赞成公开宣战，
我的仇恨并不亚于你们。
可是我还不能赞成立即出征。
理由之一是，这似乎
给整个结果都渲染了不祥的气息。
因为最熟悉兵刃、最擅长
谋略制胜的自己尚且没有把握，
所以这不过是将勇气
建立在失望和崩溃的基础之上。
他最终的目的，
完全是逞一时之能，
进行疯狂的复仇罢了。
我们首先要弄清楚，
这将是一种怎样的复仇？
全副武装的天兵在塔楼里把守，
把一切关口都堵死了。
即便在混沌深渊的疆域边，
天兵驻扎营地也很常见。
在昏黑的'夜'国里，
为了防止突袭，
也会有振翅远出的侦察。
我们当然可以用武力进攻，
身后整个地狱的叛军也会群起响应，
一起混进那天界最圣洁的光明。
我们永生的劲敌即使未受亏损，
也不能稳坐在宝座上安之若素。
天界不可损污的灵质自能排除祸害，
自然能熄灭卑下的火焰，奏响凯歌。
若我们遭受这种反击，
最后的希望也只能是更大的失望。
最终激起全能的胜者所有的愤怒，
一齐倾向我们，使我们覆亡，
而我们的对策只能是死亡。
以死亡为对策，
是多么可悲的境况啊！
虽然我们现已痛苦万分，
可是谁又愿意死去，
愿意让这理性的生命，

湮没于麻木不仁的
'暗'夜的黑腹之中呢？
即便死亡是件好事，
可又有谁知道，
那愤怒的敌人允不允许呢？
他是绝对不会允许的。
他是那么睿智，
绝不可能如此大意，
因为克制不住一时之气，
就让敌人随心所欲地死去。
何不留着慢慢施加无止境的刑罚呢？
主战派说：
'为什么要停止战斗呢？
既然我们注定要承受无穷的痛苦，
那么怎么做都是一样的，
没有比这更难堪、更可怕的遭遇了。'
请问，就这样手执兵刃，
就这样静坐着、辩论着，
就算是最不堪的遭遇了吗？
那时我们疲于奔命，
后有天界雷霆的追逼和鸣击，
被迫寻到地狱来躲避，
当时你作何感想？
这个地狱不就是个避难所吗？
当我们身戴桎梏躺在火湖中时，
又是一番怎样的遭遇呢？
情况当然更为糟糕了。
当他一口气吹燃了可怕的火种，
煽旺了七倍的烈焰，
使我们在那里备受灼烤时又怎样呢？
当他从天界伸出火红的右手，
降下灾祸让我们平息心中的怒火时，
又是一种什么样的情景呢？
假若有一天，他使出所有招数，
从地狱上方倾下瀑布般的火阵，
投落到我们头上，
那么又会怎样呢？
当我们正在讨论鼓动光荣的战争时，
他便刮起火焰的风暴和强劲的旋风，
将我们一个个卷去撞翻在巨岩上，

当作他们的玩物或食饵；
抑或是用链条捆绑我们，
让我们永远沉在沸腾的海底；
到时陪伴我们的就只有痛苦的呻吟，
没有宽恕，没有赦免，
日日夜夜，毫无希望，
长期处在无止境的失望中又会怎样？
显而易见，那才是最不堪的境况。
所以对于战争，
不论是公开的还是隐秘的，
我都全部反对。
因为不论用武力还是阴谋，
对他都毫无作用。
他明察秋毫，谁能
欺骗得过他的眼睛？
他从高高在上的天界，
将我们的一举一动尽收眼底，
而且暗暗哂笑。
光是他的武力便足够抵挡我们，
更不用说他高深无穷的智谋了。
那么，难道我们就永远卑贱下去吗？
天界的神族，由于坠落而惨遭践踏，
竟会永受囚禁不得翻身吗？
依我看，我们目前的情况，
还是比更深一层的悲惨生活稍好一些，
这是冥冥中的安排，是不可避免的，
同时，这也是胜利者的意志，
是至高无上的命令。
忍受和反抗的实力相当，
这样的判决也并非法律的不公正。
如果我们聪明些，
就首先要明白与这样一个强敌
分庭抗礼，结果会是怎样的不堪。
我笑那些拿着刀剑勇猛作战的，
一旦失败便担惊受怕的人。
害怕发生已经料到的后果，
不能忍受胜利者必会施行的
放逐、凌辱、捆绑等等的苦刑。
如今我们正在受罪，
若能忍受那么强悍的大敌，

也许会减轻他的愤怒。
或许会因为天渊相距过远，
我们又不谋划卷土重来，
他可能会对此心满意足，
不再煽风点火烧旺烈焰，
也慢慢减轻火刑。
到了那个时候，
我们的纯质便能战胜地狱的毒焰。
有可能是因为习以为常
而不再觉得痛苦，
也有可能是我们终于发生了变化，
变得适应这里的气候，
以致于为能够感受炽热而
觉得亲切，从而丧失了痛苦。
阴森会变缓和，黑暗将变光明。
而且光阴荏苒，很快就会带来
希望、机会和期盼的一切。
只要我们不破罐子破摔，
当前的情况还不算是最坏的，
这也算是不幸中的大幸了。"
彼列强词夺理，发表了长篇大论。
这实际上不是为了和平，
而是为了贪图安逸。
玛门紧接着说道：
"如果说战争是上上策的话，
那么无非就是要推翻天界的君主，
或者说是恢复我们失去的权利。
只有当永恒的'命运'
让位于无常的'机会'，
让'混沌'来解决问题时，
才有希望推翻天上的王。
推翻已是不可能了，
夺回权利当然也没有希望，
除非我们的权力能够胜过他。
然而如今在天界的范围内，
我们竟毫无回旋的余地？
即便他在新的屈辱条约下，
宣布会善待我们，
我们又将以何姿态屈尊于他跟前？
以何颜面去接受他那严酷的法律？

还要去歌颂他的宝座，尊崇他的神性，
被逼歌唱哈利路呀。
眼睁睁地看着他堂皇地以君王的身份，
高高在上地稳坐宝座，
并在祭坛上享受着天香和天花。
而这都是我们这些奴才贡献的呀！
这本来是我们在天界享受的事情，
也是我们生平的一大乐事，
可现在却要低声下气地
对着我们深恶痛绝的王跪拜，
这是多么永恒的无聊呀！
纵使是在天国里，
这种看似光荣的奴隶地位，
也并非强力所能得，
即使允诺给你也不一定能够到手。
所以我们不要追求这种光荣，
而要从自己身上发现优点，
从自己的生活中找寻乐趣。
虽然这边境寸草不生，
我们却可以不受束缚。
宁可要艰苦的自由，
也不要做地位显赫、
生活安逸的辕下奴隶。
有朝一日，我们定能
将小业变成大业，化险境为机遇，
化腐朽为神奇。
通过努力和忍耐，
在荒地上生息繁衍，苦中作乐。
到那时，我们的伟大将充分体现。
难道我们会害怕这个幽冥世界吗？
天上全权的君主，也经常选择
浓云和幽暗做他的栖身之处，
但却遮掩不住他的荣光。
他时常用逼仄的黑暗来包围他的宝座，
自黑暗深处发出雷鸣，
激起漫天的狂风骤雨。
那时天和地狱难道不是一样的吗？
他能够模拟我们的黑暗，
难道我们就不能模仿他的光明吗？
这片蛮荒之地并不缺乏

金玉隐约的辉煌；
同样也不缺少建筑起
庄严境地的技巧和艺术。
天上哪里有比这更优越的东西？
折磨我们的刑具，通过日积月累，
也会成为我们的一部分。
这些炽热的火焰，
也会将严峻化为温柔。
它们的性质将同我们的性质相融合，
灼痛的感觉也必将消除。
一切情况都利于我们
作出和平的决议，
去创造平定有序的局势。
抛弃所有战争的想法，
反省自己的现在和过去，
再安全地处理眼前的灾情。
这就是我的建议。"
他话音未落，底下便窃窃私语，
好像彻夜的狂风扰乱大海后，
岩洞里残存的催眠小调，
安慰着正把小船或快艇
泊在暴风雨肆虐、危岩耸立的
港湾的守夜的疲劳的舟子。
玛门的发言赢得了一阵喝彩。
他那提议和平的话，
受到了大家的喜爱。
因为他们惧怕比地狱更难受的苦楚，
会在第二次战争之后来临。
雷神和米迦勒的闪着寒光的刀锋，
现在想来，仍然令人心有余悸。
而且他们都乐意在冥土另建王国，
通过采用策略，经过长时间的进展，
希望其能巍然拔地而起，
让他们有能力与天界分庭抗礼。
此时，除了撒旦外，
坐在最高位的便是别西卜。
面临这种情形，
他好似一根中流砥柱般
威严地站了起来。
他的前额刻着为大众的安危

而深思熟虑的纹路。
尽管憔悴，眉宇之间仍闪耀着
威严王者智慧的光芒。
他站立着，耸着阿脱拉斯式的双肩，
像一个能担当几个庞大帝国的
重任的贤能之人。
会众的注意力被他吸引了，
顿时像夜里或夏天中午的
空气一样安静了下来。
他说道：
"得位的天使们！帝国的掌权者们！
天界的子孙们！威勇的天使们！
是否要放弃这些头衔，改称为地狱诸公？
因为根据公论所向，
是继续留在这里，
另外构建一个帝国。
然而毫无疑问，我们都在做白日梦！
天国的君王指定的这个地方，
是囚禁我们的牢狱，
而不是给我们逍遥
快活的安居退隐之地。
他不会让我们避过他的铁臂，
绕开高天的严酷刑法，
任凭我们东山再起去与他抗衡。
即使两地相去甚远，
也要严酷地拘禁我们，
永远不能摆脱他的羁绊，
只能永远做他的囚徒。
因为无论在高天还是深渊，
他始终都是手执大权的独裁君主。
他的帝国决不会因为
我们的反叛而丧失寸土，
这是已经十分确定的了。
反之，他还会扩张到地狱来，
用铁杖管制我们，
如同在天上用金杖治理其民众一样。
既然如此，我们为什么
还在这里空谈战争与和平呢？
战争已经使我们受了惨重的损失，
而且他尚未提出和平的条件。

因为我们这些奴隶只配严加拘禁，
受到鞭笞和其他残酷的刑罚。
哪能赐予和平？
因此只有敌对和仇恨，
只有不屈的反抗和复仇，
才是我们权限之内的事情。
虽然进程缓慢，
但只要复仇心不死，
便可以永远想方设法
尽可能减少他的胜利成果，
削弱我们受苦给他带来的快乐。
我们怎能用和平回敬他呢？
机会并不是没有，
但是我们无须冒险去远征。
因为天国的城墙高峻巍峨，
不惧我们从地狱发起的突袭。
我有一个较易实行的计划，
不知大家意下如何？
有一个地方，在此时此刻，
正创造出一个新的世界，
里面住有被称作'人'的新族类。
他们一切同我们相似，
只是权力和优雅比我们稍逊一筹，
却备受天上君主的宠爱。
这就是他的意愿，
他还发了一个震动天界的大誓言，
将这新族类确定下来，
而且已经向众神宣布。
我们的心思尽可以往那方面想，
去弄清楚住在那里的是何种生灵，
他们是怎样的形态、资质和禀性，
力量有多大，弱点在哪里。
看看武力或诡计，
哪一样更容易试探他们。
虽然天门已经被关闭，
高贵的独裁者依靠
自己的势力稳坐在那里。
可是在这里——他的帝国边疆，
则会由各领主自己去布防。
这些地方或许有机可乘，

若发动突然袭击，可能胜利在望。
可以用地狱的烈火
去烧光他全部的造物；
也可以占领这个新世界，
驱逐其中力量微小的居民，
就好像当初霸君驱逐我们一样；
也可以引诱他们加入我们的组织。
这样一来，一旦上帝变成他们的仇敌，
他将后悔并毁掉自己的作品。
这个计划要比普通的复仇更高一筹。
我们的扰乱，将会妨碍他的欣喜；
而他的混乱，则会增加我们的欢欣。
他的宠儿将和我们一起坠落，
他们那弱质的身体将迅速凋零，
他们那幸福的欢乐也容易消逝，
一切都将受到诅咒。
这个计划值得一试，
请大家认真考虑。
否则就继续坐在这地狱中
幻想虚无缥缈的帝国吧。"
别西卜就这样提出了奸诈的建议。
这原本是撒旦的计划。
因为这样毒辣的计谋，
除了那万恶的独裁者外，
还有谁能想得出？
把人类全部铲除，
使大地和地狱沆瀣一气，
让所有人都憎恨伟大的造物主。
但是他们的憎恨，
往往却只能增加他的荣光。
这个新奇大胆的计划，
使得所有人欢欣鼓舞。
他们的眼睛里放射出欣喜的光彩，
以此表示他们一致同意。
撒旦接着说道：
"这个计策很好，
漫长的辩论终于圆满结束了。
各位神灵啊，
你们能解决这件困难的事，
不愧为伟大的神明。

不管命运如何，
总有一天，天上的光明，
将会从地狱的最黑暗处，
再一次升起，
升到我们原先的住处附近，
再在那里就近准备兵器，
等待时机，重新远征杀进天国。
要不然的话，
也可以安心居住在温暖的地方，
享受天界美丽光彩的照耀，
用明媚的东方旭日驱散心中的黑暗，
借着清爽的微风疗养恶火腐烂创伤，
最后散发出迷人的芬芳。
但是，首先得决定，
到底派谁去探寻这个新的世界？
究竟谁最能够胜任？
究竟谁能试着走出
这黑洞洞的广阔深渊，
穿透触手可及的黑暗，
探索出荒凉曲折的道路，
抑或是在辽阔的太空中飞行，
振起不挠的双翼，飞越大裂口，
抵达那欢乐幸福的岛屿？
等到那时，他要有怎样的力气、
怎样的伎俩，以及用怎样高明的理由，
才能瞒过那天人严守的哨岗，
从而顺利过关？
到那时候，他必须格外地小心。
现在我们挑选人选也必须如此谨慎。
因为我们全部的重担
和最终的希望全部都寄托在他身上。
一番话说完，他便坐下，
眼睛里流露出期待的目光，
等待着其他人的意见，
看有没有自告奋勇的天使。
然而大家都静坐无言，
顾虑着危险，面面相觑，
各自从他人的脸上映照出自己的恐惧。
即使是天战中最骁勇的战士，
也没有任何一个自愿

奔赴这场凶险的征途。
直至最后，荣光超群的撒旦，
自恃实力最强，
俨然一副寡君的骄矜，
神情自若地开口说道：
"啊，天界的子孙们！
得势的天人们！
方才你们的沉默和迟疑，
虽然不是由于害怕，
却也是别有缘故的。
从地狱到达光明的道路是漫长凶险的。
我们所处的固若金汤的牢狱
这个四围包裹着我们的有九层深厚的
凶猛地喷射着烈焰的大火团，
以及燃烧着的金刚岩的大门，
都将我们关锁在里面，
断绝了所有的出口。
照现在的情形看，
是难有关口可越的。
若有，即使越过关口，
也还会遇见虚幻的'夜'
敞开血盆大口来迎接他，
威胁着他的性命，
要把他推下无底的深渊。
纵使逃过那一关，
谁又知道还会到达其他的
什么世界和不知名的国土，
遇到什么意料不到的危险，
以及难以逃脱的关口呢？
啊，各位战友们！
要是我也犹豫不决，
不敢主动承担这个
大家意见一致的、
事关公共利益的艰险使命，
那我还配得上王者的威严，
配得上这璀璨肃穆的宝座吗？
假如我也逃避艰险的任务的话，
那么我又何必还要僭取王权呢？
这是统治者应尽的义务，
既然他享受无上的崇敬，

为何不应该承受更大的危险呢？
所以，我去了。
才干卓越的诸位天神啊！
即使坠落了，却依然为天上所惧怕！
既然我们把这里看作是家，
那就请多为家里的事情考虑，
怎样才能让目前的惨况变得缓和一些，
怎样才能使地狱的痛苦变得微弱一些，
有什么方法能够自慰、自欺，
令困顿于这座火牢的痛楚减轻几分。
我此次出行，
要走过昏黑衰败的地方，
去找寻大家的救星。
在此期间，你们要多加防范，
对于惊醒的大敌不能麻痹大意。
我此次冒险，要单枪匹马前行。"
大魔王说完后便立刻起身，
不许众人做出响应。
因为他知道，
有的首领见他心意已决，
即使明知道会被拒绝，
也会起来申请同去冒险。
因为这样做既可以
显示出自己不相上下的能干，
又能够不费吹灰之力赢得好评。
而他却必须历尽艰辛才能成功。
但是众天使害怕冒险，
也同样害怕首领的喝止声，
于是便立马一齐起立，
发出的声响，犹如一阵惊雷。
他们敬畏地向他卑躬弯腰，
像歌颂至高无上的神一样歌颂他。
同时都表示自身的感激之情，
感谢他为了众人的前途牺牲自我。
这些被判了罪的精灵
尚未全部丧失德行。
所以阴谋家们不可能骗取功名，
在不可告人的野心的驱使下，
假装热诚，夸耀表面的功绩。
这样，问题重重的会议终于完结了。

他们无敌的首领使得大家欢欣鼓舞。
好比北风入睡时，
乌黑的云朵从群山顶上升起，
遮盖天空晴朗的面容，从黑压压的
低空向黑暗的大地倾洒雨雪。
偶尔出现一轮残阳，撒下几缕光芒，
显示临走时的迷人的光彩，
使得田野恢复生气，生机盎然；
鸟儿啼啭出新鲜的歌曲；
咩咩的羊群也表现出它们的欣喜；
一片欢乐之声弥漫着整个山谷。
啊，人类真可耻！
连被判罪的群魔都能团结一致，
然而人类，虽说是有理性的生灵，
并且得到了上天的恩惠，
却相互仇视、敌对，纠纷不断，
甚至还挑起残酷的战争，
毁坏田地庄稼，相互残杀。
从这件事我们一致认识到，
他们似乎不知晓深在幽冥之处，
有敌人在附近日夜不停地窥视着，
守候着毁灭他们的时机。
地府的会议终于以此告终，
鱼贯而出的地狱诸公之中，
强大的魔王，看起来完全是个
能单独匹敌天界的劲敌。
他还是地狱中可敬可畏的君王，
俨然光辉璀璨的天神。
位于他四周的是撒拉弗的火球阵，
它像一个烈焰的大球，
各自打着醒目的旗号，
闪耀这光芒闪烁的武器。
号角爆发出的高音向远处扩散，
宣告着会议达成的伟大成果。
四个矫健的基路伯飞向四面八方，
金银的号筒在嘴上吹奏出传令，
爽朗的声音传达出宗旨。
这声音响彻整个广阔的深渊，
地狱里的众人发出震耳的欢呼声。
自此以后他们比以往安心了，

因为有这个缥缈的希望鼓励着他们。
大天使们纷纷离去，分道扬镳，
心中正郁闷着到底该走向何方。
他们感到纷繁迷乱，便自顾自地
找一个最喜欢的地方来休息，
让不安的思想得以栖息，
以消磨这段苦闷的时光，
等待他们伟大首领的归来。
他们有的在旷野里竞走赛跑，
有的在高空中比赛飞行，
如同奥林匹克的竞技和派西亚的田赛。
或骑着喷火的骏马，纵横驰骋；
或制作巧避标杆飞轮和军车；
或谋取前线对垒的阵势。
顿时，空中大乱，
战争的阴霾笼罩着地狱，
好像是在警告骄傲自大的名城。
云霄中，军队冲入战阵，
各个先锋的前面都有骑兵策马横刀，
严阵以待密阵军团。
天的两极，随处可见
干戈挥舞，烈焰灼烧穹庐。
有人发出比残忍巨人更响的怒吼，
震山裂岩，扶摇直上时刮起旋风，
就连地狱也经受不住这种嘶吼。
比如戴上了胜利的桂冠的
自艾加利凯旋的阿尔克得斯，
战袍染着毒液，痛苦之余，
连根倒拔起帖撒利的松树，
连带着送衣人利察斯，
从艾塔的顶峰，抛进优卜伊海中。
有的则相对心气和平地
退避到幽静的山谷中去，
在竖琴的伴奏下，
用天使的曲和调，
歌唱自己光荣的事迹，
以及战败后竟遭沉沦的不幸；
同时也慨叹命途多舛，
不应让自由的天性成为暴力的奴隶。
他们的歌唱是偏激的，然而很和谐，

使蜂拥而至的地狱听众
都黯然神伤、精神恍惚。
有的则在促膝交谈。
有的则志存高远，
坐在幽静的小山丘上，
就理智、先见、意志和命运，
这一系列的问题发表高谈阔论。
然而却都很迷惘，
如坠入云里雾里得不出结论。
也有的就幸福和悲惨、同情和冷漠、
光荣和耻辱等问题发表高见，
可全是空洞的智慧和虚伪的哲理！
当然，这么做并不是全无好处，
倒也能暂时驱除心中的郁闷，
激起对未来的缥缈的希冀，
以此充实心胸，增强忍耐，
如同三重的钢铁铸造出坚实。
还有的呼朋引伴，到幽冥世界
作大范围的、勇敢的探险，
找寻能够安身立命的地方。
他们分散到四方，循着地狱里
四条有毒的河流飞行前进。
这四条河流全部都流入火湖。
一条是奔流着可恶的死和憎恨的恨水；
一条是污浊深沉的泪河；
一条是忧愁地哗哗高声叹息着的愁水；
另一条则是卷起熊熊烈焰的
狂涛倾泻直下的火江。
在这些河流的远处，
有一条川流在静静流淌，
水流平缓，并且蜿蜒曲折，
名字叫作利西，即忘河。
传说中，喝了忘河的水
就能够忘却往昔的事。
既忘记了欢喜，也忘记了忧愁，
既忘记了幸福，也忘记了悲苦。
忘河的另一头，是冰冻的大陆，
那里阴暗而荒凉，不停地遭受
风暴、冰雹、和暴风的袭击。
落到那坚硬荒地上的冰雹却永不融化，

堆积成山，如同古代宫殿的残垣断壁。
此外便只有厚厚的积雪和冰。
如同古代那达米亚达与加修两山之间的
撒卜尼斯大泽的无止境的深渊，
在那里曾经全军覆没。
那里的空气干燥酷寒，
冻得肌肤如灼烧般疼痛。
判了罪的犯人被定期由长着
怪鸟巨爪的恶女神抓到这里。
在刚刚受完烈火的煎熬后，
就到这里忍受寒冰的僵冻，
使全身的热气被僵住，丝毫不能动弹。
一到时间，就又被赶回烈火中去。
这样，在冷和热的极致中不停交替，
因为变换过于突然而备感痛苦。
他们一次次地在忘河上飞渡，
往返越是频繁，悲伤便越是刻骨。
因为渡河时，忘河水近在眼前，
渴望着饮下河水，哪怕是一小滴，
也能让痛苦和忧愁统统消失。
然而命运却从中作梗，
而且还有女魔头墨杜萨把守着，
用葛共的恐怖恐吓他们，严禁他们沾唇。
那河水也飞也似的避开活人的嘴，
就像当初飞速逃开汤达拉斯的唇吻一样。
这样，那些探险的天使，
在绝望与迷茫中仍不断漫步前进。
面色苍白，胆战心惊，两眼发直，
开始预见悲惨的命运，
而且找不到歇脚的地方。
他们经过很多地方，
既有黑暗凄凉的山谷，
也有许多忧愁的境地，
还有很多冰冻的山峦，
熊熊燃烧的山峰、岩窟、湖沼、洞泽，
以及“死亡”的影子。
“死”的宇宙是上帝诅咒下产生的“恶”，
在那里只有“恶”活得最好。
那是个生死颠倒的地方，
生者死去，死者生还。

反常的环境下所繁殖的
全是恐怖狰狞、诡异古怪的东西。
比寓言神话里臆造的还要丑陋，
其可怕的程度也远甚蛇发怪葛共、
蛟龙海德拉以及喷火的怪龙基抹拉。
此时，神和人共同的仇敌撒旦，
正在谋划着更加高明的计谋。
他心急如焚，乘着矫健的双翼，
开始了孤独的飞行，
径直奔向地狱的大门。
他时而往左，时而往右，
探视着高高的天空。
一下子平飞掠过渊面，
一下子振翅翱翔，
一直冲上烈火的穹顶。
如同在大海上遥望，
目之所见的是若隐若现的船队，
船帆高悬云端，
乘着彼岸的贸易风，
自孟加拉或特拿德、替道诸岛，
即商人贩运香料的地方，
冒着季风凶潮的危险，
穿过浩淼的埃塞俄比亚海，
遥望着好望角，
在暗夜赶往南极。
那魔王便这样高飞远去。
他最终到达了地狱的关口，
即那高耸阴森的穹顶。
那关口，有着层层叠叠的大门。
三重由精铜打造，三重由钢铁铸就，
还有三重由金刚岩炼制而成，
固若金汤，四周围绕着着烈火，
可是却燃烧不起来。
大门的两侧各自盘踞着一个怪物。
一个上半身是异常妖艳的女人，
下半身则是一条有致命毒刺的大蛇，
庞大无比，盘卷着满是鳞甲的下肢。
地狱的所有怪物围在她的四周，
张开塞倍拉斯的巨口，
不住高声狂吠，样子十分可怖。

而当它们高兴或受喧嚣扰乱时，
就钻进母亲的肚子底下，
但仍在母腹内低吠不止。
这种可怕的场景，
毫不逊色于西拉在卡拉伯里
与脱里那克里亚之间的海里沐浴时的愤怒；
也不亚于那丑恶的夜之女魔
在嗅到婴孩的血腥之气后，
悄悄从天上飞来，
邀请拉波兰的女妖们跳舞，
用诅咒使月亮损蚀无光的情景。
另一个魔怪，其实根本不成型，
因为它的所有部位都模糊不清，
看起来倒像是一个物体的影子，
却又不像影子，
形、影二者几近相似。
头上仿佛戴着王冠状的东西，
还挥舞着标枪。
四处一团黑暗，
如同"夜"一般站立着，
比凶神要凶恶上十倍，
像地狱一般可怕。
当撒旦靠近它时，
那怪物便离座迎上，
踏着可怕的步伐急速向前奔走，
脚步震得地狱都要摇动起来。
这到底是什么？
那魔王觉得奇怪极了，
然而只是奇怪，却毫无畏惧。
除了神和神子以外，
所有被造生物全不放在心上。
撒旦也不避开，只是轻蔑地盯着他：
"你这邪恶的东西，
究竟是什么？从哪里来？
你长得狰狞恐怖也就罢了，
却竟敢在大门口挡住我的去路？
我决定从这里出去，
不需要你的允许。
滚开吧，不要自讨无趣，
你这地狱的囚徒，

别妄想能与天国的精灵抗衡！
那妖怪则愤怒地吼道：
"莫非你就是那个反叛的大天使？
你竟敢不敬地动用武器，
首先打破天界的和平与信仰，
还阴谋怂恿了三分之一的天使
一齐反叛那至高无上的天王，
最终你们全都被天君驱逐，
在地狱接受惩罚，
将无穷的光阴耗费于受苦之中。
你如今身负重罪，沦落到这步田地，
竟然还敢自称天界精灵，
出言不逊，滋事挑衅？
我君临此地当王，
你可能更加不服气，
又怎敢在你的君主面前大放厥词？
你这大言不惭的逃犯，快回去受刑吧！
快撑开双翅赶紧飞走吧！
不要再耽搁了，要不然
我就用蝎尾的毒鞭赶你走。
用标枪刺你，让你尝一尝
前所未有的巨痛滋味。"
那奇丑的恐怖怪物如此说道，
如此恫吓的言语，
使得他的形象越发的狰狞。
撒旦听后则更加愤怒，
毫不畏惧地毅然伫立着，
好似北极空中燃烧着的彗星，
纵火烧遍广阔的蛇星座的长空，
从怒发上迸发出瘟疫和杀气。
这两个魔头都瞄准对方的脑袋，
准备着致命的一击。
尽量不出手，
四目瞪视的姿势，
好比两朵黑云，
满载着天上的炸弹，
轰隆地奔至里海的上空。
接着面对面对峙片刻，
及至风的信号一下，
便在空中进行激烈的战斗一般。

两个大力的角斗士就如此严峻相对，
使得地狱越发阴沉。
除了这一次以外，
双方都永远没有再遇到如此劲敌。
那时原本会发生重大的
可以传遍整个地狱的事件。
然而坐在地狱另一侧大门的
掌管着命运钥匙的蛇尾魔女站起来，
大叫着冲到二魔中间：
"啊，父亲，
您怎么能和您的孙子交战？
啊，儿子，
你怎么能发怒，
用致命的标枪瞄准祖父的头？
你们可知这么做是为了谁？
是为了那高高在上的天神吗？
你们的这种行为，
则让他正中下怀。
这正是他发怒时的命令，
他正在发笑，说这是
义愤驱使你们这样做的呢！
他的愤怒最终会把你们全部消灭的。"
她说完，地狱的恶魔竟然停手了。
于是撒旦便答道：
"你的叫喊声和劝架话都很奇怪，
竟使这敏捷的手就此停住，
不能满足我交战的欲望。
我首先得弄清楚你是什么东西。
你这双重的形象，
为何在这地狱的深谷中，
和我初次见面就叫我父亲，
还将那影魔称做我的孙子。
我可不认得你们，从未见过
你们这样丑鄙可憎的怪物。"
地狱大门的女魔则这样答道：
"这么说，您已经不记得我了吗？
而今我在您眼里真有这么丑吗？
当时在天界的时候，我可是大美人呢。
在一次集会中，就在您大胆地
和众撒拉弗合谋反叛天帝时，

忽然感到一阵剧烈的痛楚，
双眼眩晕昏黑，脑袋向外迸射烈焰，
最后在左脑裂开了一个大口，
从那里便崩出了我——
一个全副武装的女神。
光彩明艳，像天仙一样楚楚动人，
姿容相貌都和你一模一样。
让天界众神诧异不已，
最初他们是一齐惊讶着后退，
都叫我'罪恶'，认为我是为不祥之兆。
后面渐渐熟悉了以后，
就连最讨厌我的神灵，
也开始喜欢我无法抵挡的妩媚。
尤其是您，在我身上
看到了自己的完美形象，
便与我恋爱，与我幽会行乐，
让我怀了身孕，身子渐渐加重。
然而就在那时，战争便打响了，
战场就在天界。
天国一片混乱，
我们全能的敌人则胜利了。
而我们呢，则被驱逐，
从天上如倒栽葱般摔下来，
掉入这个无止境的深渊里。
我也一同被摔下，就在那时，
这把钥匙便被交到我的手中，
让我看守这永远禁闭的大门，
若没有我的开启，就没人能够通过。
我一个人孤苦伶仃地困在此地，
但是不久之后，你留下的孽根，
便在我腹内生长发育了，
剧烈地踢动着，让我承受一阵阵巨痛。
现在，你看到的这个丑恶的孽种，
就是你自己的亲生骨肉。
他撑破我的肝肠挣扎而出，
而恐怖和痛苦纠缠着我，
所以我的下半身就变成现在这样。
料想不到的是，这个冤家仇人出生后，
竟然挥动着锐利的标枪，要把我杀掉。
因此我四处奔逃，一直叫喊着'死!'

整个地狱在听到这个可怕的词后都震动了，
叹息声从所有洞穴中都发出，
响彻‘死’的回音。
我奔逃，他便追赶，
与其说是愤怒，倒不如说
是可耻的欲火焚烧着他。
他的速度比我快得多，
最后捉住了我——他的母亲，
甚至无耻地使劲拥抱我，
与我苟合。由于那次凌辱，
便产下一大群只会狂吠的怪犬。
你看，他们不住地狂吠着，
总是不停地围绕着我。
每一次怀孕和分娩，
他们都带给我无尽的痛苦。
因为他们会随时回到我肚子里来，
仍然吠叫着，以我的肝肠为食。
接着又窜跳而出，用恐怖包围着我，
让我烦躁不已，不得停息。
我的亲生儿子，也是我的仇敌，
就在我的跟前。
可怕的‘死’由于没有什么食物，
便怂恿他们来啃噬自己的亲生母亲。
然而他知道要是我
被蚕食殆尽，他也活不成。
也知道我随时会变为苦肉，
变成他的毒饵。
而‘命运’早就已经宣告过这些。
父亲啊！我提前警告您，
一定要躲避他那致命的箭，
不要以为它不能奈何您发光的武器。
尽管那是天上炼制的，
但除了天上的君王外，
谁也经受不住他致命地一击。”
她说完，睿智的魔王便警醒起来，
立刻便缓和起来，委婉地说道：
“亲爱的女儿，既然你叫我父亲，
又指给我看俊秀的孙子——
我在天国与你嬉戏玩乐的结晶。
当初的欢乐和甜蜜，

如今已成为过往云烟，
都是因为这预想不到的不幸变故。
要知道，我此次前来并非要与你们作对，
而是要把你们，以及一切
为正当的权利而奋斗的武装联合起来，
将沉沦的天使军
从黑暗和苦痛中解救出来。
我为了大众，告辞他们，
独自出来，勇于冒险，
长途跋涉无底的深渊，
艰辛越过苍茫的太虚无限境界，
上下漫游求索，
是要去寻找一个传说中的地方。
那是一个幸福的地方，
种种迹象都表明，
那福地现在已经建成，
呈巨大的圆形，
就位于天国的边缘，
在其中安置着一个新的族类，
或许是用来填补我们的空缺的。
那个地方距离天界有一段距离，
目的是防止他们会排斥天庭的族类，
从而掀起新的纷争。
我现在迫不及待地想探知
关于这件事和其他更秘密的计划。
一旦探明，便马上回来，
带你和'死'去一个安身的地方。
在那清新芬芳的空气中，
自由自在地翱翔。
那里物产丰饶，
一切都可以成为你们的食物。"
母子俩听完后十分高兴，
"死"一听到有能够吃饱的地方，
不禁微笑着露出了阴森狰狞的牙齿，
庆幸自己即将有饱腹之日。
凶恶的母亲也同样大为欢喜，
这样对她的父亲说道：
"这把由我掌管的地狱之匙，
便是我能行使的权利。
天王下令禁止将这金刚大门打开，

'死'则站在这里把守，
手持标枪抵御一切闯入的敌人，
完全不受活的威力的威胁。
然而天主对我恨之入骨，
将我从天界扔下，
抛到这黑暗阴森的地狱，
将我禁锢在此，履行这可恨的职务。
我是一个天界所生的生灵，
为何要在这里承受无穷的痛苦，
让亲生骨肉从四周包围着我，
挑起噬咬我肝肠的各种恐怖和纷争？
为什么我要遵守他的命令呢？
父亲啊，我的创造者，
您赐予了我生命。
除了您以外，我还应该
听从谁的话，跟从谁走呢？
很快您就要带我到那欢乐光明的新世界，
幸福地生活在众神灵之间。
我将静坐在你的右手边，纵情欢乐，
不枉当您的女儿，做您的情人，
地久天长，直至海枯石烂。
她一边说一边从身上取出那
不祥的钥匙——
人间万祸的导火索，
对着大门蜷动着蛇尾，
高高地拔起巨大的格子吊闸。
那吊闸坚硬而沉重，
除了她，即使是全地狱天使
一起使劲也不能动弹。
接着她将钥匙插进锁眼里，
扭开复杂的弹簧，然后轻轻一松，
所有铜铸铁炼的门鼻和门闩
伴随着一声轰隆，
地狱的大门便瞬间开启了。
但是因为用力过猛，所以导致反跳，
使得门键发出如雷鸣般的声响，
就连地狱底层也受到了撼动。
她打开了门，但却没有力气再关上，
因此大门便洞开着，
如同一个张开大口的洪炉，

浓烟和赤焰由内喷薄而出。
这样一来，大张旗鼓的军队、
战马兵车以及并列的队伍
都能畅行无阻了。
映入他们眼帘的
是一片荒茫混沌的神秘景象。
黑压压的浩无边际的大海，
没有所谓的长度、宽度和高度，
也没有时间与空间的概念。
因为最古老的"夜"和"混沌"，
以及"自然"的祖先，
从太古时期就掌握了大权，
在不间断的战争喧嚣和纷争中，
长期处于无政府状态，
并且凭借着混乱纷争来维持主权。
四个凶猛的战士——冷、热、干、湿，
在那里争夺权力，
还携带未成型的原子去参战。
那些原子环绕着各自党派的旗帜，
荷着各式各样的武器，
群集纷纭，多得像
巴卡或西陵热地上的沙石。
或轻巧，或沉重，或尖锐，或平整，
速度也是或快或慢。
被招来加入战争的风，
增加了他们轻盈翅膀的重量。
混沌王坐着当裁判，
可是他的判决却加剧了混乱，
因为他就是依靠混乱来统治疆土的。
其次则是"机会"，
作为高级裁判掌管着一切。
这潭混乱的深渊是"自然"的温床，
或许是坟墓也不一定。
既不是海，也不是地，
更不是风，也不是火所组成。
而是所有元素的互相掺杂，
从而产生了原子。
所以肯定纷争不断、战乱连年，
直至万能的创世主，
将它们当作黑色的材料去创造新的世界。

那时，饱经思虑的魔王伫立在地狱岸边，
对那混乱的深渊观察了须臾，
思考着前去的航程。
因为他要通过的渡口非常特殊。
他听到的那激烈的破坏声，
丝毫不亚于别洛娜的暴风雨。
那是攻城的大炮或是攻坚器械，
发出的轰隆的巨大响声。
要不然就是天柱倒塌了，
所有的元素都分裂了，
从地轴处硬是把坚实的大地给撑裂了。
最终，他展开巨大的双翼，
如同巨帆一样，乘着涌起的烟波起飞。
飞行了几十里以后，他便坐上了
云椅，悠悠然乘云而上。
然而刚过不久，
云椅就突然间散开了，
接着就遇到了一个大真空，
只感觉到自己的翅膀在徒劳地拍飞，
一直坠入万丈之深。
幸而有一团暗藏火种
和硝石的乱云升腾而上，
将他托住，往上回到原先的高度，
要不然的话，他将继续坠落。
他的狂暴逐渐平息了，
消逝于一个沼泽的流沙里。
这既非海，也非陆地，
他脚踩着泥淖，险些陷下去，
于是半走半飞地拼命前奔。
此时此刻，他需要船桨和风帆，
好比鹰狮格里芬一样，
发现偷金贼独眼龙窃取他监守的黄金时，
便匆匆忙忙飞越原野、山谷和沼泽。
撒旦也是如此急急忙忙地
头、手、翼、脚并用，
拼命地往前赶路，
或泳、或潜、或涉、或爬、或飞。
飞越低洼险峻之地，
途径平坦崎岖与茂密空蒙的地方。
手段用尽终之后，终于听到

一片粗野、混乱、聒耳的喧哗声。
这噪声传到空洞的黑暗中来，
扰袭着他的耳朵。
然而他却不怕，大胆地快速飞向响处，
期望能遇到下界的精灵或天使，
以便打听从黑暗到光明的捷径。
终于看到了"混沌"的宝座，
以及黑沉的笼罩在汹涌海上的大天幕。
与他齐排同坐的有黑衣的"夜"——
混沌王的妻子，万物的女主宰，
身旁还站着奥迦斯、阿得斯，
以及可怕的特摩高根，
更有"谣言""投机"
"骚扰"和"混乱"。
一切乱哄哄的，还有千嘴的"吵架"。
撒旦大胆地向他们说道：
"下界深渊的掌权者、天使、
'混沌'以及古老的'夜'啊！
我此次前来并不是有意
要窥探你们的国家秘密，
或者从中扰乱你们，
而是为了走向光明而
迫不得已地经过你们的辽阔帝国。
由于孤身赶路，无人指引，
几乎迷失了方向，
在黑暗的旷野中辗转徘徊。
由于你们这幽冥之地与天国相接，
便想打听哪一条是通往天国的捷径。
倘若我能找到那个世界，
对于你们将大有裨益。
因为一旦我到达你们的失地，
便会把侵略者系数驱逐殆尽，
恢复原先的幽冥，
将统治权都归还你们，
让古老的'夜'的旗帜重新高扬。
这就是我此行的目的，
你们将会得到全部的利益，
而我也能达到复仇的目的。"撒旦刚说完，那混沌老王
便声音颤抖，焦虑地答道：
"来客啊，我知道你是谁，

你便是新近反叛天君的大能天使长。
这件事我已目睹耳闻，
只可惜没能成功。
天门里千百万乘胜追击的队伍
倾巢而出，而如此庞大的军队，
在纷纷逃离而坠落深渊时
并不是静寂无声的。
这事件震撼了幽冥界，
导致毁灭加上毁灭，
溃败更加溃败，紊乱越趋紊乱。
我守在这片领地里，尽力维持着它，
这古老的'夜'的疆域日益缩小，
由于频繁的内讧，
使得四周的邻国都来蚕食。
首先是囚禁你们的地狱，
自下方向我们扩张开广大的地盘。
其次天和地也在鲸吞我们的领土。
不久前你的军队从天坠落下去的那一端，
有金链联系的另一个世界，
就刚好悬挂在我的头上！
如果那个世界是你所探寻的，
那就离这里不远了，
也即是你最后的冒险了。
去吧，祝你好运！
不管是破坏、掠夺，还是毁坏，
这全都是我的收获。"
他说完后，撒旦便踌躇满志，
一时间答不出话来，
心里暗自高兴苦海有崖，
便重新振作起精神，恢复了元气，
好比一座火的巨塔飞腾而上，
升到暴乱的混沌界，
在四周诸元素冲突不断的夹缝中披荆斩棘。
其中的艰辛与危险，
更强于阿尔戈斯船在两岸岩的
博斯喜鲁斯海峡之间穿梭；
更甚于攸力栖兹左舷
为逃避大魔头加里布提斯
而循着右舷旋涡的航行。
正是在这样艰险的包围中，

不停地奋进着，艰难地前行，
一直到他渡过这一关，
接踵而至的便是人类的坠落，
发生了奇异的巨变！
"罪"和"死"也快速追踪而至，
在他的行迹后面，铺成一条
横贯在黑暗的深渊面上的
宽阔而平坦的大道。
滚沸的深渊里支起一架奇长的大桥，
从地狱一直延伸至脆弱人类所处的星球，
坏天使便可以通过这条桥畅行无阻，
去引诱人类或施刑于人类，
除非人类受到天神的特殊保护。
而今那神圣的光明余晖终于显现，
在天壁，曙光远射至黑暗的"夜"。
自此"自然"开始划定界线，
混沌退居二线，
如同溃军从第一道防线撤退，
纷扰和战争的动乱暂时得以平息。
于是撒旦可以少劳并且安心，
就像一叶扁舟在晨光熹微中，
悠然漂浮在平静的水面上；
又如同船行遇险，
尽管桅绳船具破败，
后来却幸运地驶入港内时一样。
那时，他在空气稀薄的太虚中，
舒展他的翅膀，
悠然遥望着天的最高处——
一个宽阔无垠的地方，
看不清楚是圆还是方。
那里曾是他的故居，
有乳白色的楼塔和城墙，
用碧玉装饰着。
在那旁边，就是用金链
悬在空中的世界，
犹如月亮旁边的最微小的星球。
他满怀着愤懑与仇恨，
在渴望复仇和诅咒的同时，
还要匆忙前进。

卷三

内容提要

当撒旦正飞向这个新创建的世界时，上帝在天界看到了，就指给他右手边的独生子看。预言撒旦将要蛊惑人类，成功实施其阴谋。人本是自由的，具有抵御诱惑和清扫所有对正义、智慧的诽谤的能力。他甚至还宣称：人类之所以犯罪，并不是像撒旦那样心怀恶意，而是被蛊惑而沉沦的，所以要赐予人类恩泽。神子对其父表示了佩服之意。然而上帝还宣称：若神的正义尚未得到满足，则还不能给予人类恩惠。

因为人具有野心，垂涎着神格。而这则亵渎了神格的尊严，难逃死罪，而且还会波及子孙，除非别有人代为受罪。神子便声称自愿牺牲自己为人类赎罪。上帝赞赏了他这一行为，预备将他化为肉身，并同时宣称他的名誉高于天地间所有的精灵，还让全体天使都向他礼赞。一时间，琴声奏响，为大合唱伴奏颂扬圣父和圣子。而此时，撒旦则停歇在新宇宙外缘的一片荒地上，在那里徘徊了一阵子，看到了叫作"空虚边境"的地方，有人与物向那边飞腾而起。然后就观察能够用梯子攀登的天门和苍穹之上的水流。接着又飞到太阳球，遇见了管理太阳的尤烈儿。他首先乔装成下级天使的模样，装作热诚的样子，希望瞻仰新世界和住中的人类，并打听人类的住处。他得到了尤烈儿的指点，便向乐土的方向飞去。首先飞落在尼法提斯山上。

美哉！壮哉！
神圣的"光"！上天的新生儿！
把你比喻成万寿无疆的不灭光辉，
想来必定不算亵渎神灵吧？
因为天帝就是光，自永劫之初
就住在无法靠近的光芒里。
因为他住在你里面，所以你就是
那光辉素质固有的辉煌的流光！
或者把你叫作纯净空灵的光之流。
谁知你的源头在哪里呢？
你的存在比太阳和天都还要早。
因为上帝的一声号令，
你便像一件大氅般披盖着的
从空洞虚幻和无形无限中兴起的
黑暗而又深沉的新世界。
如今，我又大胆地前来寻访你，
尽管我久滞于幽暗之中。
但当我逃脱那幽冥地府，

经过长途跋涉，飞过
各种黑暗的境地时，
哼着天庭诗的新曲子，
和俄耳甫斯的竖琴弹奏的不同曲调，
歌咏着"混沌"与"永恒的夜"，
不停地飞翔着。
首先朝着下方的幽冥界降落，
再向上返航升起，冒险而入。
现在安然重新拜访你，
感受你那回生的明灯。
然而我的双眼却不再受你的眷顾，
它们只是徒劳回转着寻求
你那刺眼的光线，却找不到黎明。
浓翳阴障蒙住了我的眼睛，
让它们变得黯然无神。
但是我仍然钟爱圣歌，
乘着兴致高高地飞翔，
不停地徘徊在缪斯经常到临的
清泉、森林和阳光照耀的小山。
特别是你，锡安山，
以及你脚下百花争艳的溪流，
润洗着你的双脚，
而泉水低吟的潺潺之地，
每一个夜晚都有我的身影。
我也不能忘记其余与我有着
同样命运、地位声望相当的人，
即盲人撒米利斯和美奥尼得斯，
以及先祖太利夏斯和菲纽斯。
用那能激荡起微妙和声的思想为诱饵，
如同那不眠的鸟儿藏身于浓荫中，
在暗夜中独自歌唱，
谱奏着她那夜的歌曲。
就这样，一年四季循环不断，
然而白昼却总不眷顾我，
不管是清晨的，还是黄昏的心旷神怡，
抑或是春天的花草、夏日的蔷薇，
羊牛群，圣贤的面容，
都从不光临我。
围绕着我的就只有阴霾和永恒的黑暗，
人世间享乐的一切途径都与我隔绝了。

美丽的知识之书，大自然的杰作，
到了我手里便成了无字书，
智慧被抵挡在这一扇门之外。
所以，我迫切地需要你。
天上的光明呀！快照耀我的内心，
照亮我心怀内所有的功能。
在那里移植眼睛，洗尽铅华，
让我能用肉眼把那里所有的云雾，
以及看不到的东西都能
看得一清二楚，并且能够描述出来。
此时全能的天帝在天上，
从他所处的高天之上的清虚之境，
俯视着自己的作品，以及
作品的作品，将一切一览无余。
他的独子正坐在他的右手边。
他的周围侍立着天上的
多如繁星圣灵，他们
得以亲眼见到他的容姿，
心中有不可名状的快乐。
这一切都是他荣光焕发的真相。
在地上，他首先看到的
是我们的生身父母亲。
当时人类只有他们两人，
天帝便把他们安置在幸福的乐园里，
让他们喜获欢娱和爱恋的不朽果实，
以及无人妨碍的快乐，
无人抢夺的爱恋，
可谓是得天独厚。
接着，他俯瞰着地狱和中间的深渊，
看到撒旦正从夜国边境昏暗的高空
飞向高高的天国城墙。
正想歇息疲惫的双翼，
便用双脚踏上了
这个世界外缘的一片荒地。
那外表看似坚实的土地，
包围着它的却不是苍穹，
可能是海，也可能是空气，
抑或是一种未定形的东西。
上帝于是便从一眼能够望尽
过去、现在和未来的高地望着他，

向他的儿子预言道：
"我的孩子啊，你看到了吗？
我们的敌人是多么的愤怒啊！
不论是划定的边界、地狱的门闩、
锁链的重重禁锢，
还是深渊的茫茫阻隔，
都驾驭不了他。
他好像全神贯注于冒死的复仇，
最后必定殃及自己反叛的脑袋。
如今他已经挣脱了所有的束缚，
振翅飞到了天国近旁的光明世界，
飞向那新生的世界，
那安置人类的地方。
他将在那里使用暴力毁灭人类，
或者是用卑劣的阴谋诡计，
埋下陷阱使人类上当受骗。
这样人就会听信那些口蜜腹剑的谎言，
从而极其容易地违反他们
必须恪守的唯一禁令，
这样他们以及他们
不忠的子孙将从此沉沦。
这应该怪谁？
除了他们自己还有谁？
他们已经应有尽有了，
却身在福中不知福。
我根据公平正直的原则创造了人，
他们既可以站得稳稳当当，
当然也有沉沦堕落的自由。
我在造大天使和天人时也是如此，
不管是站稳的，还是站不稳而坠落的。
假如不给予自由，违心做事，
显现不出本身的主动，
那么要怎样才能证明
他们的诚意、忠信和挚爱呢？
不管是意志也好，理性也罢，
倘若被剥夺自由，
二者就空虚无用了，
就由主动变为被动，
只服从于迫不得已，却不听命于我。
这样的服从，毫无意义，

又怎么能使我高兴呢？
因此，这样创造他们是正确的。
对于他们的造法，是无法归咎于
创造者和他们自己的命运的。
千万不要认为宿命能够支配其意志，
或者说他们是由绝对的天命
与高远的预见去安排的。
这完全是由他们自己决定
自己的背叛，与我毫不相干。
就算我预见到了，
也不会影响他们的犯罪；
假如我没有预见到，
那么他们犯的罪也丝毫不会减轻。
同理，他们的作奸犯科并不存在
任何命运的安排或者是影子。
与我不变的预见更是毫无关系。
他们的背叛，皆根源于
他们的判断和选择。
因为我赐予他们自由，
他们就必须保存自由，
甚至能够自己控制自己。
不然我就必须改变他们的本性，
收回给他们自由的成命。
他们的堕落是取决于自己的。
坠落的天使，是自甘堕落；
而人的沉沦则是受前者的诱骗。
因此人可以承泽，天使则不能。
我将会布施恩惠与正义，
让我的荣光照耀天地。
特别是慈惠将会始终如一，
它的光华永不褪色。”
上帝在慷慨陈词的时候，
整个天庭都弥漫着芬芳，
蒙恩和被选的精灵之间，
氤氲着一种不可名状的
前所未有的的喜悦之情。
圣子的仪态，是最光辉绚丽的。
在他身上，天帝的神性体现出实质；
在他脸上，则显现出一种圣洁的怜悯、
宽广的仁慈和深远的恩惠。

他向天父说道：
"父王啊，
您在最高的恩谕中，
最后说人类应当得到恩惠，
实在是纶音可贺。
为了这个纶音，
天地齐声歌颂和赞扬您。
不计其数的天乐和千万曲圣歌，
响绝云霄，圣音袅袅，
久久缭绕着您的宝座。
人最后要沉沦坠落吗？
人是你现在心爱的创造物，
作为您最幼小的孩子，
难道因为愚昧单纯受到诡计的蛊惑，
就得让他们沉沦吗？
您是不可能这样做的，
这可不像是您的作风。
父王啊，
您是所有被创造物的总审判，
而您的裁决绝对公平公正。
难道我们就让仇敌的阴谋这样得逞，
让您的创造工程半途而废吗？
难道就让他的企图得以实现，
而您的善心将竹篮打水一场空吗？
或者说，他尽管罪孽深重，
但报复既遂，得以趾高气扬地凯旋，
同时把受到蛊惑的人
全部带回地狱里去吗？
又或者这么说，原本是
为了您的荣光而创造的作品，
如今竟由于他而前功尽弃吗？
若是这样，那么您的慈善
和伟大都会受到质疑和讽刺，
这是毋庸置疑的。"
伟大的造物主便答道：
"皇儿呀，
你是我心里最大的欢乐，
是我的心肝宝贝，
是我的智慧、言语和实力的结晶。
你所说的和我想的完全一致，

全部符合我宣布的永恒的目的。
人类不会彻底地坠落，
悔过者便可得救。
然而拯救并非出自个人意愿，
而是由我布施的恩惠来决定。
我要再次恢复他丧失的权力，
那由于犯罪而被剥夺的权力，
那因为非分之想而亏损的权力。
一旦他得到我的帮助，
就可以重新与死敌站在平等的地位。
在我的支援下，他就会知道
他的沉沦是多么的糟糕，
也会明白他的拯救完全依靠我。
对于其中的某些人，
我要赐予特别的恩宠，
让他们高人一等。
这便是我的旨意。
而其他人等，都要听我的指挥，
要时刻受到我对他们犯罪先兆的警告，
提醒他们要适时地趁着施恩的机会
来消除神的怒气。
因为我将彻底扫除他们阴暗的感觉，
使他们的铁石心肠软化下来，
让他们能够祈祷、悔改和顺从。
而这祈祷、悔改、正当的顺从，
必须是是真心实意的。
因为我既不耳聋，也不眼花。
我还要在他们心里安放公断者的良知，
作为他们的引导。
假如他们能够顺从它，
并且善于利用它，
就会迎来一波接一波的光明，
并且安全地到达目的地。
在我长久忍耐的时期内，
以及施恩的日子里，
凡是那些蔑视和谩骂的人，
都将得不到任何恩泽。
顽固的必将更顽固，
盲目的也会更盲目，
他们肯定会失足掉进深渊。

慈惠必定不能眷顾这些人。
然而事情还没有完结。
人类不忠诚、不驯服，
觊觎神性，背信弃义，
冒犯了天界的至高神权，
这样一来就丧失了一切，
想要赎罪也没有剩余的本钱了。
剩下的便只是被判处特重死罪，
还有子孙后代都要灭亡。
在他和正义之间，其中必要有一死。
除非有个具备强大能力和意志的人，
愿意为他赎罪，替他受死。
天界的掌权者们呀，
你们倒是说说看，
我们能找到这样的大爱吗？
你们之间有谁愿意化作凡人，
用正义去拯救邪恶，
去救赎人类的死罪呢？
在天庭中，可有如此高贵的仁爱？"
他抛出这个问题以后，
天界的乐声便戛然而止，
全体肃然，都沉默不语。
没有谁站出来为人辩护和调解，
更不用说给人赎罪，
承担亵渎神权的死罪了。
这样的话，全人类将会因为
得不到救赎，都必须坠落。
幸而有满怀神圣慈爱的神子
愿意出来为人调解。
作为中介人，他用最
真诚的言词重申了一次：
"父王啊，
您的话一诺千金，人将蒙受恩泽。
为什么不试着派遣您飞得最快的
长翼的使者去遍访您的所有生灵呢？
让他们都前来领受幸福，
不受阻挠，不用哀求，
也无须请愿。
这样前来的人类，真值得庆幸！
否则，一旦被判死罪，

而且沉沦的话，
便将永远得不到救赎。
甚至会由于负债而破产，
最后连赎买自己的资本都没有了。
既然这样，就请看我是如何做的吧！
我要用自己的生命去救赎他们。
请把怒气发泄在我的身上，
把我当成凡人看，
我要为了凡人离开父王的怀抱，
心甘情愿舍弃那仅次于父王的高位，
甘愿为他们牺牲自己的生命，
任凭'死'将所有的愤怒倾注于我。
我将永不会屈服于他的黑暗统治。
既然您赐予了我生命，
我便永远为您所有，因您而存在。
尽管现在我让步于'死'，
凡是我失去的一切都归他所有，
但请不要让我还的债成为他的诱饵，
而把我遗弃在令人讨厌的坟墓里。
请不要让我圣洁无瑕的灵魂
长眠于坟茔中，与腐朽同居。
我将要成功地降伏我的征服者，
夺取他炫耀的战利品。
到那时，'死'将会受到致命的打击，
他那危险的毒刺将被拔出，
武装也将被解除，
他将会颜面大失。
我将飞经辽阔的天空，
取得高天的胜利，将地狱收复，
将黑暗的主权者捆绑示众。
您看见后一定会很高兴的。
到时，我靠着您的提携，
歼灭了其他所有敌人之后，
紧接着的就是'死'，
他的尸体将被坟墓深深埋葬。
然后，我会率领赎回的人类，
回到阔别已久的天庭与您相聚。
父王啊，
只有已定的和平与和解，
才能让您脸上不再出现愤怒的阴云。

到那时，您的怒气就会完全消失，
呈现在您眼前的就只有喜悦和欢乐。
虽然他的言语结束了，但是
温柔的面容仍然在静静地说话，
对于必死的人类显现出不朽的慈爱，
同时也更焕发出孝顺的光芒。
自愿献身的他，
正在等待着伟大父王的旨意。
整个天界都惊奇万分，
弄不清楚到底是怎么回事，
以及为何要这么做。
然而全能的上帝随即答道：
"啊，你为了那些神灵公愤的人类，
在天和地之间找到了唯一的和平。
啊，你是我欢乐的唯一源泉！
你清楚地知晓，我是多么
喜欢我的一切创造物，
对最后创造的人类也是如此。
为了他，我忍痛
让你离开我的怀抱，
准许你暂时离开我，
去救赎失足的全人类。
所以，我要将那只有你
才能救赎的人的本性，
增加在你的本性之上。
而你自己也要化成人的肉身，
生活在地上的凡人之中。
到时，则要通过处女怀胎
来使奇迹出生。
你本是亚当的子孙，现在却
代替亚当当全人类的首领。
就是因为他，全人类覆灭了。
而因为你，则会恢复第二条根子。
凡是能够恢复的都将恢复，
但若没有你则不能成功。
他的子孙后代都因为他的罪行而受罪，
而你用自己的功德替他们顶罪。
只要他们取消自己不义的事业，
把自己移植到你身上，
从你那里接受新的生命，

他们才能被最公正的你
救赎，从而死而复生。
这样，天国的爱便击败了地狱的恨。
因为你献身而死，以死来救赎，
这样就救赎了地狱憎恨的脆弱的人。
这是如此的崇高啊！
因为你在天上降生，
即使取得人性，也丝毫
不会影响你自己的本性。
因为你原本就位及群神，
与天帝平起平坐，
同我一样尊享神的至福。
可是却舍弃一切，去救赎
那个被宣判坠落的世界。
与其说你生而贵为神子，
倒毋宁说你是凭借着功德坐到高位的。
你的善良最有价值，宏大而高贵，
就是光荣也比不上你身上丰盛的仁爱。
所以，你的谦虚将高举起
你的人性，把你举至这个高位。
这个高位上坐着你的肉身，
你将在这里治理神和人。
你既是神子，又是人子，
将被封为宇宙万物的主宰。
我将赐予你所有永久归你
治理的权杖，并肯定你的功勋。
任命你为众首领的头领，
统领所有得位的天使、
王者、掌权者和领主。
不管是住在天上的、地上的，
还是阴曹地府的都得向你卑躬屈膝。
你将带领华光璀璨的随从
从天而降，出现在高高的云端，
派遣传令的大天使去宣告消息。
森严肃穆的大法庭即将召开，
四方的生灵，和所有过去各时期
的死者都可以赶过来，
参加这个终极大审判。
喇叭的声响将唤起长眠的人类，
于是，你的所有圣徒便集结。

你将要审判所有的坏人与坏天使。
他们之中受到起诉的，
将在你的判决下被投入地狱。
到地狱满员时，就将它永远关闭。
同时，要用大火烧掉这个世界，
从它的灰烬中生出新的天地，
然后让正义永驻于此。
在长期受苦受难之后，便可看到
黄金的功绩所产生的黄金日子，
再带着真、善、美凯旋。
到那时，你就可以丢掉权杖了，
因为自此之后你便不再需要王权，
上帝本身就是无所不在的。
众神们，你们都要尊崇神子，
就像尊敬我一样尊敬他，
因为他将为此而死。"
全能神的话音刚落，全体天使
便高声喝彩，振聋发聩如同
成千上万人的呼喊。
所有美妙与祝福的温语，
都表现出无比的喜悦。
天界，这个永恒的国境，
充满了嘹亮的"和散那"。
全体天使向着两个宝座
深深地鞠躬，庄严地礼赞，
恭敬地把黄金与永不凋零的花
所编织的冠冕，投掷到地上。
而那永不凋谢的鲜花，最初
曾在乐园的生命树旁含苞待放。
后来由于人违反了天条，
便被移植到天国里，
在那里萌芽开花。
位于高处的花树庇佑着生命的泉水——
即那条纵贯天国中部，流经极乐花野，
然后转为琥珀之泉的祝福清流。
被挑选的精灵们将这永不枯萎的鲜花
插在用光线缠绕的璀璨发髻上。
紫色的天花蔷薇，
在碧玉海洋般的光洁的地面上，
在投掷得密密麻麻的花冠中间，

脉脉地微笑着。
接着他们重新戴上花环，
拿起散发着光芒的金制的竖琴，
和调好永恒的琴弦，
像箭袋一般佩带在身边。
他们从悦耳动听的交响序曲开始演奏，
他们的圣歌激荡起了十二分的欢欣。
那圣歌既无噪声，也无不谐之音，
只有那动人的和声，
构了成天界的仙乐。
他们首先赞颂您，父王——
全能、不朽、不死、无限、
永恒的王！歌颂您——
万物的创造者，光明的源头！
您自己隐匿于那光辉的明亮中，
坐在那遥不可及的宝座上，无人能见。
然而当您隐去夺目耀眼的光辉，
引来浓云环绕圣身的四周时，
您居于云层之中，
好比一个光芒的神龛，
从异常的光辉中显露出黑色的衣裾，
使得整个天界炫目无比，
就连最光辉的撒拉弗天使也不敢靠近，
只能以双翼来遮挡双眼。
然后，他们颂扬您——
第一个被创物，独生子，神的肖影。
在神那清丽的容颜上，没有云彩遮盖，
放射出无人能见的全能神的光辉。
而您的脸上辉映着神的荣光，
他那博大精深的气质转移到了您身上。
他依靠您的力量创造诸天中的天、
居于其中的所有掌权者，以及
反击您从天界摔下野心谋逆的天使。
那一天，您不吝惜您父王的可怕雷霆，
也不停止您那熊熊燃烧的战车的巨轮，
甚至撼动了天庭永固的结构，
从叛乱天使的颈项上疾驰而过。
追击凯旋后，您的从属权贵
都齐声称赞您，说您
不愧为天父的威力之子，

狠狠地打击了他的仇敌。
然而对于人类来说却不是这样，
人是因为受到诱惑而失坠的。
天帝怜悯他们并格外开恩，
也不对他们施加严厉地审判，
而是倾注更多的哀悯与同情。
您亲爱的独子看到您的
这种态度，便想平息您的愤怒，
停止您脸上表现出的
慈悲与正义的挣扎；
舍弃仅次于您的高位与权力，
自愿献身，为人顶替死罪。
啊，这是多么博大的爱啊！
完全无愧于神圣的爱呀！
善哉！美哉！
神子，你便是人类的救星！
自此以后，您的光辉事迹
将成为圣歌的丰富题材，
而我的竖琴也永不停止对您的赞美，
同时也不会放弃对您父王的歌颂。
在高高的天界，
在群星璀璨的诸天之上，
他们这样歌颂着、欢娱着，
享受着幸福生活。
撒旦则降落到这个圆形的世界，
在坚硬粗糙的球面上艰难行走。
球的第一表层和下面光辉的诸圆有分界，
以防止“混沌”和“夜后”的侵袭。
远看的时候，它像是一个球，
但凑近一看时，却更像是无垠的大陆，
黑暗、凄凉、荒芜，
在无星之夜的掩映下，
不停地入侵的“混沌”界的暴风，
组成了四周艰难险恶的太空。
然而却有那么一个侧面，
却得到稀薄的大气幽光的反射，
尽管距离天国的城垣也较远，
可是受到暴风的侵袭却比较少。
魔王在那大地上闲庭信步。
如同一只在伊马乌斯山上

冰雪环绕着的鞑靼人
流浪的地方生长的秃鹫，
食物的匮乏迫使其飞到
放牧羊群的群山上去，
在饱食了羔羊肉以后，
就飞向那印度恒河，
即印度河的发源地。
它途中停落在丝利刻奈的原野，
那里的中国人用风帆驾驶着竹制的轻车。
魔王便像是这鸷禽，
踽踽徘徊在如海洋一般
多风的大地上，寻觅着饵食。
他觉得十分孤单，因为
在那里还寻不到其他的生物，
不管是活的，还是死的。
只是到了后来，
当邪恶用虚荣填满了人类的事业，
才从地上升起了一切虚幻的东西，
好像飘浮的气体一样升腾到那里。
这包括所有虚幻的东西，
以及所有那些将自己的光辉希望、
不朽名声、今生永世的幸福，
都建立在虚无缥缈之上的人们。
一些人在今世遭到了报应，
即由于愚昧的迷信和盲目地追求
凡人的赞赏，与他们空虚行为
相称的报酬和空虚导致的恶果。
这样一来，那些无论是未完成的、
流产的、畸形的工程，
都混乱不堪地夹杂在一起，
都从地上消失了。
全部飞到这里来，
在这里徒劳地彷徨，
直至最终的破灭。
有的人把梦想托付在邻近的月球上，
那同样是荒谬滑稽的。
那银色的世界中，
居住着各种各样的类族。
既有近乎真实的居民，
又有超升的圣者、介乎天使

和人之间的中性精灵、
神的众多子女以及
人间女子所生的巨人族，
还有许多空幻功业的生灵。
紧接着的就是示拿平原上
巴别塔的建筑者，
他们还在谋划着虚幻的计划，
倘若还有剩余的材料的话，
还要建起更多的新的巴别塔。
除此以外，还有一些是独自前往的。
有一个叫恩披多克斯的，
为了让别人相信他是神，
便愚蠢地跳进伊特拿的火堆中。
还有个叫克略姆柏洛图的，
为了追求柏拉图的"极乐"而投身海洋。
此外还有很多很多，哪怕是
说上三天三夜也说不完。
他们无非是些幼稚的、痴呆的、
身着黑、白、灰的袍衣的肉身，
携带骗人的把戏的隐士和托钵僧。
他们之中有的在这里游历巡礼，
曾经到各地去寻觅那活在天界的死人。
临终前披上圣多明我派
或者是圣方济派的袈裟，
来证明自己的确到过极乐世界。
他们误以为这样打扮就能够畅行无阻。
他们经过七星天，经过"恒星天"，
经过那权衡黄道振动均势的"水晶天"，
甚至还通过了"原动天"。
圣彼得拿着钥匙，站在天堂的门边，
好像是正在等待他们的到来。
看吧！正要举步登上天堂的阶梯时，
便从左右刮来一阵猛烈的横风，
将他们斜吹至十万里以外的远空中去。
那时但见僧帽、头巾和袈裟，
连带其穿戴者一块被吹翻扯烂，
还有圣骨、念珠、免罪券、
特赦证、训谕等，也都被
高高卷起，成为风的玩物。
他们被吹过这个世界的背后，

然后远远落在广阔的地狱边缘，
即被称为"愚人的乐园"的地方。
过了很久以后此地将家喻户晓，
然而如今却还是人迹罕至的地方。
魔王逛遍这整个黑球，
经过漫长的游历，
终于发现了一丝曙光，
于是便加紧步伐，向那边走去。
他远远地望见一幢高大的建筑，
从它那宽阔的阶梯拾级而上，
就能够到达天国的城垣。
在它的顶上，似乎有比
皇宫还要堂皇的宫门，
宫门正面镶嵌着钻石和黄金。
大门上密集地装饰着东方的珠宝，
光彩夺目，绚丽无比，
即使是人间的画笔也无法描绘它。
那阶梯，就像是雅各离开以扫，
在逃往巴旦亚兰去的路途中时，
在路斯的荒野里，在露夜
时分梦到的一模一样。
一队队光辉的天使卫兵反复升降，
在醒后叫喊道："这是天门！"
每一级阶梯都有神奇的寓意，
也不会永久固定在那里，
而是经常被拉到天上去，
一下子便踪迹全无。
底下则是一片碧玉或珍珠的溶液
流漾而成的晶莹剔透的海。
后来从地球上来的生灵，
都必须经过此海。
要不就由天使驾帆，
或者是乘着火马拉的轻车
飞越水面来到这里。
到那时，这阶梯正好放下，
这样做或许有两种用意：
一是有意暗示撒旦，登天并不困难；
二就是加深他被拒绝于福门之外的悲伤。
在门的对面，幸福乐园的正上方，
有一条康庄大道，它向下

通向人间的地球，向上
则通往上帝居住的地方。
其宽阔的程度连后来通到
锡安山顶的大道也无法与它相比；
天界所爱的"应许美地"的大道，
也同样不能与之比拟。
天使们经常在后一条道路上，
身负使命不断往返，
去拜访那些幸福的族类。
从帕内亚斯，约旦的河源，
一直到别士巴，即埃及
与阿拉伯岸之间的圣地。
就连上帝也垂青那大道的宽阔，
那像围住大海汹涌波涛的堤坝，
一直延伸至"黑暗"的边界。
黄金铸造的阶梯向上一直到达天门，
撒旦那时登上天梯的下段，向下
俯视着，突然看到整个世界的
奇丽景观，便情不自禁啧啧惊叹。
如同一个侦察兵连夜冒险，
在黑暗的荒原中摸索前行，
最终在黎明时刻，到达一个
高耸的山峰，却万万没有想到，
竟会骤然瞥见异国的大好风光。
抑或是窥见一个著名的城郭，
密布着亭台楼阁的美丽尖顶，
由于镀上了旭日的光辉，
而越发地显得灿烂晶莹。
那恶魔尽管也曾经
见过天庭，却也惊诧无比。
他发觉整个世界是如此的绚丽，
然而顿生的嫉妒却远甚于惊叹。
他便不停地环顾四周，
因为他所站的位置比夜的阴影
张开的天幕要高出许多，
视野异常的广阔清晰。
可以从东边尽头的天秤星座
一直望到水平线外远离大西洋的
背负着仙女宫的白羊星座。
他再从这头望到那头，

一切都尽收眼底。
然后便振翅而下，朝着这个
世界的第一区域快速俯冲，
从不计其数的星辰中间绕道飞行，
穿过新鲜清新的空气，飞得四平八稳。
群星璀璨，远看只是闪烁的星辰，
然而近看是又像是各异的世界，
抑或是幸福的小岛。
好像那些声震古今的
海斯帕利亚花园，
里边有欢乐的田野、
宁静的小森林和百花的山谷。
但他也不去打听这极其
幸福的岛屿的居民是谁。
在繁星闪烁之中，金色的
阳光最贴近那天庭的灿烂，
于是他的双眼被深深地吸引住了。
接着他转向那个方向，
飞过平静的苍穹。
然而到底是向上还是向下，
离心海还是向心，横飞
还是竖飞，都还很难说。
在那里，大日轮放射出光彩，
让那些卑微的星辰如蜂拥般退避，
与他那严厉的目光保持一定的距离，
从遥远的天空绽放光芒。
所有星宿依照日、月、年的
计时顺序，跳着星星的舞蹈，
正在有节奏地运行着。
他们要么从各种各样不同的运动中，
快速转向太阳这个万物钟爱的明灯，
要么受其磁光所吸引而旋转不停。
它的光线给予宇宙温暖，
无形之中默默地贯穿至内部，
将肉眼不可见的效果逼入深处。
它那发光的部位，
安装得真是巧妙啊！
魔王到了那里便停歇下来，
给太阳添上了一个黑点，
然而天文学家的望远镜却发现不了。

他在那里看到了不可言喻的亮光，
甚至连地上的黄金和玉石都不能比拟。
它的各个部分虽然都不相同，
但都同样像是火烧着的铁
一样，辐射着骇人的灼光。
若把其光亮比喻成金属，
则是黄金与白银参半；
若比作是宝石，便大多是
红宝石、橄榄石、红黄玉之类，
还有亚伦胸牌上闪耀着的
十二粒宝石，除外还有一种宝石，
也许是想象出来的，那就是
下界的炼金术士长年也无法炼出的
或者与其相若的"哲学者之石"。
尽管他们技术高明，能够
束缚住狡猾的赫耳墨斯；
从海里唤醒擅长变形、
不受羁绊的普洛丢斯老人，
用蒸馏器来蒸发他，
想让他现出原形，
却也总是徒劳无功。
太阳这个庞大的炼金术士，
虽然离我们还很远，
但只要被它色泽光润，
效果奇妙的灵光接触，
然后再渗入地上的湿润之处，
那么这黑暗的地域就能
产出很多的宝贵东西。
如此一来，自这里的山野出产仙药，
从这里的江河流出可饮的黄金，
又有什么稀奇呢？
那时，恶魔在这里看到了新事物，
却并不眼花缭乱。
他向着更远处、更阔处看着，
由于没有障目的物体，
也没有任何阴影。
这里一切的作品都被安排得
这样奇妙，吸引着我离开
基路伯的合唱团，
孤身一人漫游于此。

最最光辉的撒拉弗啊，
请你为我指点迷津。
请问，在这群发光的星球中，
哪些是安置了人的，
又有哪些不安置人，
或者说这些星球都任人选住？
我想去寻找他们，要么
私下窥视，要么公开瞻仰，
看那伟大的创造者是
怎样赐予他们世界，
怎样赐予他们所有的恩惠。
我要依靠他和所有物品，
来歌颂宇宙的创造者，
这是理所当然的。
他英明地把他的叛敌
驱逐至地狱的最深层。
为了挽回损失，便创造了
这个欢乐祥和的新族类，
希望他能更好地为自己服务。
他的所有安排都是明智的。
伪善者这样说了一番，并没被识破。
因为人和天使都不擅长辨别真伪，
而这是唯一无形的罪过。
只有上帝才知道，因为他的意志，
便纵容它漫步天上与人间。
尽管"智慧"是经常保持清醒的，
可是"疑心"却在"智慧"的
门口睡着了，还把责任推卸给"单纯"。
"善良"只要是看起来
不坏的就觉得不坏。
此次，尤烈儿就是这样受了蒙骗，
尽管他是太阳的管理者，
又是天上目力最敏锐犀利的天使。
他对那卑鄙的撒谎者真诚说道：
"美丽的天使呀，
你的心愿是要去见识上帝的工程，
借以讴歌光辉伟大的创造主。
这样的愿望不能说是过分的。
其他的天使只是满足于耳闻，
而你却为了亲眼目睹

而远离天界，孤身前往这里。
像这样的愿望，越是被认为
过分，就越值得赞赏。
因为全能神的工程的确是鬼斧神工，
亲眼目睹它也实在是赏心悦目之事，
何况这一切还值得高兴地铭记在心！
但是，又有哪一颗被创造的心，
能够知晓造物的总数？
或是了解深藏无穷智慧中的创造原因呢？
我曾亲眼看到这世界不成型的实质的碎块，
在神的指点下就变化成这许多东西。
'混沌'听从了神的命令，
旷野的喧嚣便被镇压下去，
广阔无垠的空间也有了界限。
到了神第二次发言时，
'黑暗'就逃跑了，
而'光明'便到来了，
于是从混乱中产生了秩序。
自此以后，地、水、火、风等
粗笨的元素都急忙回归自己的位置。
同样地，天上清逸飘灵的第五元素
也以各式各样的方式产生出来，
升到空中，滚成圆球状，
正如你看到的不计其数的星辰的运行。
它们有各自指定的地方，有各自的轨道，
而剩下的灵气，便变成了宇宙的城郭。
你往下面看那个圆球吧，
它的这一面只是单纯的反射，
是从这边照射过去的光。
那里就是人类居住的地球，
光亮的那一面是白昼，
与之相反的黑暗的球面则是黑夜。
他的附近，就是地球对面的
那颗美丽星球，名字叫作月亮，
定时定期地帮助它。
每月围绕着它旋转一周，循环往复，
从这里借去的光辉照耀着大地，
依旧以盈虚圆缺
和嫦娥三相的方式照亮着地球，
在她纯白的疆域内控制着夜。

我手指的那个地方，
就是亚当居住的乐园，
那高大繁茂的森林就是他的幽居之处。
你去吧，绝对不会迷路的。
我也要去我应到的地方了。"
说完以后，他便转过身去，
撒旦按照上等天使的礼节，
向他深深地鞠了一个躬，
礼仪和敬意在天上并没被忽视。
然后他离开那里，从黄道
向底下地球的方向飞去。
成功的渴望驱使着他，
他在空中打了几个回旋，
朝着下面不停地飞行，
一直飞到尼法提斯的山上才落下。

卷四

内容提要

撒旦终于到达了新世界，它坐落于一个能够纵览伊甸园的地方。而这里，已经非常靠近他的目的地。他要单独进行激进的冒险活动来反对神和人。然而此时此刻，他正陷入种种迷惘之中，心里盘踞着许多激烈的情绪：恐惧、妒忌以及失望等。但是最终他还是把心一横，决定实施邪恶的计划，径直向乐园前进。然后是对乐园的外部景观和战略地位的侦察。他越过边境，化为一只鸬鹚，栖息在生命之树上——乐园的最高处，环顾着四周的情况。撒旦首先看到的是亚当和夏娃。他不禁艳美他们俊美的容貌和欢愉的情景，并决心要让他们沉沦。在偷听了他们的谈话以后，他得知乐园中知识树的果实是禁止他们吃的，若吃了必定会受到死罪的刑罚。他决定由此入手，去诱惑他们违犯禁令。于是乎他暂时离开这个地方，另外想办法进一步了解情况。而此时，尤烈儿正乘着一道阳光的光线徐徐下落，来通知那管理乐园的加百列，告诉他说地狱里逃出了一个恶魔，在正午之时，假扮成一个善良天使，途经他治理的天界，飞下乐园来。后来，才发现他在山上的疯狂暴戾的真实面目。加百列应承在天亮之前找到他。接着，夜幕降临了，亚当和夏娃便准备就寝，感恩他们的住处和做他们的晚祷告。加百列派出天使，分成两队，在园内加强巡逻。还派了两名强有力的天使去防守亚当和夏娃的屋子，保护他们免遭恶魔的毒手。然后他们发现撒旦靠在夏娃的耳旁，在她的梦中引诱她。于是乎恶魔当场被捕获，被带到加百列跟前。在受到审问时，他的态度极其强硬。受到天使的警示后，便飞出了乐园。

啊，我是多么地希望，
来一阵警戒的声响，
就像那目睹天启的圣者，
在恶龙再次败北，
怒气冲冲地下降人间来泄愤时，
听到天上在高声疾呼：
"地上的居民有难了！"
但愿现在再叫上这么一声，
让我们的始祖父母警惕起来，
知道他们的隐敌即将到来，
就可以尽早躲避，
以免掉入致命的陷阱。
由于这是撒旦首次怒火中烧，
作为人类控拆者之前的引诱者，
便下到人间，要把自己当时

失败并溃逃到地狱中去的怨愤，
一齐倾注在脆弱无辜的人身上。
他的大胆冒险的远征，
以及沉着勇敢的成功，
既不能说是可喜可赞的，
也没有什么炫耀的理由。
他正在筹划一个险恶的阴谋，
他混乱的心胸澎湃着，翻滚着，
就像是产前的阵痛，
犹如一副魔鬼的机械
反跳过来，打到自己的身上。
恐惧和疑惑在混乱的思想中抗争着，
自底层打乱了心中的地狱，
因为在他心中存在着地狱，
并且紧紧地围裹着着自己，
使他不能迈出地狱一步，
正如同他既不能离开自己，
也不能用换地方的手段来逃离一样。
现如今，沉睡的失望被良知
唤醒了，恢复了过去的惨痛记忆、
现在的忧愁和未来更不堪的情景。
并意识到罪孽越深，
那么蒙受的灾难就更重。
他有时面对着伊甸园，
看到的是欢乐的情景。
然而他那愁苦的目光，
却只看到了悲愁。
有时当他举目仰望天空时，
炽热的阳光正高踞在正午的塔楼上。
他便转入冥思苦想，叹息道：
"啊，你戴着璀璨光辉的冠冕，
从那无上的高位上向下俯视，
俨然是这新世界的最高之神，
群星见了你也会黯然失色。
我现在就不用亲昵的语气
来呼唤你了，而是直呼你的名字。
太阳啊，我要告诉你，
我有多么憎恨你的光辉，
这让我回忆起我沉沦之前的境遇。
那时居住在这太阳天之上，

是多么的光荣骄傲。
可是到了后来，
由于傲慢和更坏的野心，
便发起天界的战争，由于
反对全能的天帝而被迫坠落！
啊，为什么要掀起战争呢？
我的以怨报德的行为实在是对不住他。
他把我塑造得如此光辉、杰出，
施恩于我，从未亏待过我，
而他要求的服务又不困难。
只要赞美他，他便心满意足了，
而没有什么是比这更轻松的回报了。
我实在是太应该对他表达谢意了！
然而我把他对我的恩德
全部化成了怨恨。
即使我被提升到那么高的地位，
还是不愿服从，野心勃勃地
想升到最高位，而且还想在
一瞬间就还清无穷无尽的恩债，
免得将来无止境地纠缠我。
我完全忘了我将继续享受他
赐予的恩泽，完全不明白
只要心存感激，即使受恩再多
也不算亏欠，可以说是
随时结算，随时清还，
那根本就不是什么负担。
啊，假如他那强有力的懿旨
规定我要做个下级天使，
那倒要快乐得多。
这样就不会有无限的希望
去勾起我的野心！
然而却倒未必！也许还会有
别的像我这样身居高位的天使，
还会妄想更高的地位。
即使我身份低微，
也极有可能会被引为同党的。
当然了，另一种可能是权力
和我一样大的别的掌权天使，
拒绝一切由内而外的诱惑，
坚定不动摇，所以就没有沉沦坠落。

难道你没有同样强大的意志和力量，
来保持正直的平衡吗？
你有的，这是必须要承认的。
然而除了天上自由平等的博爱，
谁又能拿别的什么来责罪你呢？
如果是这样的话，
我就要诅咒他的爱。
因为爱和憎都会带给我永恒的祸患。
不，事实上应该诅咒的是我自己，
由于背叛了上帝，如今又痛心疾首，
这些完全是出于自己意志的自由选择。
真是可悲至极啊！
我该怎样强压那无止境的
愤怒，逃避那无限的失望？
逃避便只有一条道路，
那便是地狱。
而我自己就是地狱。
虽然处在地狱的最深层，
但仍然存在着张着血盆大口
等待把我吞没的更深的一层。
同那相比，我目前的
地狱简直就是天堂了。
啊，这么说，最后还是要让步讲和！
难道就没有宽赦和悔改的余地吗？
没有，有的只是屈服。
可是我无比地蔑视"屈服"这个词，
这让我有何颜面去见地下的精灵们。
我曾向他们夸下征服全能神的豪言壮语。
哎！我就这样
大言不惭地许下这种诺言。
啊，他们又怎么知道，
我为了这空虚的大话，受尽了苦楚，
并为这苦楚而几经哀叹？
当他们推选我坐上地狱的王位，
当我手执王杖，头戴王冠备受尊崇时，
我却越陷越深，与悲惨只有一步之遥。
这就是野心所带来的欢乐！
即使我诚心悔改，获得宽赦，
恢复以前的待遇，
也很快就会因为身居高位，

而再次萌生往上爬的思想，
背弃悔过屈服的誓言。
在痛苦的时候立下的誓言，
往往一到安乐时就会被抛弃，
被认为是无理与无效的。
由于受到如此深重的伤害，
伤口是绝对不可能真正愈合的，
那只会使我向着更坏的方向坠落。
这样，我就要用双重的苦难
去求得暂时的休息，
而这个代价也未免高了些。
我的惩罚者也深谙这个道理，
因此他也不要求与我和解。
所有的希望都灰飞烟灭了，
看吧，他放逐我们、抛弃我们，
取而代之的是他的新欢——人类，
并为其创造了这个世界。
永别了，希望！
永别了，与希望同生的恐惧！
永别了，悔恨！
对于我来说所有的善都丧失了。
恶呀，你来取代我的善。
凭借你，我至少要和全能王平起平坐；
凭借你，我将要统治面积过半的领土。
不久之后，人类和新世界都将明白这一点。
他就这样自言自语着，
由于怨忿、嫉妒和绝望的燃烧，
他脸色阴沉，屡次变得铁青，
破坏了他那伪装的面容。
假如有人从旁观察，
一定会揭开他的假面具。
因为天使的心是冰清玉洁的，
未曾受到过这种污秽烦恼的侵袭。
因此他立刻意识到自己的失态，
便急忙装出泰然自若的表情。
原来他是一个伪装的能手
和弄虚作假的高手。
在道貌岸然的外表的掩盖下，
心怀叵测地想要复仇。
然而他的伎俩还欠火候，

欺骗尤烈儿的事情已经被发觉。
尤烈儿锐利的目光追踪着
他的去路，一直追到亚述的山上，
看到他露出善良天使不应有的丑恶之态。
撒旦心想，此处空山不见人，
便显出凶残的面容和疯狂的举止。
他继续向前走着，
走到了伊甸园的周边，
看到了一片碧绿的围场，
好像是田园的护栏，
环绕在陡峻荒山的平顶上。
山坡上荆棘密布，难以接近。
山头上长着高大的秀丽林荫，
是杉树、松树、枞树，
以及枝叶舒展的棕榈树。
树影婆娑，层林叠翠，构成一个
森林的庄严无比的景象。
好一片园林景色！
高出树梢的是乐园的翠绿围墙，
从那里我们的始祖能将
下面四邻的疆土一览无余。
比围墙还要高的是一排最美的树林，
点缀着沉甸甸的鲜美果实。
太阳更加乐意照耀那些花果，
花和果都是金灿灿的，
枝杈交错，璀璨缤纷，鲜艳夺目。
比起美丽的晚霞，
或天降神雨后的彩虹，
还要更赏心悦目。
这一派风光真是可喜可爱。
这时他周围的新鲜空气
也更加清新了，拂面而来的清风，
将春日的欢乐吹进心中。
除了绝望以外，一切的悲愁
都被抛到了九霄云外。
软风阵阵袭过，扇动
含香的羽翼，吹送土地的芳香，
悄悄地告诉人类盗取香料的地方。
比如航海者在好望角高挂云帆之处，
在刚刚经过莫桑比克海峡时，

海面的东北风从盛产香木的
阿拉伯海岸吹来沙巴的奇香，
让他们感到精神抖擞，
故意踟蹰不前慢慢航行。
况且那大海原来也喜欢这种妙香，
笑容满面地行过一程又一程。
那乐园的甜蜜芳香，就连
心怀鬼胎而来的魔王也喜欢。
他喜欢香气的程度，还要
甚于阿斯摩丢斯喜欢鱼腥气。
后者因为追求托比的儿媳妇，
而遭到鱼腥的追逐。
心怀嫉恨，从米狄亚被追赶到埃及，
终于被牢牢地捆住。
于是撒旦登上荒芜陡峭的山顶，
一路上冥思苦想，默默前行。
但走到一处后，却找不到前行的道路，
枝丫盘结交错，如同一望无际的丛林，
灌木丛中蔓生的枝藤相互缠绕着，
阻挡了所有人和兽的道路。
那里只有一扇门，侧面朝东。
魔王面对这一切，蔑视着，
嘲笑着，不愿意从正门进去。
只是轻轻地一跃，
便跨过一切的高墙和山界，
轻而易举地跳入园内站定。
他如同一只徘徊的狼，
在饥饿的驱使下，
去找寻新的猎场。
一看到牧羊人在傍晚把羊群
赶进田间的羊圈中，
并且关得严严实实的，
便轻松地跳过栅栏进入羊圈里。
又好像是一个贼人，
为了盗窃富人的钱财，
不去理会坚牢的门户，
也不管扣得紧紧的门闩，
也不怕遭到袭击，就直接
从窗口或屋顶椽瓦之间爬进去。
这个最早的盗贼闯入了神的羊圈，

而最近亵渎之神的雇用者
也照例溜进神的教会。
此时，恶魔飞上那生长在
乐园中央的最高大的生命树，
像一只鸬鹚一样停栖在上面。
他那样做不是为了重获新生，
而是打算弄死活的人。
也没有考虑到那棵树给予生命的功能，
只是利用它作为瞭望的据点，
却不知道善用它就能够实现永生。
除了天帝以外，谁也不知道，
应该怎样去正确评价当前的善。
他们往往把最好的曲解为最坏的，
或者将善用做最卑鄙龌龊的工具。
于是，他带着新的惊奇
去俯瞰人间所有的幸福。
一块小小区域却蕴藏着丰富的宝藏，
展现在自然界的比天上
和地下合起来的幸福还多。
这是上帝在伊甸园东部
安置的极乐的园林。
伊甸地区由浩兰向东延伸，
一直到希腊诸王所建筑的
大城郭西流古的王塔，即古代
伊甸子孙们居住的提拉撒一带。
在这片乐土上，上帝
营造起无限欢乐的园林。
在这片肥美的土地上，
各种具有高尚的色、香、味的树木，
遵照他的命令生长着。
而在各种果木的正中间，
高高挺立着一棵生命树，
高大挺拔，金果累累满枝。
在生命树的近旁是死亡，
即生长在它旁边的知识树。
好知识是用坏知识高价购买而来的。
往南流动的一条大河纵贯伊甸，
那河流没有改道，却被吸入地下，
穿过丛草丰茂的山下，潜流而进。
由于天帝将这座山置于湍流之上，

干涸的土地便从脉管吸入水，
然后汇成一股清泉涌出，
再分成许多细流去滋润整个园林。
接着又汇合到悬崖下面的沼泽，
再往下又合流成河，
暗流的河道就这样重新成为明河。
自此分成四条主要的河流，
各自向前静静流淌，
经过许多著名的国家及其古迹。
这里就不具体阐述了。
不过，假如能够用艺术来形容，
就可以叙述一下那清澈的泉水
是如何分流成涟漪的小河，
冲刷着东方的珍珠和金沙，
在两岸的树荫之下盘旋地，
流成了甘冽的泉水，
遍访每一棵草木，
滋养着乐园中的各类名花。
这些花与在园艺的花床，以及
珍奇的人工花坛中培养的大不同。
它们是自然的慷慨馈赠。
它们开放在山上、谷中、野地里，
或是旭日东升时照耀的开朗田野，
抑或正午烈日当头时的浓荫深处。
这里是气象万千的田园胜景。
森林中的茂盛珍木沁出的灵脂，
芳香四溢，有的结出金灿灿的
果实悬挂在枝头，亮晶晶的。
而海斯帕利亚的寓言，
则可以在这里明辨真假。
森林之中既有野地也有平坡，
野地上散落着啃着嫩草的羊群。
还有棕榈的小山和明润的溪谷，
花儿满山遍野地开着，
姹紫嫣红，花色齐全，
其中还有无刺的蔷薇。
另一边则是蔽日的岩荫，
有凉爽的岩洞，上面
覆盖着茂密的藤蔓，
结着黑紫的葡萄，

正在悄悄地爬着。
这边的流水汩汩地顺着
山坡往下泻，或分流散开，
或汇集于一湖，四周点缀着
山桃花的湖岸，好像一面
晶莹的明镜，注入河流。
各色的鸟儿在互相唱和着。
春日的柔风，飘荡着
野地山林的气息。
微微颤动的木叶在调音时，
宇宙的潘神和"美""时"等
诸女神携手共同舞蹈，
引领着永恒的春。
传说古时有个长得比花儿
还美的叫普洛萨萍的姑娘，
当她在美丽的恩那原野采花时，
被幽暗的冥王狄斯摘走，
使得西丽斯历经千辛万苦，
寻遍了整个世界。
还有一个静美的达芙涅丛林，
即使是奥伦特斯河畔
和卡斯特利亚灵泉之滨，
都无法与其相媲美。
又比如那尼栖亚岛，
处在特利顿河重重环绕之下。
还有个被异邦人叫作亚扪的
查姆老人，或者说是利比亚的育芙，
为了不让他的大母雷亚看见，
曾经在这里藏匿阿玛娣
及其年轻漂亮的儿子巴克斯。
再比如防守诸皇子住处的
阿比西尼亚的王，
阿玛拉山，位于埃塞俄比亚
处于赤道的地方，
就在尼罗河源头的近处，
光辉灿烂的岩石环抱着它，
要一天的路程才能到达它的高度。
有的人认为它是真正的乐园，
可是比起这个亚述的名园还相差甚远。
那时，魔王怀着不高兴的心情，

看着那些真正快乐的、新奇的生物。
在其中，屹立着两个高俊的华贵形象，
他们高大挺拔，俨然神的模样。
即使用本身原来的光彩披盖在
庄重的裸体上，被看作是
万物灵长也名副其实。
因为造物主的永恒的光彩，
即真理、智慧、严肃、高纯的圣洁，
在那神一样的面容上映照出来，
他们虽然严肃至极，却有着真正
子女的自由意志的基础，
人间真正的权威便由此而来。
尽管二人似乎有着两性的差异，
一个机灵而勇敢，另一个
却温柔而妩媚，富有魅力。
他为了神而被创造，
而她则为了他里面的神而被创造。
绝对的权力在他那俊美的前额，
以及高尚的眼神里显露无遗，
紫黑色的鬓发从前额分开，
一绺绺地往下垂着，
然而却没有垂到宽阔的双肩。
她那没有经过修饰的金发，
像头巾一样披垂到她的纤纤细腰，
乱蓬蓬的，如同葡萄的卷须，
弯曲成波轮的形状，
这意味着她的顺从，
只能使用委婉的主权。
她的服从，带着羞怯，含着骄矜，
柔情脉脉，欲拒还羞，欲爱还嗔，
这样的态度，受到他的极度喜爱。
那时人体的神秘部位袒露着，
然而还没有不纯洁的羞耻。
对天造之物的猥亵的羞耻，
不光荣的荣誉之心，
罪恶的源头啊，
你的外表看似纯洁，
却是多么的让人受到困扰呀！
你从人的生活中，
驱走最欢乐的生活，

还有单纯无瑕的天真!
因为他们心中坦坦荡荡,
所以就这样赤裸地行走着,
也不回避上帝和众天使的眼光。
他们这样手牵手地行走,
自从他们邂逅,并怀着爱意
拥抱以后,便是世间最可爱的一对。
那亚当,他的子孙里没人比他更纯良;
那夏娃,后世的所有女人没人比她更美丽。
他们在如茵的草地上,
在丛林荫下,在一道澄澈的清泉旁
坐下来,温柔地窃窃私语。
他们在轻松愉快的园艺工作之后,
正好可以享受清爽的凉风,
而且还引发了他们的饥渴,
所以更能感到晚餐的甜美。
他们肩膀挨着肩膀坐着,
斜靠在花团锦簇的软堤上,
同时顺便采摘枝头的鲜果。
他们首先嚼食果肉,若口渴,
就用果壳从清澈的泉水中舀水。
温柔的甜言蜜语,爱的浅笑,
年轻人之间的戏谑,
以及夫妻之间的柔情缱绻,
都洋溢得满满的。
因为这个世界只有他们两个人。
百兽都跳跃嬉戏在他们的周围,
只是后来兽类都变野了,
只供人在丛林、荒野、洞窟中狩猎。
狮子用后脚撑地站起来玩耍,
用前爪抚弄着小绵羊;
熊、虎、豹和山猫,
则跳跃在他们面前;
笨重迟钝的大象也竭尽全力,
卷起长鼻子,博取他们的欢笑;
他们身旁那条阴险的蛇,
用辫状的尾巴盘起高尔甸的结,
足以让人无法看破他极度的狡猾;
此外,有饱食后蹲在草地上闲眺的;
还有临睡前在不断反刍的。

因为夕阳已西下，
匆忙地往西海诸岛降落，
天秤座升起的一方天空，
便出现了宣告黑夜降临的星星。
撒旦仍然站着一动不动地凝视，
终于恢复了失去的说话的能力，
他坦言自己的忧愁：
"地狱啊！
我这悲愁的眼睛能看到什么呢？
这些异质的族类，被抬举到
我们以前的幸福地位，
他们应该不是由精灵而生，
而是地之所生，然而却与
天界光辉的精灵基本无异。
这不能不使我心生惊奇，
以至于到了钟爱的程度。
他们如此生动彰显出神圣的面容。
这是创造者在他们身上倾注的
诸多优雅素质的精妙结合！
啊，多么般配的一对眷侣！
你们可料想到变故已经在悄悄逼近？
所有的幸福都将破灭，陷于灾祸。
现在享受的欢乐越多，
将来面临的灾祸也就更大。
眼前尽管欢快无比，然而
防范欠佳，很难维持长久的状态。
而这么高的地方就是你们的天堂，
作为天堂，你们的防御未免过于薄弱，
根本不能阻挡现在已经闯入的仇敌。
不过我不是来破坏你们的，
而是可怜你们孤苦伶仃，
尽管我自己没人怜悯。
我想和你们结盟，
相亲相爱，毫无隔阂。
我要搬来与你们同住，
或者你们去与我共居。
我的住所也和这个园林一样漂亮，
或许不合你们心意，
但你们不妨住下，
因为它也是造物主所创造的。

既然他赐予了我，
我就可以自由处置。
地狱将广开大门迎接你们，
并且赶走全部王公，那里宽敞得
足够容纳你们的徒子徒孙，
不像你们这里那么狭窄，到处受限制。
倘若那里不如这里，就去责怪
那个逼我来报复你们的天神，
因为得罪了我的是他，而非你们。
你们的纯洁无邪，让我心有不忍，
可也有诉诸于公众的正当理由。
只是为了报仇，我才会
想通过征服新世界
来提升我的荣誉和权位。
要不然，就算我坠落了也讨厌这么做。"
魔鬼就是以这个"不得已"的
借口来推卸自己的罪恶的。
然后，他便从高高的书上跃下，
降落在嬉戏着的百兽中间。
他自己是变化无常的，他努力
乔装成接近牺牲品的模样，
以便能够不知不觉地进行细致地侦察，
通过他们的言行举止，
进一步了解他们的情况。
首先，他扮成一只目光炯炯的雄狮，
在二人的四周慢行踱步；
然后再变成一只老虎，
偶然发现林中有两只
温驯的幼鹿在嬉戏，
便上前蹲在近旁，
并经常变换俯伏的地方，
好像在选择地点，
以便一箭双雕，一爪捕获一只。
那时，当第一个男人——亚当，
在和第一个女人——夏娃娓娓而谈时，
撒旦便侧耳倾听，
吸取那新语言的甘露：
"你是这一切幸福的唯一分享者，
你自身就是最可爱的。
天界的全能神创造了我们，

还为我们打造了如此宽广的世界，
想必他是有着无限的善良
以及无穷无尽的气量。
他从泥地里将我们拔高，
安置在这幸福的乐园，
而我们何德何能配享受这些？
我们一点也没有帮上他的忙，
他所要求的就只有一件简单的事情，
就是在这乐园甘甜缤纷的百果中，
只要不吃食生命树旁的
知识树的果实就行了。
既然死是生的近邻，
那么死一定是可怕的东西。
你是完全明白的，
上帝曾经明确下过命令：
偷尝禁果必死无疑。
这是他给的我所有指示中，
必须服从的唯一指示。
此外都是他赐予我们的权力，
例如管理水陆空中的所有生物。
所以，我们不能把这条唯一的禁令
认为是难以执行的事情。
因为其他林林总总的东西，
不仅可以为我们自由取用，
而且还不受到限制。
既然拥有了那么大的幸福，
我们就要时时赞颂他，
感激他赐予的一切。
我们也还要从事我们热爱的劳动，
例如修剪树木和浇灌百花。
尽管这些工作有些劳累，
但是只要有你陪伴便觉得甜蜜无比。
夏娃便如此答道：
"啊，我是你的骨中之骨，肉中之肉。
为了你，并从你身上创造出来。
如果没有你，又怎会有我？
你是我的指引，我的首领，
你说的一切都是正确的。
我们对于他，的确
只能报以赞美与感谢！

尤其是我，则分享了更多的
福分，享受着你的杰出品质，
而你却一时无法寻得与你对等的匹配。
我经常会记起那一天，
我从睡梦中醒来以后，
发现自己正躺在浓荫之下，百花茵上，
不禁觉得十分惊奇：
我是谁？从哪里来？怎样来的？
突然间看到不远处有潺潺的流水，
从一个洞中流出，流成一片平湖，
于是水便静止不动，
平静的水波与纯净的天空一样清莹。
我天真无邪地向那里走去，
平仰在绿色的长堤上，
往湖水里面观望，
里面似乎有着另外一个天空。
我俯身窥视时，竟然看到
发光的水里出现一个与我
一模一样的形象在屈身望着我。
我一惊退，它也惊退往后。
过了一会儿，我愉快地再回头
观看时，它也回头望着我，
眉眼之间，似乎也有同情和爱恋之意。
那时，若不是出现了一种警告的声音，
恐怕我会对它一直凝视到现在，
幻想着那徒劳缥缈的愿望。
那声音传到我的耳朵：
'你在看什么？美丽的人儿。
你现在看到的就是你自己啊！
它陪伴着你一起出现和消失。
你随我来，我要带你到一个不是影子，
却在等待你，与你温柔相拥的地方去。
你是他的形象，你将会享有他，
他属于你，永远不能和你分离，
你将为他繁衍众多和你们一样的人，
所以将你称作人类的母亲。
虽然只闻其声，不见其人，
但听到了这声音，又怎能不听从呢？
于是便跟着那声音一路走，
当走到一棵梧桐树下时，便遇见了你，

的确是英俊而高大，然而
我认为湖水中的影子
要比它柔美、妩媚和温和，
所以我转身就走，
你却跟在后面大声叫着：
'回来呀，美丽的夏娃！
你知道你逃避的是谁吗？
你是我的骨中之骨，
肉中之肉，你是属于我的。
你是用我心脏旁边的肋骨造出来的，
我给了你血肉的生命，
你就要陪伴在我的身边，
对我不离不弃。
我请求你作为我灵魂的一部分，
让我将你叫作我的半边身。'
你一边说着，一边用那温存的手
抓住了我，于是我顺从了。
从那一刻起，我认为男性的
恩情和智慧胜过美，
而只有这样才是真正的美丽。"
人类的母亲如此说完后，
带着妻子的爱慕与温柔的目光，
半抱半倚在人类的父亲身上。
她那隆起的胸部，尽管有
一绺绺下垂的金发的遮盖，
却是裸露着的，半贴在他的胸脯上。
他发现了她那妩媚与顺从的魅力，
觉得十分欢乐，并用高尚的爱微笑着，
如同裘匹特孕育五月繁花的云彩时，
对着神后朱诺那样的微笑。
然后在她那富有母性
光泽的唇上印上纯洁的频吻。
魔王看到后便转过头去，
既羡慕又嫉妒，
同时却又心生邪念，侧目而视，
自言自语道：
"这是多么可恶和恼人的情景啊！
这一对情侣手牵着手出现在这乐园里，
享受最大的幸福，无比美满。
而我却被抛弃在地狱，

既没有欢乐，也没有爱情，
只有一切痛苦和饱受煎熬的
强烈的愿望，由于无法实现，
就只能徒劳苦闷而消亡。
然而我却不能忘记
从他们口中打听到的消息。
乐园的一切好像不全归他们所有。
有一棵叫作知识的树的果实，
是严禁他们吃的，
知识还用得着禁止吗？
这个道理的确值得怀疑。
为什么天界的主宰会憎恨知识呢？
难道知识是罪恶吗？
拥有知识是死罪吗？
难道他们只要无知
就会有栖身之地吗？
无知就是他们的幸福生活，
他们的顺从和忠诚的保证吗？
啊，这是毁灭他们的绝好机会！
这样一来，我就可以诱惑他们，
让他们想要增加求知的欲望，
从而违反那条深含妒意的禁令。
因为天帝害怕知识会将人类
提高到与诸神平等的地位，
而会威胁到他们现在的高位。
我必须要让他们起这样的心，
就算是死也要偷吃禁果。
难道还有比这更好的方法吗？
但是我还得巡视全园一周，
不放过任何一个角落。
如果幸运的话，就可以遇到
徘徊于泉边，或是休息于
树下的天上精灵，便能
从他们身上打听到更多消息。
好好过日子吧，幸福的夫妻！
尽情地享乐吧，等着我回来，
永久的灾难将取代短暂的欢乐。
他这样说着，向周围望了一下，
便骄傲地踱起他那趾高气扬的步伐
开始他的漫游，穿过森林与原野，

越过小山和溪谷。
那时，在地面的最西处，
海陆空的交接处，
夕阳慢慢地隐退，
傍晚的余晖照射着乐园的东门。
那门由雪花石膏岩凿制而成，
高高耸入云霄，从远处
就能够一眼望见。
只有一条道路能够登上高处的入口，
因为这里都是顶尖高耸的
不可登攀的悬崖绝壁。
在崖柱之间，天使长加百列
坐着守卫，等候夜幕的降临。
天界的年轻战士在他的四周，
训练着竞技作战的技术，
身旁高挂着天国的各种武器，
散发出黄金和钻石般的光芒。
那时，尤烈儿乘着一缕阳光，
从傍晚的天空迅速滑下，
如同一颗秋夜的流星，
划过苍茫的夜空，
告知航海者暴风袭来的方向。
他立马说道：
"加百列啊，
经过抽签，我们决定由你来
监护这个乐园，必须要严加防范，
千万不能让阴谋者接近或者进入。
今天中午，有个心怀不轨的大天使，
来到我管辖的太阳界，
向我询问创造者的工程，
特别是关于人和新近天神的肖像。
我给他指出了他急于前往的目的地，
并且观察他轻捷的飞行。
他飞走后不久，便停落在
伊甸北部的山上，在那里露出
他那卑劣狰狞的真正面目，
完全不像是一个普通的天使。
我继续监视他，追寻他的行踪，
可是他顷刻间便在树荫下消失不见了。
我推测，他应该是坠落天使群中

从地狱逃出来引起事端的其中一个。
你应该留意，并将他找出来。"
那个长翼的卫士便答道：
"尤烈儿，正因为你处于
日轮的光圈中，所以你的目光
才这样清澈完满，
看得到极宽极远的地方。
我守卫的这个地方戒备森严，
除了天界相识的来者以外，
没有人能够通过这扇门。
何况从中午以后，
就没人到过这里。
假如有异类的天使，
故意飞越围墙也说不定，
你应该明白，物质的
障碍怎能阻挡灵质呢？
尽管这样，一切都在
我的监护范围内。
如果真有你说的可疑者潜入，
那么我在明日破晓前一定会查明。
然后，尤烈儿便又乘光线回到原处，
那光线已经把尖端转向上部，直冲云霄。
接着尤烈儿被斜带着向下飞行，
往沉入亚速尔岛之下的太阳那里去。
也不知是哪颗主星以不可思议的
速度每天向那里滚转，难道说
迟钝的大地另有通往东方的捷径？
他被留在了那里，留侯在
西方宝座上的云彩，被反射
回来的光映照得紫金辉煌。
此时夜幕静静来临，苍茫的
夜色把万物全部裹进深灰色里。
寂静接踵而至，群兽已归窝，
百鸟已归巢，一切都已进入梦乡，
只有夜莺还醒着，彻夜
啼唱悠远绵长的恋歌。
那时，天空放射出
碧玉般绚烂的萤光。
率领着群星的金星最为明亮。
月亮在云彩环绕的庄严中升起，

终于揭开面纱，展现女王的
绰约风姿，绽放出无穷的光辉，
于"黑暗"之上，
披上她那银色的长袍。
那时，亚当对夏娃如此说道：
"美丽的妻子啊，
如今天色已晚，万物将息了，
我们也应当歇息就寝了。
因为上帝要求我们劳逸结合，
就好比昼夜的更替一样。
而且及时的睡眠的甘露已经
轻轻降落在我们的眼睑上。
其他的生物整日游逛，无所事事，
因而不需要很多的休息。
人却每日都从事一定的
劳心劳力的工作，
这也显示出我们的尊严，
说明天帝关心我们的一切作为。
其他生物不懂得劳动，
只知嬉戏玩耍，所以上帝
才不在乎它们的所作所为呢。
明天，在朝阳升起之前，
我们就要起床去从事快乐的劳动，
修整我们中午时漫步的绿色小径。
如今那里的枝条繁密，
嘲笑我们平时不够勤快，
需要花更多的工夫去修建
那些蔓生的枝条。
还有那些散落一地的花朵'
以及滴沥着的树脂，
很不整齐，十分不雅观。
而且如果我们想要路好走一些，
也要及时清除整理。
然而现在，夜叫我们休息，
我们就要照着做。"
完美温柔的夏娃回答道：
"我的创造者和安排者啊，
只要是你吩咐的，
我都一定听从，永不争辩，
这是神祇已经注定的。

你的法律是神，而我的法律是你。
此外对其他事情不闻不问，
这样才是最幸福的知识，
才算得上是女人的美誉。
和你谈话的时候，我总是
忘却了时间和四季的变换，
无时无刻不快乐满怀。
清早呼吸者新鲜的空气，
和鸟儿一起唱歌，真是舒服极了！
初升的红日，在愉快的大地上，
洒落它那蔷薇色的光线，
照耀着凝着晶莹露珠的花草树木。
阵阵细雨过后，丰腴的
土地散发出芬芳。
夜幕降临时令我心旷神怡，
接踵而来的便是寂静的夜，
里头有歌唱的鸟儿、美丽的月亮
以及闪耀的繁星，如同天上的宝石。
然而你不在身边的时候，
似乎一切都变了样。
晨风变得不清新了；
鸟儿的歌唱也不欢快了；
虽然阳光也普照着大地，
花草树木依然凝着晶莹的露水，
雨后依然弥漫着泥土的芳香；
快乐的夜幕降临，静谧的夜
也带来她那欢快的鸟儿，
在盈盈月光和星光下散步；
然而这所有的一切，
倘若没有了你便称不上是快乐。
可是为什么当一切的睡眼都闭上时，
这些星月仍然彻夜不眠呢？
这种璀璨之景又为谁而存在呢？"
我们的始祖如此答道：
"天神的女儿，完美无瑕的夏娃啊！
星星和月亮自有它们固定的轨道，
一直到明天的黄昏，
它们会绕着地球循环一周，
按顺序巡行各地，
所照耀的尽管是尚未诞生的民族，

却预先为他们准备光明，
沉而复升，不断交替着，
以免夜国统治了全部黑暗，
恢复她的旧国土，使自然
和万物的生命消亡殆尽。
星月不仅用这些柔和的火光来照耀，
还用各种天然的暖气来熏蒸养育，
抑或在地上所有生物上面，
洒落部分星星的功效，
让万物更容易吸收太阳更强的光线。
深夜里，虽然我们的肉眼看不见星月，
但它们也不会白白照耀。
也不要认为没有观赏和赞颂夜空的人。
无论我们醒着还是睡着的时候，
都有我们看不到的无数生灵在地上行走，
他们昼夜膜拜神灵，并且赞叹不止。
我们不是常听到在悬崖
或茂林坡上响彻夜空的回音吗？
天人的声音，或独唱，或彼此应和，
歌颂至高无上的造物主。
当他们一起守卫或夜巡时，
经常听到天上丝竹交响，
佳音齐奏，通过歌声报更的方式，
来通知夜间的警卫。
同时也让我们的思想高驰于天界。"
他们手挽着手交谈着，
走回他们那多福的房舍。
那是上帝在创造万物时，
专门替人类挑选的。
那是由月桂和山桃，
以及更高大秀挺、枝叶繁盛的
乔木编织的屋顶，郁郁葱葱的。
左右两侧有莨苕和芳香四溢的
由各种灌木混合成的绿色墙壁；
此外，鸢尾、蔷薇、茉莉等
五彩缤纷的娇妍花朵，
绽放在树枝间，昂着秀丽的头，
如同精工细作的刺绣；
地面上铺着的是由紫罗兰、
番红花和风信子镶绣的地毯，

比尊贵的宝石纹章图案还要富丽。
这里的飞禽、走兽、昆虫等生物，
似乎都敬畏人，不敢贸然进入
这神圣深邃的绿荫的庐舍。
尽管听起来很荒唐，但是
潘神、赛尔凡纳斯从未在里面停歇过；
宁芙、浮纳斯也从不曾到此住过。
只有新嫁娘夏娃用那花朵、花环
和香草来装和饰点缀婚床。
天上的乐队奏响结婚曲，
当天上做媒的天使，
将她带到我们始祖那里时，
她盛放的裸体的美，比那接受了
诸神赐礼的潘多拉还要可爱万分。
啊，她们二人的悲惨命运，
实在是太相似了！
潘多拉被赫耳墨斯带到了
雅佩特的逆子那里，
用美色危害了人类，以此
发泄对盗窃育芙秘藏真火的仇恨。
亚当和夏娃走到他们的房舍前，
突然停住，然后转身，
在宽广的天空下，仰望着
创造了宇宙、空气、大地、天空、
明净的月球，以及璀璨繁星的天神。
同时高声赞叹着说：
"全能的创造者啊，
你既创造了白昼，又创造了黑夜。
昼间定量的工作，我们已经完成。
你赐予我们的无限幸福，
让我们互爱互助，欢乐无比。
你还给我们建了这个舒适的地方，
这对我们来说已经是绰绰有余的。
受到您丰厚恩赐的人的确是太少了。
但是您曾经允许我们繁衍后代，
让他们布满地面。
而他们将和我们在一起，
不管是在清晨醒来的时候，
还是像现在向您请求入眠的时候。
来赞颂您的无上恩泽。

这个时候，他们同心同德，
对天神进行着虔诚的祝祷，
除此以外，就没有别的什么仪式了。
然后就携手进入房舍的卧室，
无须解下像我们这样烦琐的衣饰，
便径直上床，埋头便睡。
我想，亚当定然不会背对娇妻，
夏娃也绝对不会拒绝夫妻的爱。
这是神宣告过的纯洁
而神秘的仪式，是不受到禁止的，
因此不能诽谤他们污秽。
伪善者假装正经地说什么
纯洁无邪与身份。
而我们的造物主却命令繁殖，
只有人神的公敌才会命令禁欲。
善哉，夫妻间的爱！
神圣的法律，人类生息的源头，
乐园所有公有物中唯一的私有物啊！
由于你，淫欲从人间逐出，
而徘徊于群兽之间；
由于你，能够以理性、高尚、
正直与纯洁为根基，
开始理清伦理关系，
开始明白父子和兄弟之间的爱。
我绝对不会将你看成是罪恶或耻辱，
把你放到不配至圣的位置上。
你是家庭之乐的永恒源泉，
你的床笫纯洁无垢，就像自古
以来的圣人和族长们所说的那样。
在这里，小爱神提着长夜明灯，
扇动紫色的晶莹翅膀，
射出黄金的箭，尽情
欢快地统治着这里。
这里不是从娼妓那里买来的浅笑，
不是无爱无欢无情谊的，一时的纵乐，
也不是什么宫廷艳事，男女厮混，
更不是淫荡的假面具，夜半的舞会，
或者情夫对他
高傲的美人唱的小夜曲。
以上这些都是被人们唾弃的。

始祖两人在夜莺歌声的
哄睡下相拥而眠。
在开满花卉的庐顶上，
清晨经过修剪的蔷薇
飘落在他们裸露的四肢上。
幸福的小夫妻呀，快睡吧！
如果不追求更深的幸福
和更多的知识，这便是
至高无上的欢乐状态了。
黑夜在圆锥形阴影的陪同下，
转移到了月下穹隆的半路。
基路伯天使从象牙门中准时走出，
武装的列队则去守夜岗。
那时，加百列这样对他的副将说：
"乌薛，你把这一路队伍带到
南边巡视，一定要严加防范。
另一路队伍就向北边开进。
我们南北巡逻完毕后，
就到极西端会合。"
话音刚落，队伍便像分成两半的火焰，
各自朝着矛、盾的方向飞去。
那时，他把站在旁边的两个
身手矫健的天使叫到跟前，
这样命令道：
"伊修烈，洗分！
你们神速搜查全园，
不能放过任何一个角落。
尤其要注意这两个俊美生物
正在天真入眠的房舍那一带地方。
今晚，太阳的天使告诫，
有个地狱精灵模样的恶天使，
从地狱的关口逃到了这里。
谁能料到会发生这样的事呢？
你们若是发现了他，就立马
将他逮住，带到我这来！
说完，他便率领那雄厚的队伍前进，
月亮也为这阵容而感到眩晕。
那两个天使就直接飞向房舍搜寻目标。
他们看见撒旦像蟾蜍一样
蹲伏在夏娃的耳朵旁。

他正在用魔术接近她的想象空间，
通过此法能够构成任何幻境与梦境。
抑或是吹进从纯粹的血液中提取的毒素，
便能够玷污她的动物的精神，
让她感觉像是溪流上飘动的微风。
这样至少能够引起骚乱，产生
各种不满的思想、缥缈的希望、
虚幻的企图，以及非分的欲求，
助长她无尽的狂妄和傲慢。
伊修烈看到此情此景，
便举起长矛轻轻地触了他一下，
因为一切伪装的东西，
只要一受天器接触，
便会立刻显出原形。
那恶魔一察觉，便惊跳起来，
好像战争中风声紧急时，
从储备的火药桶上
突然落下的星星火花，
而黑色的烟硝便爆发直冲上天。
撒旦在原形毕露后便惊跳起来，
那两个健美的天使
看到魔王的狰狞丑态，
不禁大惊失色，
稍微往后退了退，
然而心里却毫不畏惧，
便走上前去对恶魔说道：
"你这个地狱的逃犯，
是哪一个被摔落冥界的反叛精灵？
为何伪装地守在睡眠者的枕旁，
如同潜伏的敌人等候下手的时机？"
"这么说，你们不认识我啦？"
撒旦傲慢地说道，
"你们真的不认得我吗？
当初我炙手可热，你们哪敢飞近。
我和你们不是一个等级的，
你们应该心知肚明。
如今却不认得我，说明你们没有自知之明，
也表明你们属于天使中的最底层。
如果早已知道又何必再问？
为何要用废话开头，又要以废话告终呢？"

那两个天使便以牙还牙道：
"叛逆的天使，你不要还觉得
自己的容貌仍然与以前一样光彩未减，
还误以为现在和过去那时一样，
正直而纯洁地站立在天界。
因为你不再向善，
你的光辉早已离你远去。
你如今正像你的罪行，以及
受刑的地方一般黑暗污秽。
走吧，去向加百列坦白一切。
他的职责是保卫此地免受侵犯，
保护这里的人免遭伤害。"
那基路伯如此说了一番，
他那严厉的责备，在青春之美中
显着威严，更增添了无穷魅力。
魔鬼羞愧地站了起来，终于意识到
善的威严可畏，德行状貌的可爱。
再看看自己，更是无比惭愧。
尤其是在这里，更显出
自己光辉的削减。
可他仍装出安之若素的样子说：
"要有好的对手我才会搏斗，
我要的是将领对将领，
而非你们这些小喽啰。
要不你们齐上，让我
增添更多的光辉，
或者是减少一些损失。"
其中勇武的洗分说道：
"你实际上是在惧怕我们，
而我们也懒得亲自动手。
因为像你这样的叛逆之徒，
就连一个最小的精灵都能对付。
因为你的罪恶导致了你的脆弱。"
恶魔一言不发，憋着一肚子怒火。
好像一匹被束缚的桀骜不驯的马，
明明知道争辩和逃亡都于事无补，
却仍不停地咬着铁嚼子固执前行。
因为天上的威严使他慑服，
此外，他便无所畏惧。
现在他们走近乐园的极西端，

即将与另一支巡逻了半园的队伍会合，
集合成一大队，等候新的命令。
队长加百列迎面高声叫道：
"军士们！刚才我听到
急促的脚步声向这边走来，
现在又看到伊修烈
和洗分的身影穿过林荫而来，
他们带来了另一个人，
虽然残存王者之风，但光芒已逝，
看他的神态与步伐应当是地狱的君主，
估计不经一番打斗是不会离开这里的。
全体都站好，因为他眉宇间有挑战的神情。
话音未落，两位天使已经走近了，
简明地报告带来的是谁，
是怎样发现的，以及当时
他的形态和他蹲伏着的姿势。
加百列厉声喝道：
"撒旦！你为何逃离禁闭你的地狱，
出来为非作歹，扰乱人类？
他们可不能学你犯罪的坏样子，
但我有权质问你闯进这里的原因。
你是不是要扰乱二人的睡眠，
破坏天神特地为其创造的幸福住处？"
撒旦轻蔑地回答道：
"加百列，你的聪慧是天上出了名的。
而我曾经也是这样认为的。
然而你的这个问题让我怀疑。
有谁是喜欢受苦的吗？
被判下冥界的，有谁
不设法冲破樊篱呢？
若是你自己处在这种境遇，
也一定会铤而走险，远离酷刑，
尽快用欢娱来代替悲愁的。
这就是我到这里来的原因。
你们只知道善却未曾尝试过恶，
所以对于这件事，
你们是难以明白的，
更何况是捆绑我们意志的神呢？
倘若他要把我们永远禁锢在黑狱里，
就应该把牢门锁得更牢固些。

你的问题都已经得到回答了。
他们报告的都是实情。
他们正是在那里找到我的，
可我并没有存心鼓捣或加害他们。"
他就这样热讽冷嘲着。
那勇武的天使被激怒了，轻蔑地笑道：
"啊，自从叛徒撒旦沉沦以后，
天界便失去了一个会辨别贤愚的天使了。
他因为愚蠢而坠落，
而今又蠢蠢欲动越狱归来。
问他为何未经允许就擅自来到这里，
他竟然较真起来，怀疑问者的智慧！
他倒认为脱离苦海和刑罚是聪明之举！
你尽管这样判断吧，这般放肆吧，
到头来，一定会因为逃亡而遭怨恨，
受到七倍的重击。
你的小聪明将被打回地狱里去，
被狠狠地教训一顿。
这样你才会明白，逃亡无益处，
任何痛苦都比不上被挑起的无限愤怒。
但是你为何要独自前来，
而不带着全地狱的党徒一起越狱呢？
难道他们受的苦少些？或是来不及？
还是你比他们都缺乏耐力？
勇敢的首领啊，你是第一个脱离苦海的！
如果你向徒众说明逃亡的因由，
就决不会成为孤独的亡命之徒。"
那恶魔皱着眉头厉声道：
"并非我缺乏耐力，或是惧怕痛苦。
出言不逊的天使啊，
你知道我是你最强悍的敌手，
当初你我在交战之际，
幸亏有狂暴的雷霆齐发支援你，否则
你的长矛就几乎不能阻挡我的进攻了。
然而你方才的一番胡言乱语，
证明你尚未从以前的失败
和艰苦的经验中吸取到教训，
这样仍然不配做一个忠实的领导。
自己从未经历过的危险危险，
是决不轻易率领全军踏上去的。

因此，我首先独自承担逃离黑暗的深渊，
来侦察这在地狱里名噪一时的新世界的任务。
我想在这里寻找一个良好的住所，
将我那群受难的天使们，
安置在这地面上，或是半空中。
但是我们来占领的时候，未免会
再次遭到你和你的喽啰们的反对。
你们轻松的任务并不是打仗，
而是侍奉你们高高在上的君主，
在相当的距离之外奴颜婢膝，
对着他的宝座颂扬歌唱。"
那天使军战士立即答道：
"先是假说自己聪明地脱离苦海，
然后又声称自己是来侦查，
这样的出尔反尔，完全可以说明
你不配做首领，而只是一个撒谎者。
你怎么能把这说成是忠实呢？
啊，名义！你玷污了
忠实的神圣名义！你对谁忠实？
是你的那群党徒吗？恶魔的军队，
配上你这种首领正适合！
你的训诫，你的军纪，
你信誓旦旦的忠诚，
便是你叛逆天界公认的无上权威？
你这滑头的伪善者，
而今假装捍卫自由的保护者，
可是当初在天上时，
有谁比你更加卑下、谄媚、
奴隶般崇拜那可敬可畏的天帝？
除了妄想篡夺君位以外，还为什么？
现在你听清楚了，滚吧！
滚回你逃出的地方去受罪吧！
今后，你若再出现在这乐园，
我就将你扣上镣铐，拉回地狱，
密封紧闭，让你再也不能嘲笑
地狱的牢门太轻，闩得不紧。"
基路伯这样威胁着，然而撒旦
不仅毫不在意，还更为愤怒地回答：
"看守边境的高傲的基路伯呀，
还是等我成为你的俘虏时，

再来谈镣铐吧！
倒是你自己要当心，
我这强有力的手腕
比镣铐要沉重得多，
你肯定经受不起。
虽然天帝常常乘着你的翅膀，
但你们只是在轭下牵引他的凯旋车，
沿着铺满星辰的天路前行而已。"
他的回答使得光辉的天使军
愤怒无比，立即将方阵变为新月形，
高举长矛向他围拢过来，
密密麻麻，如同秋熟时那一片
在微风中垂须吐穗的西丽斯稻田。
农民们站在旁边多虑地发愁，
生怕打谷场中剩下的全是稻壳，
丰收的希望就此落空。
然而撒旦却十分警惕，全神贯注，
鼓足力气站着，就像忒涅利夫岛
或者是阿特拉斯山一样岿然不动。
他的头颅一直顶到天，饰着
翎毛的"恐怖"坐在他的盔上，
他的手上好像也有矛和盾。
看这情形，恐怖的打斗是在所难免了，
这样一来不仅会骚乱乐园，
可能也会扰乱整个星辰密布的天宇，
诸元素至少会在激烈的冲突中毁灭。
幸好全能的神对这场恐怖的战争
早有准备，他已在天宇高悬金天秤。
那天秤如今还悬于处女宫和天蝎宫之间，
最初是用来平衡空气和空悬于
宇宙中的地球，以及测量万物的。
现在却用它来测量一切事件，
不管是战事还是国事。
他在天秤的两头各放置两个砝码，
一边是和平，另一边是战争。
后者高高地挑起，一直碰到秤杆。
加百列看到这个征兆，便对魔王说：
"撒旦，我们对对方的实力心知肚明。
它们都不是我们自己拥有的，
而是神的无私赐予。

你我的力量都不能超越天限，
因此自夸蛮力是愚蠢的。
就算我的气力增大一倍，
可以将你踩成一滩烂泥，
又有什么好炫耀的呢？
请往上看，在那里能得到证明，
从天兆去解读你的命运吧！
看，那里称着的你，
是多么的轻，多么的弱，
即使你要抵抗也是白费工夫。"
撒旦仰头一看，
看到空中自己的秤盘偏高，
便不再多说，赶紧逃走，
夜的阴影也随着他逃遁。

卷五

内容提要

朝阳从东边升起，夏娃便向亚当讲述她的噩梦。虽然亚当不太喜欢这个梦，可仍然安慰了她。他们先是在草庐的门前歌唱早晨的颂歌，然后出外劳作。亚当坐在房舍门口，远远望见上帝的特遣天使拉斐尔到来，便出门迎接他，带他进入室内，用夏娃在园里采摘的果实款待他。在桌上，拉斐尔从天上下来，向亚当说明了自己的使命。告诉亚当关于他的处境和他的敌人。他的仇敌即将到来，敌人是何人，为何他是敌人的目标以及其他所有应当知道的事。拉斐尔从天界的初次叛乱和原因，一直讲到撒旦是如何带他的部队进入天国北部，鼓动他的部下跟他一起造反。唯有一个名叫亚必迭的撒拉弗天使不赞成，与他辩论一场后，便完全决裂了。

在遥远的东方，
晨曦挪动着她蔷薇色的脚步，
给大地上洒上了晶莹的彩珠。
亚当照常在这个时候醒来，
由于清纯的饮食和雾霭，
他的睡眠像空气一样轻柔。
一受到曙光的微照，
听到树叶的沙沙声，
以及小河水汽蒸腾的微音，
还有枝头鸟儿动听的晨歌，
他的梦境便会消散。
此时，他惊奇地发现睡梦中的夏娃，
云鬓散乱，两颊好似火烧一样发光，
显然是昨夜没有睡好。
他便支起上身，斜倚在一边，
露出宠爱的神情，俯视着她那睡时
与醒时同样倾国倾城的美貌。
于是，他轻轻地抚摸她的手，
用微风吹拂百花般的温柔的
声音向她喃喃低语道：
"醒来吧，小美人，
亲爱的妻子，
我新近获得的礼物，
上帝的最好的最后的

赐予，永恒的欢愉！
醒来吧，阳光在和煦地照耀，
清新的野地在召唤着我们。
醒来吧！不然我们将失去最美的时光。
去看看我们栽培的草木在如何发芽，
香橼的丛林在如何开花，
芍药和香苇是怎样在滴露，
大自然如何用颜色绘画，
蜜蜂又是怎样在花上吮吸蜜汁。
否则，这一切时光都将溜走。"
她被这低喃的耳语惊醒了，
她用惊奇的目光望着亚当，
拥抱着他说道：
"我心中唯一的归宿啊，
我的光荣，我的爱人呀！
当我看到你的脸，又看到
归来的晨光，心里着实高兴。
昨晚是那样的不同寻常，
我仿佛做了个梦，
梦到的不是平常之事，
既不是你，也不是昨日的工作，
更不是第二天的打算，却是个烦恼，
是在这之前我们不知晓的事情。
我似乎听到一阵柔和的声音
环绕在我的耳旁，叫我出去散步。
我还以为是你的声音：
'为何还沉睡不醒呢，夏娃？
现在可是最快乐的时刻，
除了夜啼的鸟儿之外，
就只剩下一片寂静与凉爽了。
夜鸟现在正醒着，啼着她的恋歌。
这时月亮正圆，领导着群星，
用更为欣喜的幽光映射着万物的脸，
要是无人欣赏，就枉费美景良辰了。
整个天体都醒着，睁开了所有眼睛。
一切有情的生灵都在看你，
因为你的美迷住了他们，所以
他们一直用艳羡的目光盯着你。'
我以为是听到了你的召唤，
就起身了，可却没有看见你，

所以就走出去找你。
我好像孤身走过了几条小道，
突然间就来到了被禁食的知识树旁。
它看起来美极了，
比我白天看到时还要美上百倍。
然后我惊奇地发现，
树边站着一个有着翅膀的
模样很像我们常看到的天使。
他那湿淋淋的鬈发散发着天香。
他也在那里欣赏那棵树，还说：
'啊，真是棵漂亮的树，果实累累，
可是竟然没有神或人来品尝
你的甘美，从而来减轻你的重荷？
难道知识是卑贱的东西吗？
是由于嫉妒还是别的原因，而禁止品尝？
既然你被栽在这里，
不管是谁下令禁止的，
都不能阻止我享受你的甘美。
他说完后，便毫不犹豫地
伸出手去摘果品尝了。
我听到这么大胆的话，
看到这么大胆的行为，
便吓得浑身战栗不止。
可是他却极高兴地说道：
'啊，神圣的果实，
你的味道本来就甘美无比，
然而这样的采摘却使你更甜蜜。
禁止人类采食，大概就是
为了让神能专门享用，
而且还能将人变为神。
人变成神有什么不好吗？
好的事情越推越广，
创造者却丝毫没有损失，
反而更加受到尊敬呢！
快乐的，天仙般美丽的夏娃啊，
你也来尝一尝吧！
虽然你现在已经很幸福了，
然而还可以更幸福些，更有价值些。
尝尝这个吧，吃了以后就能和群神交往，
而你自己也将变成女神，

再也不会受到地球的限制，
甚至还能够像我们飞在空中，
或者以你神的身份升上天去，
看看神们的生活情况，然后你也加入。'
他一边说着一边向我走近，
递给我他摘下的果子，
一直送到我的嘴边。
那果实的清香，立刻使我垂涎欲滴，
忍不住要去品尝。
后来我便和他一同升到了云中，
俯瞰那广阔的，气象万千的大地。
当我察觉自己飞得高高的而恍惚时，
我的向导者忽然消失了。
我仿佛又降落下来，再度进入了梦乡。
现在醒来，发现原来只是梦，
真是太高兴了！"
夏娃这样描述了昨晚的梦境，
亚当便色正辞严，忧郁地答道：
"我自身最好的肖像，
亲爱的另一半呀，
我对你昨夜梦中的烦恼也深感不安。
我一点儿也不喜欢这个怪梦，
我害怕这是从邪恶来的，
但是邪恶来自何方呢？
你生性纯洁，从不包藏祸心。
然而你要知道，在人的心灵里，
有一些低劣的机能，将理性奉为主脑，
而幻想在各种机能中居于次位，
明敏的五官呈现所有外界之事，
想象和幻影则是由幻想构成的，
他们和理性分分合合，
组成我们肯定或否定的东西，
这就是我们的知识和判断。
当器官休息时，它也隐居休息。
当理性睡着时，幻想却总是清醒着，
模仿理性的动作，却经常搞错了形象，
创造出不伦不类的物体。
尤其是在梦中，以前的和现在的
言行举止被混淆起来。
我认为你的梦很像是我们昨夜的谈话，

可是却增加了许多诡异的东西。
但是你没有必要难过，
邪恶往往会进入神或人的心里，
来来回回的，只要你的心意不允许，
就不会留下一丝半点的罪恶，
这样我就看到希望了。
你会憎恶梦中所见的那些事，
醒来以后却决不会去做。
所以不要沮丧，不要忧愁，
应当要比那美丽的晨光还要
兴高采烈，用微笑去迎接万物。
现在我们起身吧，
到树林、泉边和花丛中去，
神清气爽地劳动吧。
现在，花朵正敞开最曼妙的胸怀，
释放出为你整夜储蓄的芳香呢。"
亚当这样安慰了他的妻子。
夏娃突然间豁然开朗，
可是柔和的眼泪还是默默滴了下来。
她用秀发拭去泪水，
然而眼眶里还含着两颗泪珠。
亚当就趁其未落之前将其吻干，
以此来表示心中的快慰。
因为这两颗泪珠表明了她的悔悟。
在所有疑惧烟消云散后，
他们便一起来到田间。
先是从蓊蓊郁郁的荫翳下，
走进无垠的阳光普照的旷野。
太阳还没有完全升起，
他的车轮还辗转在海边天际。
他那带露的光辉，平射于大地，
显现出乐园东方和伊甸福地的
辽阔地域的无限风光。
他们二人便像其他天的早晨一样，
虔诚地赞美天神，用各种体裁的
诗歌向创造主唱念歌颂。
他们出口成章，既有合乐的歌曲，
即兴的颂词，也有美妙的韵语
和无韵的散文，都是神圣的欢乐。
与丝竹合奏相比，更显和谐亲切。

于是他们开始这样唱道：
"至善的，全能的天父啊！
所有的这些都是您的创造物，
它们是这样的瑰丽美妙！
而您自身又是多么的神奇呀！
言语根本无法形容。
虽然我们看不到高坐在天的您，
但却能看到您这些最卑微的作品，
而这些东西已经充分表明了
您的至高无上的才德和无比的神奇。
说吧，您是最能说会道的。
光明的子孙，天使们呀，
因为你们看得到他，
所以便在天上用歌声和交响曲，
日夜不停地围绕着他的宝座欢唱。
地上的芸芸众生啊，
你们用合声歌颂他，
起承转合，永远都不停息。
最美的星辰、夜的最末一员啊！
即使你不属于曙光，
也应该是白昼的先驱。
你用辉煌的光晕，
装饰笑容灿烂的清晨。
你要在朝阳刚刚升起之时，
在柔美的清晨，在空中赞美他。
啊，太阳，你这大世界的灵魂啊，
你要明白他比你更伟大。
不论是在你初升的时候，
或者是在高天的时候，
还是在落山的时候，
都在你永恒的轨道上赞美他。
迎接着灼热的日轮，
却又避开他的明月啊，
要与在旋转着的天体中的恒星们，
以及其他五颗载歌载舞的行星
一起赞美刺破黑暗的全能神。
空气、水和火等元素啊，
你们是大自然最先孕育的物质。
然后你们互相结合，
变成各式各样的形状，

千变万化，循环往复。
你们这些交混合和滋养着万物的元素，
一定要唱出变化万千
和万古常新的颂歌，
来赞美伟大的创造主。
亲爱的雾气和水汽啊，
当你们从山里或湖上升腾的时候，
还只是暗淡的土灰色。
及至太阳出来，你们
绒毛似的裙裾就变成了金色。
你们要为创世主蒸腾，
要么变成云朵，
去点缀那万里晴空；
要么变成雨水，
滋润那干涸的大地。
不论变成云朵还是雨水，
歌颂他是必须要做的事情。
柔和的，萧肃的风儿呀，
你们也要歌颂他。
小松树和小草呀，
快摇动你们的头，对着他膜拜吧！
清澈的泉水呀，
你们要切合旋律，唱出婉转的歌声。
所有的生灵，一齐合唱吧！
轻唱歌儿飞登天门的鸟儿呀，
请用双翼和啼鸣运载颂词。
不管是在水中潜游的，
在地上漫步的，在高空飞翔的，
还是在地下匍匐的，
都可以见证我在清晨和夜晚
对着山谷、树林和清泉高歌，
教导你们向天神献上颂歌。
宇宙的主宰啊！
希望您永远赐予我们善德。
假如黑夜将邪恶暗藏，
请把它彻底驱散。"
他们做完天真的祈祷后，
便恢复了往日的宁静，
接着急忙到田野中去劳动。
园子里果木成行，根深叶茂。

他们需要修剪那些长伸的枝丫
以及不结实的花苞。
还要用葡萄藤缠绕榆树，
使她用妩媚的双手环着他，
用累累果实装饰他朴素的枝叶。
他们是这样勤勤恳恳，
天君看到后心生怜悯，
便召来擅长交游的拉斐尔，
让他保证和那嫁过七次的处女结婚，
并与托比阿斯一起前去。
全能神说道：
"听着，拉斐尔，
撒旦已经从地狱里逃了出来，
还侵扰了人间的乐园。
昨晚正打算从那夫妇俩下手，
进而摧毁全人类。
你们赶紧下人间，在亚当
午休时亲和地与他交谈。
你们可在其休息处或树荫下找到他。
谈话时，你们要暗示他是身在福中，
这幸福是受意志自由支配的。
尽管他意志自由，可还不够坚定。
提醒他不可大意，误入歧途。
告诉他，他即将面临危险，
如今有何敌人侵入乐园，
企图扰乱别人的幸福生活，
让人类像自己一样从乐土上坠落。
不，他使用的并非易于防范的
暴力，而是欺骗和谎言。
这一点千万要使他清楚，
以免违反天条而借口不知者无罪。"
全能的天帝大义凛然地说道。
带翼的天使领命后，
立即从千万撒拉弗之中升起，
飞越天庭的中心。
乐队便快速向两旁分开，
让出一条宽阔的天道，
一直延伸至天门处，而天门
在金制的户枢上自动打开，
真可谓是圣斧神功。

从这里开始，没有什么
阻挡他的视线，碧空
万里无云，就连小星星也没有。
他远远地看到了地球，
与其他星球并没有什么不同；
看到了乐园众多山峰上的香柏树。
所有的一切都朦朦胧胧的，
好似伽里略夜里在望远镜中
看见的月亮中的仙境；
又像是船长从西克拉德群岛中
远眺德洛或撒摩那样的小岛，
觉得可望而不可即。
他急忙往前飞行，
穿越宽广无边的天空，
在宇宙中自由翱翔。
时而挥动轻盈的翅膀，乘风而上；
时而扇动柔和的空气，加速飞行。
不久后，就到了鹰隼所及到的高处。
他吸引了全体鸟类的眼球，
百鸟们都认为他是一只凤凰，
以为是将遗体运往埃及的底比斯，
然后安放在光辉的太阳神殿中。
他降落在乐园东面的山崖上，
显现出撒拉弗天使的原形。
三双翅膀掩盖着他圣洁的面容，
其中一对则护着双肩垂在胸前，
如同帝王的装饰；
中间的一对就像闪烁的水晶带，
上面有一层金光闪闪的茸毛，
围住腰身和大腿；
另外一对则从脚后跟开始，
全是紫霞色的羽甲，
护住他的双脚。
他伫立于岩石之上，
好比是迈亚之子，
翅膀一挥，天香便洒遍人间。
守卫的天使只消看一眼，就知道
他是奉着神圣的使命而来的，
不禁对他肃然起敬。
他走过那光辉的账幕，

幸福的田野，以及弥漫着肉桂、甘松
和白壳杨的芬芳的树林。
终于来到芳香甘美的原野。
大自然散发着青春的气息，
纵横驰骋着处子的幻想，
充满着新鲜的活力，
无拘无束，充满了无限幸福。
当他从那芳林中出来时，
坐在阴凉门口休息的亚当
便一眼认出了他。
那时烈日当空，
强烈地炙烤着大地，
而这是亚当不需要的。
那时夏娃正在准备
可口的果实，清泉、浆果和
葡萄等混合而成的琼浆做午餐。
亚当便对夏娃喊道：
"夏娃，快来看呀，
一个光辉的天使正从
东面的树林，向这里走来，
如同曙光在正午时分升起。
他应该是怀着神圣的使命，
在此时光临我们的家。
快拿出最可口的果品，
款待这位天界的贵客。
这里资源丰富，物种众多，
越是采摘，越是硕果累累，
这教导我们无须过于节俭。
所以当然要从众多礼品中，
多拿一些出来回赠送礼之人。"
夏娃说道：
"亚当啊，你受到上帝灵气
的滋活，是人间圣洁的榜样，
因此四季都果实累累。
所以不需要贮藏过多，
足够生活所需就行了。
但我现在要马上到树林中去，
精挑细选甜美的果实款待天人。
让他知道上帝对地上的恩赐，
并不亚于天界。"

她一边说一边快速转身，
一心想着怎样挑选最上等的瓜果。
若不调和口味，便会难以入口，
所以要按照自然的变化加以调味。
于是急忙去采集各种果珍。
无论是东西印度、地中海滨各国、
本都、布匿沿岸，还是阿西诺斯国中的，
样样都不缺，悬挂于树枝上。
果壳或光滑，或粗糙；
果实既有带须的，也有藏于荚中的。
她都不吝采摘，堆放在桌子上。
饮料则都盛在干净的容器中。
有度数不高的新酿葡萄酒，
也有从多种浆果中榨出的甘液，
还有从甜果仁中提取的软糕。
然后她在地上抛撒蔷薇花瓣，
以及从森林中取来的自然芳香。
与此同时，伟大的始祖父亲，
则上前迎接神光焕发的贵宾。
没有其他多余的仪式，
天使只凭自身完美的姿态，
威严就胜过那王侯侍从成行的马队，
和那些让观众觉得不可思议的盛礼。
到他跟前时，亚当虽然并不惧怕，
却好像对待长辈一样，
对他毕恭毕敬地行礼，
同时说道：
"天人呀，倘若您不是天使，
哪会有这样光辉的仪表！
你从高高的天界降临，
来到这个只有我们夫妇俩，
却被天神赐予广阔土地的地方。
请到那边阴凉处稍作歇息，
一直到午时暑气消退，
天气变得凉爽的时候，
顺便品尝这个乐园出产的果珍。
天使则和蔼地回答道：
"亚当啊，我正是为此而来的。
以你的身份和住所，
即使是天使也可以经常

受邀来拜访你。现在请带我
到你们阴凉的住所去吧。
从现在一直到傍晚，
就在那里随意交谈吧。"
于是，他们来到了那荫翳的，
装饰着各种各样鲜花的，
散发着芳香的屋舍，
如同微笑着的波莫娜的亭子。
然而夏娃除了自身之外，
并没有作任何打扮。
无论是山林的仙女，还是
爱达山上争吵的三位女神，
都不能与她相媲美。
她站着招待这位天界来客，
因为她身着美德，
没有思想上的缺点使她羞愧，
所以无须面纱的遮掩。
天使送了他一声"祝福你"。
很久之后，这句神圣的祝词，
还用来祝福夏娃二世玛利亚：
"人类的母亲啊，祝福你！
你的腹中将产下众多子女，
遍布世界的各个角落，
比这桌子上的果子还多！"
他们隆起长出草皮的土堆，
将其作为桌子；
以四周几个长满青苔的位置做凳子。
在交谈了一会儿之后，
我们的始祖怕食物不新鲜了，
便这样说道：
"天上的贵宾呀，
请尝一尝这些赏赐之物吧！
这些都是我们的创造者，
功德无量的天主，
赐给我们的食物，
不知是否符合天人的口味。
然而我确定的一点就是，
这是天父赐给众生的。"
那天人说道：
"那些赐予半灵质的人类的食物，

也能拿来给纯灵质的天人欣赏。
纯智者也和你们这种
有理性者一样需要食物。
因为二者都有低级的身体机能，
能够望、闻、嗅、触，
不但能品尝，还能消化和吸收。
而且能将有形化为无形，
将肉体化为灵气。
要知道，被造之物都是需要养分的。
各种元素都是以粗养精的，
大地用来给养海，
海洋用来给养空气，
空气则用来给养天上的星星，
星星用来给养月球。
月球又何尝不是从她
温润蒸发的陆地上喷吐养分，
来供养较高级的星球。
而月球脸上之所以有斑点，
就是因为不纯的蒸汽
还尚未化成其本质。
太阳的光辉普照万物，
同时又从万物中吸收蒸汽，
夜幕降临时，便和西海共进晚餐。
尽管天界的生命树生产仙果，
尽管每天清晨都有甘露从枝头滴落，
尽管有葡萄提供仙浆，
然而天神在这里广施的新品种
别具风味，可以与天界的相媲美。
千万别认为我对食物很挑剔。"
接着，他们便坐下共进午餐。
原来天使并非有影无形，
也非缥缈朦胧的幻象。
却正如一般神学家所说的，
具有强烈的食欲，
不仅有吞咽的能力，
也有消化和吸收的能力，
精灵都能消化多吃的东西。
怪不得那些有经验的炼金士，
能够借助煤炭的火力，
将粗糙的矿石化为

跟从矿洞开采出的一样的纯金。
那时，夏娃赤身在桌边伺候，
将甜美的饮料倒入酒杯，
顿时芳香四溢。
啊，真是一片乐土呀！
假如神子们为这景象而销魂，
也是无可厚非的。
然而他们的心不受情欲支配，
所以他们不懂得嫉妒，
不懂得受损的"爱者的地狱"。
他们以吃喝的方式满足了食欲，
却不让肠胃有过重的负担。
这时亚当突然记起，
要把握谈话的好机会，
了解一些天界的事情，
以及天上居民的生活状况。
因为他们有比自己优越的
光辉的态貌，圣洁的光辉，
以及强大的能力。
于是他便谨慎地问道：
"上帝身旁的天使啊，
我十分荣幸欢迎您的到来！
您不仅光临这简陋的居所，
还不拒绝品尝这些不配作为
天使的食物的地上产出的果实。
而且您如同享受天上盛宴一般，
竟然吃得津津有味。
这究竟是为什么呢？"
天使长便如此答道：
"亚当啊，这世界上
只有一位全智全能者。
万物从其而出，又回归于他。
万物是被创造得很完美的，
除非不从善而招致坠落。
万物源于同一种物质，
然后按照本质而被赋予
各种形态和生命。
在活动的世界里，
各种形态不一的生命，
逐渐被净化和纯化，

在各自的界限内向神灵靠近，
最后从肉体逐渐升华成为灵质。
就好比植物先从根上
生长出细嫩的绿茎，
再从绿茎上萌生更细嫩的叶子，
最后绽放灿烂无暇的花朵，
散发迷人的芬芳。
花朵和果实都是人类的滋养品，
它们也沿着阶梯逐步上升，
慢慢由植物进化为动物，
直至成为万物的灵长，
有着生命和直觉，想像和理解。
理性是她的本体，
而灵魂则从中接受理性。
理性分为推理的和直观的两种：
你们基本上靠的是推理，
而我们主要靠的是直观的。
实际上我们是同类，
只不过是程度的不同罢了。
因此你不必奇怪，
为何我也会品尝上帝
认为对你们有益的食物。
我与你们一样吃它，
然后将其化为我的本质。
人类和天使吃着同一种食物
的那一天终究是会到来的。
那时就不会觉得吃不惯这些食物了。
经过长期的积累，
食品给予你们的养分，
会使你们的身体变得轻灵，
最终将全部化为灵质，
与我们一样长出翅膀，
能够飞升上天，
可以随意住在这里或是天上乐园。
只要你们遵守规矩，
完全保持对上帝的不渝爱。
就可以尽情享受这个乐园
至高无上的欢乐了。"
亚当答道：
"善良的天使，尊贵的客人啊，

您为我们指引知识的明路，
教导我们用自然之心观察被造物，
并一步一个脚印往上攀登，
渐渐靠近全能的神。
然而'你们若是顺从'这句话
到底是什么意思呢？
上帝创造了我们，
这里充满了凡人所需、所求
和所享的最大幸福。
难道我们还会违逆他吗?"
那天使对他说道：
"天和地的儿子啊，请谨记！
目前你的幸福源自于神，
而幸福的延续却靠你自己。
意即你的顺从能使你保持幸福。
这就是我给你的警告。
神创造的你是完美的，
然而并不意味着永远都是如此。
他赋予你们善良的本性，
也给予你们力量去维持。
你的意志原本就是自由的，
难逃的命运肯定是控制不了你的。
他需要的是我们主动的服务，
而非勉强的顺从。
假如人的心灵得不到自由，
让命运支配意志，
那么还要用什么来考验人类的
顺从是否出于真心呢？
我和全体天使军，
也都与你们一样，
除了顺从以外，
便无其他维持幸福的方式。
爱与不爱都出于自己的内心，
正因为有自由的爱，
所以就会自由地服务。
而这也是决定坠落或站稳的依据。
其中有的天使因为反叛而坠落了，
从幸福的高处坠入了无限的痛苦中!"
伟大的祖先亚当答道：
"神圣的导师呀，

您的金玉良言，
比夜间基路伯的歌声，
或是群山附近送来的缥缈仙乐，
都更加悦耳动听。
我知道在被创造后，
意志和行为本就是自由的。
然而我们总是经常笃定内心，
永远记着我们的创造者，
遵从他的简单公正的命令。
但是，我很好奇您说的天上的事，
我想那必定是非常珍奇的逸闻，
所以恳求您一五一十讲给我听。
况且时间还长着呢，
太阳刚走完路程的一半，
另一半长跑才刚刚开始呢。"
在亚当殷切请求之后，
拉斐尔略微迟疑了一下，
便点头接着说道：
"亚当啊，这可是件
既难说又可悲的事。
我要如何讲述由于人类的感性
而看不到的战斗天使的功绩呢？
这么多原本光荣善良的天使，
坠落后的境遇实在令人扼腕叹息！
而且也不太适合泄露
另外一个世界的秘密。
但是为了你，我说说也行。
我尽量用人类感官所能理解的，
用人间有形的物体来
描述天界的事情。
地界尽管只是天界的影子，
然而天地之间的相似度
远远超出你们的想象。
当初世界还未被创造之时，
混沌占据了如今旋转着的诸天，
地球就被凌空悬置于中心。
刚好在天界的新年伊始的那一天，
成千上万的天使军被召集而来，
从天界的四隅涌出，
闪着耀眼的光忙，

在各自首领麾下严阵以待，
挺立在全能者面前。
千万标志着不同天族、等级
和阶级的旌旗高扬空中，
在军队中间迎风招展。
他们排成宽阔的圆圈，
层层重叠地站着。
永恒的圣父，
端坐在圣子在万福怀抱中，
如同炫目的火山，光辉无比。
他说道：
"诸位天使，光明之子们，听着！
现在位于我右边的正是我的独生子。
我宣布他在这个圣山上受封即位，
赐封他为你们的首领。
天上众天使都得向他屈膝，
承认他的权力和地位。
在他的伟大统治之下，
团结一致，永乐无疆。
背叛他就等于背叛我，
一经发现，就要被
打入天外的黑暗深渊，
将永远得不到救赎。"
全能者这样宣布完毕，
实际上他的话语并不讨得喜欢。
那一天与其他节日一样，
他们在圣山周围一起歌唱，
跳起那神奇的舞蹈，
行星和恒星都照常运转着，
错综复杂、迂回曲折，
令人有如入迷阵之感，
看似混乱不堪，实则
暗含着寻常整齐的规律。
它们的运行符合神的节奏，
那乐曲是如此柔和、有魅力，
上帝听着也是心花怒放。
夜幕降临，众天使开始聚餐。
全体摆好餐桌，顷刻之间便
摆满了各种珍馐佳肴。
珍珠杯盏里盛玉色的甘露，

闪亮的钻石杯和沉沉的金杯里
是天上甜葡萄的玉液琼浆。
他们将鲜艳的花环戴在头上,
休憩于百花之中。
在觥筹交错中,
畅饮永生和欢悦。
暖夜弥漫着天香,
高高的神山上迸出光和影,
将最明丽的天容,
变成愉悦的暮色。
除了那不眠的六神以外,
蔷薇色的露珠让众天使安眠。
当时整片天原上散布着天使群,
在流水之岸和生命树林中间张开天幕。
霎时间无数大帷幄便搭建而起。
习习凉风伴随他们入眠。
还有一些在彻夜轮班歌咏,
在帝座旁边唱诗。
然而撒旦却没有入睡。
他尽管不是第一大天使,
却也是第一流的。
他的权力、恩宠和地位都高高在上,
可是却深深嫉恨圣子。
当伟大的天父授予圣子弥赛亚时,
他便觉得难以忍受这种光景。
于是在深更半夜,众天使熟睡之时,
他深怀恶念,决定将其军队撤走,
公然反抗至上的天父。
他唤醒那仅次于他的大天使,
悄悄说道:'亲爱的伙伴呀,
你怎么还能入眠?
还记得昨天全能者宣布的事情吗?
平时你总是把自己的想法都告诉我,
我也告诉你我的真实感受。
我们在醒的时候总是一条心,
如今怎能因你的瞌睡而分离?
要知道,新的法令已经颁发。
统治者既然可以发布新法,
我们这些受统治者自然
也能够改变初衷。

我们要召开新议会讨论
所有可能发生的情况。
但是此地不宜多言。
你速去召集麾下的天军首领们，
让他们在天色未亮之前整军出发。
在得到我的口令后，
飞速回到我们北方的领土去，
准备迎接我们新封的君王。
弥赛亚不久之后就会得意扬扬地
巡视整个天国，并颁布他的新法律。'
伪天使长这番话把坏的思想
传播给他那毫无思想准备的伙伴。
那伙伴便召集了许多手下的军政长官，
挨个传达刚才的命令，
让他们在夜色未退之前，
高扬大天军的旗帜进军。
还编造了一些冠冕堂皇的借口，
成功地激起了公愤。
他的部下全部服从于他，
服从于伟大首领的号令。
因为他的名声实在太大，
地位实在太高。他的容貌
像启明星一样迷惑了他们。
而他用谎言骗取了三分之一的天军。
那时，全能神用洞察
思想的慧眼从那神圣的山边，
或从每晚点燃的金灯里，
就可以看见谁在谋划叛乱。
他微笑着对圣子说道：
'孩子呀，我全部的荣光都
在你身上充分显示出来了，
你就是我的全权继承者。
现在迫在眉睫的问题就是
如何捍卫我们的全能，
以及我们从古至今的神性和主权。
如今一个仇敌崛起了，
他妄想在辽阔的北方国土上
建立王权与我们分庭抗礼。
除此之外，他还想在战场上
挑战我们的权能和威力。

在这危急关头，一定要警惕！
必须火速召集剩余天军，
全力防御，以免遭受突袭
· 而使我们的圣山失守。'
圣子用肃穆的，难以揣测的语调答道：
'全能的父王呀，
您光明磊落地蔑视敌人，
信心十足地嘲笑他们徒劳的叛乱。
他们的憎恨将会高举我的名声。
他们会知道我继承的王权
是如何制伏他们的骄矜。
最终将证明我拥有统治天国的权力。'
然而另一边的撒旦却率领
他的军队，火速飞行远征。
那天军的数目不计其数，
就像是夜间的繁星。
他们行经众多大国，
例如那将生灵分为三等——
撒拉弗、王者和霸者的疆域。
亚当，你的所有领土
对于这些大国来说，
简直就是一个小花园。
他们拥有的可是环球的
全部大地和所有海洋。
最终他们到达了北国。
撒旦在一座高山上登基即位，
山上鲁西弗的宫殿光芒四射。
他就在这里，在众天使之前
宣称自己是救世主。
还将那座山冒称为'会议之山'。
因为他要在那里召集党羽，
谎称要讨论如何迎接新王的光临。
用以假乱真的语言向他们说道：
'诸位有势、有德和有权的王公们啊！
但愿你们不是浪得虚名。
如今天神已另立新王，
并全权授予，这就
大大损害了我们的利益。
所以我们夜半行军，匆忙
聚集到这里讨论如何迎接他。

我们一向对他卑躬屈膝、殷勤奉献，
而今还要以何种姿态迎接这位新王！
侍奉一位已是不易，
更何况现在有两位！
我们必须想出计划，
商讨如何摆脱这个重轭。
如今他让我们也尊敬他的影子，
这让我们如何做得出双倍的奉承？
如果我没有看错你们的话，
你们是绝对不会愿意
自伸头颈去受缚，
自动屈下尊贵的双膝的。
你们都是天界的居民，
应该都清楚本来就无所谓从属。
即使权利和地位不完全平等，
然而自由却是平等的。
地位和等级与自由并无冲突。
那么论理性和正义，
谁能妄称平等的同辈弱于君王？
权力和光荣虽不尽相同，
但是自由都是平等的。
我们本就没有法律，也从不犯罪，
难道法律还能拿我们怎么样？
我们理应治人，而非受治于人！'
他狂妄大胆的言论令众天使色变。
然而有一个叫亚必迭的天使，
是最热衷敬神，最遵守神令的。
他站起来，义愤填膺地斥责道：
'啊，在天上谁也不愿意听
这种狂妄、虚伪、傲慢的言论。
特别是从你的口中说出。
你在伙伴中是居于何等的高位啊！
你这个忘恩负义者！
上帝合法地宣布其独子继承王权，
天上的所有精灵应当向他屈膝，
恭敬地承认它的权威才是。
你却在这里诽谤天神正当的宣告。
你说他不公正，实则是自己不公正。
如果不用法律来束缚自由，
让同辈来统治同辈的话，

那么要由谁来独揽永恒的大权？
难道要你给上帝颁布法律？
你是他创造的，其他所有生灵
也是他创造出来的。
所以大家的存在都是由他规定的，
无须由你跟他辩论自由的主旨。
经验告诉我们他是何等的善良，
何等的关心我们的善良和尊严，
他根本无意贬损我们的幸福，
而是致力于如何让我们更团结，
如何更能提高我们的幸福。
就算像你说的那样，
同辈统治同辈是不公正的。
难道你又能自诩伟大而光荣，
自以为将精灵美德集于一身，
妄想和独生圣子同辈吗？
全能的天父创造了万物，
天上各等级的天使都是他创造的，
你同样也是由他创造的。
我们凭借他的恩泽得以
享有名誉、权势和幸福。
这绝对不会因为其统治而削弱，
反而更加辉煌灿烂。
既然他肯屈尊做我们的首领，
成为我们的同辈和伙伴，
那么他的法律就是我们的法律。
一切的光荣都属于他，
再由他来将功绩归于我们。
因此，你必须马上停止这诽谤，
赶快去请求圣父和圣子的宽恕！'
然而这位热诚的天使
却得不到大家的支持。
所有人都认为他不识抬举。
撒旦见状得意不已，
更加傲慢地说道：
"按照你的意思，
我们都是被造的咯？
而且是第二手的产品。"
是子承父业的作品？
这说法真是滑稽可笑！

我倒要看这新奇的论述从何而来。
有谁看到过创造的过程？
难道你能记得造物主是怎样造你的吗？
我们根本无法知道自己的前世。
当命运循着轨迹向前运行时，
我们凭借自身的活力，
一步步成长为天上成熟的神灵。
因此，我们的权力是属于自己的！
我们自己的双手，
创造了我们最辉煌的功绩！
到那时，你就看我们
是否愿意向他求饶；
看我们究竟是向他全能的
宝座进攻呢，还是恭拜。
你快去向新王报告这消息吧！
要赶紧，免得灾祸阻挡你飞行。
话音刚落，便有无数天使军
高声喝彩响应他的话。
然而那愤怒的撒拉弗天使
虽然孤身处在敌人包围之中，
却依然面无怯色。
他勇敢地回答道：
"啊，你这叛徒，这恶天使，
你自行断绝了一切的善。
你甘愿堕落沉沦，还将你的不幸党徒
也卷入这场叛逆的阴谋。
你的罪罚最终也会波及他们。
从现在开始，你无须考虑怎样
挣脱上帝弥赛亚的轭。
那些宽容的法令也无须颁发，
因为都已成为了对你的讨伐令。
你现在拒绝的金笏，
将会成为粉碎你阴谋的铁杖。
你刚才让我走，那真是好极了！
我就要离开这罪恶的地方，
不是出于你的警告和威胁，
而是要免受将来的惩罚。
他的迅雷即将到来，
吞没所有火焰，劈击你。
到那时，在痛苦中你就会想起

究竟是谁创造了你;
就会明白到底谁能消灭你。"
忠诚的亚必迭说完后,
发现在无数的伪善者之中,
只有他一个坚定不移,
依然保持这忠贞和热诚,
既没有受到诱惑,也不怕威胁。
他虽然被孤立了,却也不会
就此而改变初衷,背叛真理。
他从一群背叛者中间走出,
一路上忍受着恶意的轻蔑。
他以轻慢回报暴行,转身背对
那些即将被毁灭的楼塔。

卷六

内容提要

拉斐尔继续讲述天神是如何派遣米迦勒和加百列去讨伐撒旦及其军队。第一次战役之后，撒旦及其将领趁着夜幕撤退，召开了一个紧急会议。他们发明了具有强大威力的机器，次日便扰乱了米迦勒的部分军队。然而对方直接拔起群山来投掷，又把撒旦的军队和机器压倒了。但叛乱并未停止。到了第三天，上帝派圣子弥赛亚出征来捍卫天庭的尊严。他身负父命来到战场，将军队分成两翼，然后让战车和轰雷驶进敌阵中去，令敌人不能抵抗。撒旦一路败北，一直撤退到天边的城墙处。接着天墙崩裂，他们便在恐惧和混乱中跳下了专门为他们准备的刑场——万丈深渊。最后，圣子弥赛亚凯旋而归。

多么无畏的天使啊，
躲避着后面的追兵，
彻夜飞行，飞过广阔的天界，
直到晨曦降临。
神山上的宝座旁有一个洞，
光明和黑暗永远在洞里轮宿，
不断交替，使整个天界断变化，
像白昼和黑夜一样，景象常新。
光明一现身，黑暗便进入另一扇门，
一直待到她该出来掩盖天空的时候。
那里的黑暗和这里的薄暮很相似。
现在朝阳已经升起，
为天空披上了灿烂的金色朝霞，
把明亮的光线射遍天宇，
于是黑暗便就此消退。
首先呈现在他眼前的是
旷野上密密麻麻的光辉的队伍，
交相辉映的战车、武器和战马。
他看出，一切已经准备完毕，
并且蓄势待发。
原来天父早已知道他要报告的消息。
于是他高兴地加入到
那些友善的天使群中去。
他们也欢迎他，为他欢呼。

因为他是千万叛逆者中
唯一忠贞不渝的天使。
在大家的簇拥中，他被带到了神山上，
来到了至高者的宝座前。
和蔼的声音透过金色的云彩中传来：
"神仆啊，你表现得十分出色！
为了维护真理，你敢于只身反抗
叛逆的乌合之众，
用犀利的言语战胜了他们的刀枪。
为真理作证而遭受辱骂，
比受到暴力的威胁还要难堪。
然而你一心一意只为忠诚，
即使所有人都说你冥顽不灵。
现在，我把首场胜利交给你，
在这支友军的协助下去杀敌，
必定可以带着荣耀凯旋。
前去吧，米迦勒！
用武力打败那些
不肯承认弥赛亚为王的叛徒。
还有你，文武双全的加百列，
率领我这些无敌的天使们前去。
他们的数目与叛徒相等，
现在已经整队待发，
请用烈火和刀剑勇猛攻打敌人，
将他们赶到天界的尽头，
赶到那刑场，让他们落入地狱深渊。
而那里炎炎的混沌界，
正在等着他们的坠落。"
全能神的话音刚落，
朵朵云彩便遮蔽了全山，
灰色的涡卷包裹着翻腾的火陷，
这是他的爆发愤怒的迹象。
号令一下，护卫天庭的
天使军排列成无敌的方阵，
踏着激昂的乐音阔步前进。
他们甘冒千难万险
为上帝和圣子而战。
他们以坚不可摧的整体向前进军，
不管是高山深谷，还是森林河流，
都无法拆散这支整齐的队伍。

他们飞过许多广阔的国。
最终在天国北边地极的远方，
向两端展开战斗的阵势，
接着便火光冲天。
撒旦的天使联军见状急忙出征，
瞬时刀枪林立，甲胄云集，
盾牌上写着各种夸张的口号。
因为他们预谋用突袭的方法
去占领上帝的神山，
让撒旦占据他的宝座。
然而刚到中途就发现
他们的想法是多么愚蠢。
起初我们还觉得奇怪，
原先他们都是欢乐家庭中的一员，
好像同一个父亲的儿子们，
齐声歌颂永生的父亲。
然而现在却进行着激烈地战斗。
喊杀声喧嚣冲天，
打破了安稳的环境。
那叛徒坐在光如日轮的战车之上，
四围闪耀着金光闪烁的盾牌
和喷射着火焰的基路伯天使，
俨然一个威严的神明。
双方的前线在严阵对立。
两军尚未交火之际，
在阴云密布的先遣部队前面，
撒旦身披金刚石和黄金的铠甲，
像巨塔一样昂首阔步走来。
最骁勇的、好大喜功的亚必迭，
看到此情此景，不禁扪心自问：
"天啊！忠诚既已消失殆尽，
怎么还能保持这么高大的威仪呢？
他貌似强大，坚不可摧。
为何不让那失德的也失去权势？
为何让最脆弱的反倒显得最勇敢？
在全能者的帮助下，我试探过
他的力量和他的理性，
的确是极其的虚伪和不合理。
在真理辩论胜利了，
在武力上也应当胜利，

只有两种斗争同样得胜方为正确。
理性在和暴力搏击时，
虽然像野兽般粗野，
但只有理性赢了，才合情合理。"
他一边想着，一边离开
伙伴独自迈向对方，
在半路上遇见了勇敢的敌人。
看到敌人先发制人，更是愤怒不已：
"傲慢的家伙，是你吗？
妄想着顺畅达到你憧憬的高处。
你以为神的宝座毫无防守，
以为他的手下都惧怕你的强权
和毒骂而背弃了他吗？
你这愚蠢的家伙，
难道你就没有想过
反叛全能的神是徒劳无功的吗？
他从最微小之处送出强大兵力
来击败你的愚蠢与狂妄。
他只要一伸手，就能到达四面八方，
只消一击便能结果了你，
把你的军队打入黑暗的深渊。
然而要知道的是，
忠实于上帝的人为数不少，
只不过你当初没看出来罢了。
当初在你的支配下，
我似乎不应该独违众议。
现在看看我的军阵吧！
尽管为时已晚，但也要明白：
当千万人都犯错时，
依然会有那么个别知情者。"
撒旦轻蔑地答道：
"你这作祟的天使，
我正要找你算账，
你倒先回来领受奖赏。
我要让你尝尝我这愤怒的右手的厉害！
当初你反对三分之一的神军，
在会议上宣扬所谓的神性。
当时他们正觉得充满了神力，
你却否认他们的至尊大能。
你这敌人的前锋，妄想

从我身上拿到任何东西。
你的厄运将预示你同党的毁灭。
这短暂的休战，是要让你知道
我原本以为天上的精灵没什么两样，
但是现在看来，大多数由于懒惰，
宁愿训练自己做卑下的
专供侍宴和歌咏的奴才。
你所做的就是这种卑下的事情。
自由与奴役将一决高下，
今天双方定要见分晓！”
亚必迭严厉地喝道：
“你这叛徒，
还在一错再错，不知悔改。
但凡奉神和自然的指令行事的，
你都要诽谤为奴才，
这是及其不公正的。
神与自然的要求是相同的。
如果统治者是最高尚的，
他就胜过他统治的生灵。
那些伺候不贤者和犯上作乱者，
就像现在伺候你的徒众一样，
他们才是真正的奴才。
其实你自己也并不自由，
自己做了自己的奴隶，
竟然还敢污蔑我们侍奉的神。
到地狱去统治你的王国吧！
而我们则在天界服务万能的神，
遵从那最值得服从的圣令！
记着，地狱中等着你的
只有枷锁，而非王权。
此外，还请你这邪恶的头盔
接受我这逃兵的敬礼。
因为你刚才说的逃兵就是我。”
亚必迭说完，便高擎巨棒，
像飓风中的疾雷一样，
击打在撒旦的头盔上，
使他措手不及。
瞬时间，好像地球上刮过一股底风，
又好像洪水冲走一座大山，
使山上的松树都沉下了半截。

撒旦一直后退了十大步，
才勉强用重矛撑住被打折的双膝。
叛逆的大天使们见状都十分惊讶，
看到最强悍的撒旦遭受
这样的挫败，都怒不可遏。
我军则是欢欣鼓舞，更增加了
胜利的希望和战斗的热情。
于是，米迦勒下令吹起号角，
声音响彻整片广漠的天宇，
忠诚的战斗队则唱起'和撒那'。
敌军也不示弱，同样凶猛地
加入这激烈的战争。
那时，天上出现了前所未有的
暴风雨般的混乱和喧嚣：
刀剑砍击盔甲的铿锵声，
黄铜战车疯狂行驶的声音，
凄厉可怕的战斗骚乱声，
充斥着全体天使的耳朵。
火箭和烟焰笼罩着两军。
两军的兵士都发动着
毁灭性地袭击，互相厮杀，
震响了整个天界。
如果当时地球存在的话，
绝对不会奇怪就连地心也在战栗。
成千上万的天使在激烈交战，
就连最弱小的也能驱使各元素，
集中它们的全部力量来武装自己。
而这么多天使在火并时，
将会产生多大的能量和混乱啊！
要不是那全能神在高处的天宫上，
约束着他们，节制他们的力量的话，
惨剧就会即将发生，
再这样下去，即使他的故乡
不完全毁灭，也必定会骚乱不安。
一个武装的士兵就是一支队伍，
一支小分队相当于一个大兵团。
每个天使都在指挥之下作战，
知道应当何时前进，何时后退，
清楚战局的变化，知道残酷的战斗
应该何时开始，何时结束。

没有谁想要退缩，也没有谁畏惧，
每位天使都自信满满，
如同自己手中完全掌握着胜利。
辉煌的功绩难以言尽，
因为战役蔓延的范围很广，
而且变化多端：
有时在陆地上厮杀，
有时在高空中火并。
持续了很久后依然难分胜负。
到了最后一日，
撒旦表现得骁勇异常。
撒拉弗天军在混乱的战阵中横冲直撞，
终于看到米迦勒挥剑奋击，
一下子便砍倒了几队天军，
然后高高举起巨大的双手，
可怕的剑锋便威力大发。
撒旦急忙举起十重钻石制成的
大圆盾前来迎击这歼灭性地猛攻，
米迦勒见他走近便暂时收手，
打算降伏这个劲敌，
好了结这场旷日持久的内战，
他充满敌意皱起了眉头：
"造孽者啊，
你在反叛以前一向安分守己。
现在你看，这场战斗多么可怕，
大家都在痛恨这次战争。
事实上，最该难堪的应该是
你自己和你的走狗们。
你的叛乱打破了天上的平静的幸福，
给自然带来了灭顶之灾！
你对众多天使传输自己的恶念，
让他们由忠诚变得背信弃义。
但你休想扰乱这神圣的安宁，
你已经被天国逐出所有境界。
天界是至福的住处，容不得任何战争。
因此，你和你的万恶党羽，
连同你们深重的罪行，
一齐滚到地狱里去吧！
到那里战斗去吧！
别让我用复仇的剑对你施刑，

也不要等待天神施加的更迅速的惩罚，
因为那样你会倍加痛苦。"
忠诚的天使说完后，那劲敌回道：
"你别以为这样就能吓唬到我。
难道你打败了我军所有的战士了吗？
就算他们倒下了，也会永不服输地站起。
别以为我很容易对付，
这点虚夸的豪言并不能吓跑我。
你认为这是一场罪恶的战争，
我却觉得它是光荣的战争。
不要妄想这次战争就此了结，
我们不仅要取得胜利，
还要把天国变成你空想的地狱！
这里纵使不归我管治，
但也要让我自由自在地居住。
现在，你在那全能者的支持下，
使出了浑身解数。
我不仅不会退缩，
反而要对你穷追不舍。"
就这样辩论结束了。
双方正准备一场不可言喻的战斗。
即使是巧舌如簧，也难以形容。
更何况人间的想象，
是绝对不能达到神力的境界的。
因为他们的举手投足都像神明，
他们的体形、动作和武器，
都足以控制伟大的天国。
此时他们挥舞着火剑，
在空中画下了许多可怖的圆圈。
他们凝神而立，他们的盾牌
犹如两个太阳相互照映。
所有天使军在两雄交锋之前，
急忙退后，留下一片广阔的场地，
避开这危险的争斗。
如果非要比喻这场剧战的话，
那就是大自然失去协调，
两颗行星在不祥轨道上正面冲撞，
使其他星球惊慌失措。
双雄都使出仅次于全能者的膂力，
都希望能够一击而定局，

都想要对方一蹶不振，永远休战。
双方的实力难分高下。
然而米迦勒用的是天神武库的剑，
锋利刚劲无比。
米迦勒猛力一砍，
便将撒旦的剑劈成两段。
但这还不止，他再急速转动锋刃，
长剑便深深刺入撒旦的右肋。
撒旦第一次感觉到了痛苦，
不停地旋转扭曲着身体。
利剑所刺之处，是一道深长的伤疤，
伤口处像流泉一样
迸射出殷红的天使的血液，
喷满了光辉的盔甲，
令撒旦剧痛不已。
然而灵体的创伤很快就恢复了。
接着许多矫健的天使
从四面八方奔来救助他。
有的驰进战阵掩护他，
有的用盾牌做担架把他抬离战阵，
将他放在战场之外的战车上。
他痛苦地躺在车上，
由于受到屈辱而咬牙切齿。
自己的力量并不是无敌的，
而且受到这样的惩罚颜面全无。
追求与天神相等权力的信念也被粉碎了。
为此他感到痛苦、愤恨和惭愧。
可是不久后他就痊愈了，
因为天使的活力充满全身各处，
他流动的血液好像流动的云海一样，
使他不会受到致命的伤害。
他们全身都是心、脑、耳、目，
以及敏锐的知觉和意识。
他们随心所欲地长出手和脚，
按照自己的喜好，选择适合的颜色、
形状、尺寸和密度。
与此同时，别的地方也有辉煌的战绩，
骁勇的加百列高举勇猛的军旗，
攻克了凶猛魔王摩洛纵深的军阵。
摩洛被激怒了，便出言不逊，

扬言要把加百列绑在战车上，
还不断辱骂神明的上帝。
但不一会儿，他就浑身重伤，
最后夹杂着巨痛大叫逃跑。
尤烈儿和拉斐尔在军队的两翼，
各自打败了那些傲慢的劲敌。
身披金刚石铠甲的勇猛的
亚得米勒和阿斯玛代也毫不示弱，
然而当他们身负重创，
就连铠甲也一齐迸裂而不得不逃时，
却生出了卑劣的思想。
还有那亚必迭，严惩了目无神明者。
他打败了粗暴的亚利、亚略和拉米埃，
用烈火将他们烧得面目全非。
我还可以讲述许多英雄的战功，
让他们名垂青史。
然而真正的天使不奢求人间的赞美，
只希望得到天界的美誉。
另外一群天使也拥有惊人的战功，
也迫切想赢得荣誉，但由于被判罪，
已经从天国和神圣的记忆消逝了，
只能默默地处于黑暗的境地。
假如武力和真理、正义分离，
便不值得表扬，而只配得到污名；
而有的又贪慕虚荣，
希望通过污名而求得美誉，
因此，他们只能走向永远的沉寂。
如今，他们的首领已经被打倒，
加上我方屡次地攻击，
因而队伍混乱，溃不成军。
满地散布着破盔碎甲、
倒地的战车御者和口吐白沫的烈马。
那些后守部队也都筋疲力尽，
失去了防御的能力。
由于叛逆的罪孽，
他们尝到了恐惧、逃亡和痛苦的滋味。
而那些不容侵犯的圣徒却大相径庭，
他们身着牢不可破的铠甲，
以无懈可击的方阵前进。
他们天真纯洁，未曾犯罪或抗命，

这是他们压倒敌人的优越性。
尽管因激战而变更地位，
却久战不倦，也不因为
受伤而觉得痛苦。
现在"夜"已经开始走上轨道，
召来黑暗严严遮盖天宇，
用可喜的休战和寂静，
镇压可憎的战斗的双方，
于是双方都退守在黑暗之下。
战场上，米迦勒及其部下
广扎营寨，密布哨兵，
到处都是闪耀着火焰的基路伯天使。
在敌方，撒旦和众叛徒一同撤退，
远远进入黑暗区域，
顾不上休息，就连夜召开首领会议。
他站在正中央，大胆地说道：
'亲爱的战士们啊，
现在，我们已经脱离的危险，
我知道单靠武器并不能够取胜。
只求自由这个要求实在是太低了，
我们还应当争取荣誉、主权、光荣、
声名等诸如此类更深层的东西。
天上的统治者派出他的
最勇猛的军队来讨伐我们，
以为可以轻松征服我们，
屈服于他的淫威，我们在难分胜负的
战斗中坚持了一日，令他大失所望。
这样看来，那一向认为全智的上帝
将来肯定会有更多失策之处。
如今我们装备不强，
若处于劣势，可能会吃些苦头，
虽然我们从未受过苦，
可是一旦有了经验，便毫无感觉。
因为我们清楚自己的轻灵体质，
不会受到致命之伤，形体不会消失。
即便是受伤，依靠自身的灵气，
不久就自然会复原。
如今我们只不过吃了点小亏，
只要想个弥补的办法即可。
今后必须要更坚固的武装，

更有威力的兵器，才能增强我们的
力量，从而削弱敌人的气势，
或者是让本质一样的双方不相伯仲。
假如他们凭其他隐秘的原因占了优势，
那么就要趁我们心力犹存之时，
通过细致地研究和讨论，
发现其中隐藏的秘密。'
撒旦说完坐下后，
王侯之首尼斯洛便站起。
他像是刚从残酷的战斗中
逃出来一样显得疲惫不堪。
他的手臂伤痕累累，
他带着惨淡的面容笑道：
"从新君手中解放我们的救世主，
争取自由神权的伟大领袖啊！
明知装备不比敌人，却还苦苦作战，
而敌人却不知痛苦，不会受伤。
这对于我们来说，是多么痛苦的事！
这场灾难必定会带来毁灭。
即使有无穷的神力，又有何作用呢？
或许我们应当从生活找到乐趣，
不怨天尤人，心满意足过那平静的生活。
但是目前的痛苦和灾难，
已经超过了我们承受的限度。
因此，假如能发明出更先进的武器，
让我们去攻打未受重创的劲敌，
或者让我们与他们基本持平地抗衡，
便等于是拯救我们了。"
撒旦泰然自若地答道：
"你认为现在我们需要先进的武器，
这个想法是正确的，而且我已经拿到手了。
我们所站立的这块天界的陆地，
这片装饰着花草树木、
宝石和黄金的广漠灵境，
但凡谁看见了这绮丽的地表，
都渴望进一步去探视地下的宝藏。
它们原本是由灵气和火沫浸成的
粗糙的神色物质，只有接触天光，
经过磨炼之后，才变得如此光芒四射。
它们来自黑暗的深地，

孕育着地狱的火焰。
只要在长圆中空的机器里塞满它们，
再从另一端的小孔点火，
就会膨胀而暴怒，发出阵阵雷鸣，
远远地猛烈地射入敌阵。
这种具有强大威力的武器势不可挡，
任何阻挡去路的物体都会粉身碎骨。
敌人们恐怕会怀疑我们
从雷神手中夺走了那可怕的霹雳。
这个工程所费时间极短，
天亮以前就可以完成。
现在你们要振作起来，无须恐惧，
同仇敌忾，准备迎接明天的战斗！"
一番话使士兵们重振起萎靡的精神，
唤醒了之前破灭的希望。
所有天使都对这个发明惊叹不已，
但是却不明白是如何发明的。
凡是未经发明的事，
大家一概都想不到，
然而一旦发明了，却似乎又很简单！
也许将来你的族类会充满恶意，
有的包藏险恶之心，
在邪恶阴谋的驱使之下，
出于相互残杀的丑陋习性，
也会发明出同样的武器，
去屠杀和残杀人间的子孙。
于是乎，所有天使都立即奔向这个工程，
无数手臂一齐挥动，
不久天上的土地就被翻起来，
地下自然的元素已具备雏形。
他们发现了硫黄和硝石的泡沫，
便将两者混合，以妙法调配，
炮制出纯黑的炸药，然后运入军火库。
有的则挖掘了隐秘的矿床，
寻求用来制造杀伤性机器的原料。
还有的在准备一触即发的导火索。
这样，通过夜间的密谋，
一切武器都在天亮之前制成了。
他们静悄悄地在四周严密防范，
唯恐走漏了消息，从而妨碍

他们装置武器装备。
旭日东升之时，
胜利的天使们都已经起身，
军号响彻云霄，所有天使拿起武器，
穿好黄金甲胄迅速集合，
金光闪烁，军容整齐地肃立着。
另外一些则巡视这曙光万丈的山顶，
侦察敌军驻扎之地，
以及可能逃亡的方向。
看敌军是否在备战，进度如何。
不久他们就望见了敌军，
只见撒旦渐渐飞近那招展的旌旗，
叛军缓慢而坚劲地行进着。
飞行本领最强的基路伯天使佐飞儿
用最快的速度飞回，高呼道：
"战士们，准备战斗！
溃逃的敌人已经前来，
省得我们长驱追赶，
今天不必担心他们能逃走了。
我看见敌军的战阵整齐威武，
战士们意志坚定，自信满满，
个个都身披金刚铠甲，全副武装。
我估计，今天来的不是毛毛细雨，
而是充满箭和火的暴风雨。"
他警告天使军，他们便警惕起来，
拿起武器，蓄势待发。
正在那时，他们看见不远处
那邪恶的巨神，从那中空的方阵中
拖着他那极具威力的武器，
迈着沉重的步伐迎面走来。
而队伍则里三层外三层包裹着武器，
以此掩饰撒旦的狡计。
两军刚刚对立，撒旦就出现在阵头，
高声地发出号令：
"前卫军，向左右分成两队，
让那些憎恨我们的敌人都看清楚，
我们是如何寻求和平友好，
敞开胸襟，准备迎接他们，
前提是他们要接受我们的提案，
并且放弃抵抗。

现在，就让上天作我们的证人吧！
我们已经对你们仁至义尽了。
既然你们身负使命站在这里，
那么就要尽到职责，
干脆就同意我们的提案，
高声地说，让所有天使都听见！"
他冷嘲热讽着，话音刚落，
前卫军从中间向左右分开，
纷纷向两翼退去。
这时便可以看见一个用钢、铁、石
铸成的新奇的物体，
三行圆柱架在车轮上，
对着我方张开血盆大口，
每根圆柱后面都站着一个敌兵，
手中握着燃烧火的芦杆。
这完全粉碎了刚才虚伪的和解宣言。
我们一时还迷惑不解，所以停滞不前。
不一会儿，三个敌兵突然一齐动手，
伸出火把，巧妙地轻触开那个狭小的火门，
顿时火光滔天，
那些机器的长颈中喷出浓烟，
弥漫全天，瞬时天地昏暗不堪；
轰隆的狂怒声激烈地震动大气，
似乎连五脏六腑都要崩裂了；
连珠似的铁弹，冰雹似的轰雷，
从大武器的腹中倾泻而出，
对着正义的天使军一阵猛轰。
即使是屹立如磐石般稳固的双脚，
也不能站立得稳。
成千成万的善天使倒落在地，
小天使倒在大天使的身上，
而身披铠甲的倒下得更迅速。
没有铠甲的天使倒可以更快退后闪避。
然而虽然如今一片混乱，溃不成军，
却依然不能散开那严密的阵列。
他们该怎么办呢？
假如再次挺进，就会再次被击退，
重复可耻的失败，成为敌人的笑柄。
因为他们看到第一队撒拉弗
并排站在前面，准备发射第二次轰雷。

假如在这时撤退，肯定会被他们轻视。
撒旦看到他们进退维谷的情景，
轻蔑地讽刺道：
"战友们！这些傲慢的胜利者，
之前他们来势汹汹，
可是现在为何不进攻了呢？
我们让前卫军退下，
热诚地欢迎他们，
还提出了和平议案，
难道这不是够仁慈了吗？
然而他们却突然变卦，
产生了临阵脱逃这种荒唐的想法。
想要跳舞，却又跳得怪异不堪，
以为我们提出和平而手舞足蹈。
我想，他们只要再听听
我们的提案，就会迅速收场。
彼列也在旁边说着风凉话：
"首领，我们的提案内容强硬，
威力无比，让他们一个个晕头转向，
狼狈摔倒在地。
谁想要正确接受它，
就必须彻头彻尾都神志清醒。
他们步伐不稳，摇摇晃晃的，
得再送他们一些礼物才行。"
就这样，他们志得意满，确信胜利在望，
在对方踟蹰不前、疑惑之时，侮辱他们。
还认为这发明可与"永恒之力"相媲美，
于是一齐嘲笑天神的雷霆，
还轻视敌方的所有军士。
然而对方终于被激怒起来，
他们发现了一种武器，
恰好可以对付叛徒的鬼把戏。
于是他们扔掉武器，
身轻如闪电地飞入群山中，
先去晃动群山，
连同岩石、泉水、林木连根拔起，
还将毛糙的诸山顶托在手心。
叛军逼近一看，立刻吓得魂飞魄散，
他们看到山峦被完全倒翻过来，
压坏了那些猛烈的武器，

他们的所有傲慢也都被
深深埋葬于群山之下，
接下来就轮到他们自己了。
巨大的峰头从他们头顶袭来，
顿时空中阴暗，他们也全部被压倒。
盔甲给他们带来了更大的伤害，
全部被压得粉粹，深深嵌入体内，
疼痛不已，令他们高声呻吟。
他们虽然挣扎多时，可是却
很难逃脱这样的困境。
虽说身为天使本质轻灵纯清，
然而现在由于作孽多端使其变得重浊了。
其余的队伍也纷纷效仿，
连根拔起周围的山峦，
于是半空中群山相互碰撞，
往来投掷，发出震耳的巨响，
双方就在地底阴处交战。
地狱的喧嚣声啊！
这场骚乱比市井的嘈杂还要混乱。
如果没有全智全能的上帝，
如今肯定只剩下一片废墟。
天父安坐在圣庙中，
对万物统筹全局，
早已预料到这场骚动，
却故意任由其发生，
从而让报仇雪恨的荣光
落在受封的圣子身上，
好移交一切的权力。
于是他对神权的继承者说道：
"亲爱的儿呀！
你的脸上显现出隐形的神性光芒，
我余下的功业将在你手里实现。
我的儿，全能者二世啊，
米迦勒率领众天使去镇压
这群叛徒已经有两天了。
由于我的放任，
两军现在正处于白热化状态，
你知道，他们被创造时都是平等的，
但其中有的因违反天条而遭受损害，
于是我延缓了他们的刑期。

但是他们之间的战争必须要
旷日持久，永远不能停息。
在这场激战中，双方都各尽其能，
甚至都拔起山来充当武器，
放肆得无法无天，
势必会毁灭天界，危及全宇宙。
两天过去了，第三天就看你的了。
我已经全部替你安排好了，
一直容许他们到现在，
就是打算赐予你终止这场大战的荣誉，
而且除了你谁也不能解决。
我曾经在你的身上倾注了无限的恩德，
好让天堂和地狱都明白你的无上的权威，
只要你平息了这场骚乱，
就有资格成为继承者。
你的权力便是做受封的王。
去吧，你秉承着我的权力，
现在是最有力量的神灵，
快乘坐我的战车，
驶动飞速的车轮，
带上我的弓箭和雷霆，
佩带着光辉的宝剑，
把那些邪恶的叛徒逐出天境，
坠入无底的万丈深渊，
让他们在那里学习怎样
蔑视全能神和圣王弥赛亚吧！
说完，他把全部威光直接射在圣子身上，
父亲的模样便被摄收在他的脸上。
于是圣子答道：
"尊敬的父王啊，
您是天界中最初、最高、至圣、至善的，
您经常以我为荣，
我也应当时刻以您为荣。
如果您的神圣祝愿在我身上发生了，
那便是我最大的光荣、幸福，
是我十二分的喜悦。
我领受您赐予的王笏和权力，
然而到最后我更加愿意完璧归赵，
到那时，您所有的一切还归您所有。
我永远在您的心里面，

您的爱也永远在我心里面，
我会憎恨一切您所憎恨的。
万物呈现的都是您的光影，
我希望如同披上您的温柔一样，
能够披上您的威严。
不久就要借助您的力量，
所有叛徒逐出天界，
打落到早已准备好的幽冥地府中去，
击落到阴暗的铁锁和不死的蛆虫中去。
只因他们背叛了您。
对您的服从是最大的幸福。
到那时，您的纯洁圣徒将远离邪恶，
围绕着圣山，由我带头领唱，
虔诚地为您高歌'哈利路呀'
这首崇高的完美赞歌。"
说完，从他的光荣的右手座位上站起，
然后在王笏的上面鞠躬。
到了第三天，神圣的朝阳升起，
满天映照着灿烂的霞光。
天父的战车奔驰出动，
车轮一个接着一个，
发出了旋风之声，燃烧着浓烈的火焰。
战车本身有灵性，能自动行驶，
所以无须牵引拖拽。
然而却有四个基路伯形象护卫战车，
四个形象面容各异，
身体和翅膀上布满星星般的眼睛，
车轮上也点缀这绿宝石的眼睛，
它们之间还有火星飞迸着。
它们头顶上有一个水晶的穹隆，
上面有青玉的宝座，
宝座上镶嵌着纯质的琥珀，
还雕刻着绚丽的雨后彩虹。
圣子全副武装地登上战车——
最灿烂的"乌陵"所制的神器。
身插鹰翼的"胜利"位于他右边，
他身上挂着弦弓和箭囊，
箭囊里是三箭的雷霆，
从他身旁喷射出滚滚浓烟，
熊熊的烈焰和可怕的火花。

千万圣者远远就能够望见
那辉煌的队伍和二万辆天神的战车，
分居在队伍的两边。
他乘着基路伯天使们的羽翼，
坐在青玉的宝座上，
从晶莹的高空中，
向远处四射微光。
当他的队伍举起他的大旗
在高空挥舞作为弥赛亚的标志时，
正义军们不禁喜出望外。
于是米迦勒听从圣子的指挥，
立刻让分散在两翼的队伍，
全部集中起来。
"神圣权力"在他前面开路。
他命令将把拔起的群山复位。
群山一听到他的命令，
便立即各自回到原来的位置。
于是天空恢复了原先的光彩，
布满鲜花的群山也在微笑。
那些叛军见此情景，
却仍然集中兵力顽强抵抗，
愚蠢地认为自己还有希望。
天上的精灵岂能容忍这样的狂妄？
然而有什么神迹能使叛军醒悟，
有什么奇事可以感化冥顽不灵呢？
他们非但不醒悟，反而更加顽固，
看到圣子的荣光后，
心中更加悲切，
更加嫉妒这般光景，
更加羡慕他的高位和权力，
就更想用暴力和诡计来重振军威，
企图最终战胜天神和弥赛亚，
否则就同归于尽。
所以，当最后的决战逼近时，
他们都不愿退缩，也不愿逃亡。
伟大的神子对左右军全体说道：
"善良的圣徒们，
静静肃立的光辉的阵容啊，
今天暂且休战，不上战场。
你们忠于天神，受到了天神的嘉奖。

为了正义，你们无所畏惧，

不仅能临危受命，还能出色完成。

然而会有别人来惩罚这些叛徒。

今天你们都不需要动手，

只要静静地站着，

看我如何把神的愤怒倾泄泻在

这些无法无天的叛军身上。

他们侮辱的对象是我，而非你们；

他们的嫉妒和愤怒也都是对着我。

因为至高无上的全能神，

希望我继承他的权杖，

所以委派我来惩罚他们，

让他们也能如其所愿，

与我在战场上一分高低。

他们既然用武力作为衡量的标准，

那我今天就遂了他们的心愿。"

说完后，圣子的面色是异常的肃穆，

对敌人满腔的愤怒显露无遗，

令人不敢仰视。

刹那间，天空一片阴翳，

四匹骏马张开了金光闪闪的双翼，

战车的大轮立即滚动起来，

发出有如千军万马的响声。

他像"夜"一样阴沉地

不断逼近那群叛乱之徒。

在他那滚滚辗动的车轮下，

就连天原的最高处也震荡起来，

唯独上帝的宝座纹丝不动。

转眼间，他便打入了敌军之中，

然后将手中的万钧雷霆向前掷去，

那样子就像是在敌人的心灵里传播瘟疫，

让他们各个都惊惧万分，

失去了勇气和所有抵抗力。

于是无用的武器纷纷掉落在地。

圣子的战车碾过敌军的盾牌、盔甲，

以及倒在地上的大天使和

强大的撒拉弗首领带盔的头颅。

密密的箭雨也从四面八方飞袭过来，

而这箭雨的来源就是那站车上

四天使多眼的活轮。

这些活轮由一个精灵统管，
每只眼睛对着敌军进射出毒辣的火光，
让他们大失元气，变得疲惫、
颓唐、烦恼和消沉不堪。
然而活轮的威力尚未使出一半，
圣子就半路终止了雷霆的攻击，
因为他只想将他们驱逐出天庭，
却不想毁灭他们。
他让那些倒下的叛军站起，
然后如赶羊群般将他们聚在一起，
用威严的恐吓逼迫他们往前走，
打算把他们驱赶到天上的水晶
城墙边——天界的尽头。
那城墙向里开着一个巨大的豁口，
下面是广阔荒凉的深渊。
叛军们看到这种可怕的环境，
都由于害怕而不断退缩。
然而后面的追兵步步紧逼，
所以不得不倒栽葱般坠了下去，
而永恒的怒火熊熊燃烧，
一直逼迫他们跌到无底深渊。
地狱听到了这可怕的声响，
继而看见崩落下来的天，
惊吓得想要逃走。
由于被黑暗的根基和严峻的命运
绑得紧紧的，惩罚也很深，
所以他们的坠落足足持续了九天九夜。
混乱的混沌高声吼叫着，
认为他们坠过之处，马上
数以千百倍地加重了原先的混乱，
害怕如此大溃退将会带来毁灭。
地狱最终张开大口全部接受了他们，
然后又牢牢地闭合。
这里只有永远燃烧的烈火，
以及无休无止的悲哀和痛苦。
于是地狱成为了他们的宜居之城，
天界由于消灭了叛徒而欢喜不已，
很快就愈合缺口恢复了原样。
唯一的胜利者弥赛亚，
在将叛军推入深渊后，

便驾着战车凯旋。
善天使们亲眼目睹了这一伟大的事迹，
便兴高采烈前去迎接圣子的归来。
用阔大的棕榈树叶做伞，
高唱着凯旋的圣歌，
歌颂新王的光辉功绩，
认为他最适合秉承大权、君临天界。
在一片颂声和欢呼声中，
他威武的战车驶过中天，
进入天帝的凌霄宝殿。
上帝用无限的荣光来迎接他的归来，
如今则坐在其右的幸福座位上。
亚当啊，我已经顺应了你的恳求，
用地上的事来阐述天上的事，
并且依次作为你的前车之鉴。
我对你泄露了天上如何不和，
天使军之间如何交战的天机。
由于他们期望过高，
企图与撒旦一同叛乱可以实现高位，
最终却只能坠落深渊。
现在撒旦正嫉恨你幸福的光景，
想要诱骗你走上叛逆的道路；
想让你失去一切的幸福，
和他一起分担无尽的痛苦，
永世不得翻身。
如果你成为了他的难兄难弟，
那便是他复仇的帮凶，
也是对天父的极大侮辱。
你要提醒你的妻子不要受到他的诱惑。
想想那些叛军的下场吧，
千万不要走上歧途！"

卷七

内容提要

拉斐尔在亚当的恳求下，讲述了世界的本原问题：最初万物是为何和如何创造的。天神将撒旦及其叛军赶进地狱以后，宣布要创造另一个世界和另一种生物。然后，委派身负赫赫战功的神子接任六天的创造工作。最后，天使们用颂歌欢祝他成功完成任务。

尤拉尼亚啊，
如果我没叫错您的名字的话，
请从天上降临吧！
我将顺着您那神圣之声，
高高飞过那天马柏伽索的翅膀，
超越俄林普斯山。
我呼唤的不是您的名字，
而是其中美丽的含义。
您不在九位缪斯之列，
也不栖息在老俄林普斯山上，
而是自然地出现在屹立的
群山、喷流的泉水之前。
您和您的姊妹——
永恒的"智慧"交游，
在全能的天父面前与她嬉戏玩耍。
而天父深深迷恋您的绝妙歌声。
在您的指引之下，
我这个地上的客人，
闯进了天中之天，
呼吸您调配的最高天的空气。
希望您也要指引我平安返回故土，
不要让我坠下奔放不羁的飞马，
而落到那"流浪"之野，
独自徘徊，直至绝望地死去。
我的诗歌尚有一半未吟咏，
其界限只在狭窄的平日所见的范围之内。
我要用人的声音更扎实地歌唱，
即使落难，也决不会默不作声。

在落难的日子里，我身处黑暗，
遭受着恶毒的诽谤，
陪伴着我的只有危险和孤独。
然而我一点儿也不觉得孤独，
因为您经常回来探望我，
在我每夜熟睡时，
以及朝霞染红天幕的时候。
尤拉尼亚呀，
愿您继续聆听我的诗歌，
请为我寻找即使数量极少的适合听众。
但请将野蛮的噪音驱逐至远处，
驱逐巴克斯及其纵酒之徒，
以及洛多坡撕碎赛雷斯歌人的
野蛮狂暴种族的恶音。
到那时，林木、岩石都闻歌起舞。
但假如野蛮的恶音淹没了歌声，
即便是缪斯也救不了自己的儿子。
请您千万不要让我失望，
只因您是天上的诗神，
而她只是一个虚幻的梦。
女神啊，请说吧，
请讲述亚当受告诫之后的事情。
当时慈善的拉斐尔警戒亚当和夏娃，
绝对不可违反那唯一的命令。
就算他们想经常变换口味，
也极容易能找到其他食物来满足食欲。
他还用撒旦的例子来做反面教材，
倘若轻视或违反这个禁令，
那么，他们就要受到同样的惩罚。
亚当和夏娃认真地听了那故事，
在惊讶之余，不禁陷入了沉思。
对于这个高深而奇异的故事，
他们觉得实在是不可思议。
天上居然会存在憎恨，
在和平的神座旁竟然会发生战争。
但最终邪恶很快就被消灭，
如同洪水一样被退回原地。
邪恶与幸福终究是势不两立的。
亚当解除了心中的谜团，
却又受到欲望的引诱，

想要知晓身边的一切事物。
眼前这个囊括的宇宙，
是为何、用何、何时
以及如何造成的。
因为他对伊甸园建成
之前的事情毫无记忆。
他好比一个饥渴无限的人，
两眼一直盯着潺潺的流泉，
而水声更激起他更严重的干渴。
于是向天使长问道：
"神圣的天使长啊，
在我们听来，
您所讲述的伟大事物，
都十分离奇怪异，
与这个世界有着天壤之别。
您从天界降临这里，
预先告诫我们防范不到的、
未知的、危险的事情。
因此，我们要对您无限的善良
致以真心的感谢；
用敬畏之心接受您的警戒。
为了我们幸福美好的生活，
永远服从上帝的意志。
既然您已经告诉了我们该知道的
需要最高的智慧的事情，
还希望您能再讲一些较低级的、
地上的思想不能达到的、
有利于我们的事。
这个天空看起来是那么的高远，
装饰着无数闪烁的火光。
包围着锦簇花团的广阔的大地，
以及无处不在的空气，
究竟是如何形成的？
为什么在永恒神圣中休息的创造者，
直到现在才在混沌界建造工程？
这工程是怎样开始的？
又为何能够如此神速地竣工呢？
请您现在就告诉我们吧！
假如您不禁止我们探索
永恒的天国的秘密，

并且认为我们知道得越多，
就越能感恩他的创造的话。
尽管夕阳已经西斜，
却还有一段较长的时间。
而它一听到您的声音，
便会驻足在半空。
在听了您叙说世界的形成
和'自然'的产生的事情后，
它定会逗留得更久。
到时，就连夜晚的月亮和繁星
也都要赶过来聆听。
'夜'还会带着'沉静'一起过来。
听到您的声音后，
'睡眠'也会立马清醒。
否则我们就让它隐退，
一直等您把事情讲完。
那么在旭日东升之前，
您就可以归去。"
亚当提出了这样的要求。
善良的天使温和地答道：
"我可以满足你这个诚心的要求。
但一个撒拉弗的口舌是难以
详细逼真地描述出全能者的各项作品的，
而人类的心智也是难以明白的。
不过有些事情，可以让你
更虔诚地赞美造物主。
而我的使命就是满足你们
在合理界限内所渴求的知识。
只要超出这个界限，
就一律不要过问。
更不要去探知那唯一无形的王
不想传于天地的事。
此外，你要探求和知晓
的事是无穷无尽的。
但是，知识就像是食物，
既要满足求知心的饥渴，
又要防止过分饱食，
否则就是聪明人也会变成笨蛋。
你要知道，鲁西弗从天上坠落，
经过那混乱的深渊，

最后落到他的刑场。
伟大的神子和天使军凯旋后，
全能的永生之父对神子说：
'天庭的背叛者终于被打败了。
他以为其他人都想造反，
以为手里有军队便能够驱逐我们，
篡夺这个威力无穷、难以接近的至高神座。
他确信已经成功诱骗了许多天使。
但我知道，更多的天使依然坚守岗位，
完全足以守卫广阔的国土。
但千万别让他以为损害了天界，
便可以便得意扬扬，
愚蠢地认为天界空虚了，
蒙受了很大的损失。
假如自我亡失算是一种损失，
那么我一定能够弥补。
我要创造另一个世界，
让一个人能产出无数的人。
他们要通过长期的服从的锻炼，
逐渐积累功绩，逐步上升，
为自己开拓上升到这里的道路。
最终天地就会合为一体，
与喜悦融合而成一个永生的王国。
同时，你们天军首领也可以
拥有更宽敞的住处。
我的孩儿啊，
你就是我的声音。
我命令荫庇的灵和力
与你通力完成这项工程。
你只需一开口，便可以竣工。
快去吧，吩咐混沌把它的疆域
幻化成天空和陆地。
混沌是无边无际的，
而我是无限的，
我已经在那里面充满了气体，
所以那空间并不空虚。
我自行引退无限的我，
不显示自己的形迹、永恒的善，
也不让必然和偶然靠近。
我的意志决定的事情就是命运。'

全能者一说完，
神子就去实现他的命令。
天神行动的速度，
比时间的运行还要快速。
假如不用语言的顺序来描述，
人类的耳朵便无法领会。
听到全能者宣布其意志后，
天上便欢腾一片，预祝顺利完工。
他们高声歌唱着，
无上的光荣属于至高者，
无穷的善意则属于未来的人类，
永恒的平安会护佑他们的住处。
光荣属于至高全能者，
他正义的复仇怒火，
将叛乱天界的叛徒赶出。
永恒的光荣和赞美属于他，
他智慧无穷，能用恶来创造善，
让善良的族类来占领恶灵的空间，
并将他的善播撒到各个角落，
千秋万世，永不停息。
天使们高歌的同时，圣子出来了，
踏上了远征的漫漫长途。
他腰上系着全能的力量的腰带，
头戴肃穆的威严和完美的智慧，
身上放射出博爱与光辉。
无数的基路伯，撒拉弗，
权者，王者，以及德者，
从他的战车旁边倾注而出。
有翼的精灵从天神的武库中
驶出有翼的战车。
那武库夹杂在两座铜山之间，
储藏着成千上万套天国军装，
方便在重大的日子就近取用。
天庭的大门洞开着，
黄金的门户发出叮咚的响声，
让光荣的圣子出来创造新的世界。
他们高站在天原上，
眺望那无边无涯的深渊。
那深渊如同阴森险恶的大海，
由于凶猛的烈风和汹涌的波涛，

把地心和地极都搅得乱七八糟。
于是伟大的圣子喝道：
'肃静，混乱的风波！
安静，喧嚣的深渊！'
话音未落，他就乘着基路伯的翅膀升起，
披着天父荣光的照耀的斗篷，
俯冲飞进混沌和尚未开辟的世界。
混沌服从了他的命令，
使他的所有随从都光芒四射，
赞叹他惊人的力量。
接着他停了下来，
拿着神的永恒仓库的金制的圆规，
为宇宙万物做规划。
他以左脚为圆心，右脚在
阴暗的深渊上旋转了一圈，
然后说道：
'世界啊，这是你的范围，
这个圆周就是你的界限！'
于是天地就这样被创造出来了。
地在此之前是空虚未开化物质，
表面覆盖着一层厚厚的阴暗。
天神展开双翼，
覆盖在平静的渊面上，
注入了生命的力量和灵气。
而与生命不兼容的黑暗，
以及黄泉的渣滓和沉淀，
使地表渐渐坚硬和圆鼓起来，
初步具备了球的雏形。
其他各处则分放余下的东西，
在中间旋转制造出'空气'，
地球就平衡地悬挂在正中。
'还要有光！'
天神如此说道。
于是天上便射来光芒，
从混沌中迸发绽放。
光从其出生之地——东方，
开始了穿越蒙眬的空中之旅。
明丽的云团将它重重包围，
因为当时还没有太阳，
所以只好暂住在云彩中。

天神看到这明亮的光线，
就按半球来区别明亮和黑暗，
把明亮的一面叫作白昼，
把黑暗的一面叫作黑夜。
从此开始，世界便有了日夜之分。
当霞光从黑暗中探出头时，
天上的乐队便庆祝和赞美
这天地同生的重大日子。
天使们弹起金琴，
空洞的宇宙便充满了无限的喜悦。
从第一个夕暮知道第一个早晨，
他们一直在不停歌颂创世主。
天神这时又宣布：
'众水之间应当要有穹苍，
不同的水体一定要分开！'
于是乎就形成了高大的苍穹。
流动的、洁净的、透明的元素
在透明的空气中扩展，
一直扩展到大圆球的外部的凸面，
扩展到分隔上下水体的坚固岩壁。
因为他把世界建筑在平静的水面上，
就像地球一样，筑在宽阔的、
在大洋中漂流的平静水体之上，
远离混沌和紊乱的干扰，
以防靠近狂暴的极端而扰乱整个结构。
他把这个穹苍叫作"天"，
于是一夕加上一朝，
合唱队有歌颂到了第二天。
尽管地球形成了，但尚未完善，
孕育在水体的胚胎还未成熟。
大洋在地面上奔腾停息，
用温暖的乳液软化地球，
让伟大的母亲得到湿润，酝酿受孕。
当时天神宣布：
'现在天底下的众水
全部集合在一个地方，
从干燥的陆地露出！'
不久庞大的诸山便显露出来，
广阔赤裸的脊背直插云霄，
向着青天昂首挺胸。

群山高高地耸立着，
河水在深邃中沉浸下去。
流水在欢快地奔腾流淌，
在干燥的土地上流动，
就像露珠在尘土上翻滚一样，
形成了水晶的高墙屋脊。
神圣的命令使急流不停飞奔，
犹如军队听到集结的号角，
便一起集合在军旗下。
流水们也后浪推前浪，
争先恐后向前翻滚而去，
遇到陡峭的山岭，则激起湍流，
遇到平坦的原野，便平静退落。
山岭是阻止不了它们的，
它们或于地底下迂回盘旋，
或蜿蜒蛇行，探索前进的道路，
使软泥变成了深深的河床。
它们当时是随心所欲的，
因为那时天神还没有命令
流水只能处于江河的堤岸内，
其他的土地都要保持干燥。
干燥的地方被称为'陆地'，
流水最终汇集之处则称作'海'。
他看到这美好的景象，就说：
'让地上生出青草和鲜花，
长出结果的树木，
让种子自然掉落在地。'
他话音刚落，那未经开发的，
丑陋的蛮荒之地，
立刻生出嫩绿的青草，
以及繁茂的绿叶，
欣欣然用青绿色将地面铺满；
各种鲜花姹紫嫣红，
使大地馨香四溢。
好一派欣欣向荣之景！
正在花草繁茂之时，
成串的葡萄正长得茂密，
肥胖的葫芦在藤蔓上爬着，
结子的芦苇挺立在水潭中，
低矮的灌木丛盘绕着鬈发，

还有站立而起的乔木，
将枝丫伸开，好像正在跳舞。
群山用高高的树林作为冠冕，
泉畔用丛林的球簇作为装饰，
河流以两岸鲜艳的花朵为荣。
这样一来，人间与天上无异，
神仙们也乐于来此逍遥。
虽然天神还未曾普降甘露，
也尚未有人去开辟田地，
但早在田地未有之前，
地上升腾的雾气，
就滋润着整片土地。
天神看到这既有夕暮，
又有早晨的景象极好，
便记下了这第三天。
全能者又发话道：
'在辽阔的天宇中，
要有用以划分昼夜的发光体。
作为标志来计算时间，
还要作为指路的明灯。
只要按我的指令，
从天穹把灯光照射在地，
马上就可以成功了。'
天神造的这两个巨大的发光体，
对人类具有很大的神益。
大的管理白昼，小的管理夜晚，
相互交替，昼夜不舍。
他还造了许多星辰，
散布于整个天空，照耀人间，
轮流管理昼夜。
上帝俯视着他的伟业，暗中称好。
首先在天宇中造了太阳——
一个由天上灵质聚合而成的巨球，
然而最初却是没有光的。
然后造月球和各级星宿，
将它们密密麻麻的撒播在空中，
就好像将种子散在田野里一样。
他从远处的云层中，光明的庙堂里，
调来大部分的亮光充入布满孔隙的日轮，
所以它能尽情吞饮流光，

还能保存所吸收的光线，
一下子便成了光明的大宫廷。
其他星辰也经常聚到
这光源旁边汲取光明。
由于光的反射，
增加了它们的神秘感。
因它距离地球太远，
所以在人眼看来十分微小。
东方首先出现了灿烂的主管白昼的明灯，
给整个地面披上光辉，
欢喜地从东横贯到西。
灰白的曙光和七曜昴星，
在圣子面前跳着活力四射的舞蹈。
月光相对就比较暗淡一些，
但被他安放在对面的正西，
作为镜子，向太阳全面借取光明，
所以她就可以不需要别的光明了。
到了夜间，轮到她在东方照亮人间，
和无数小天体在天轴上旋转，
于是逐渐出现了千万星辰，
闪烁照耀着一边地球。
这就是最初用发光体
来装饰欢乐的夜晚和早晨，
于是第四天就这样结束了。
天神又说道：
'水体中要有大量的卵子，
以及泅泳的生物；
地球的上空要有飞行的鸟，
在晴朗的苍穹中展翅翱翔。'
天神又创造了巨鲸和其他生物，
即水中滋生的不同种类的游泳的东西。
除此之外，还创造了各种各样的飞鸟。
在他看来一切都是极好的，
他对它们祝福道：
'繁殖起来吧！
江河湖海中的诸生物！
鸟类啊，你们也繁衍于地球吧！'
于是马上便有无数的鱼群
充满了江河湖海。
它们成群结队的，

筑成了海中的长堤。
闪耀的鳞片隐现于绿波之下，
徘徊在珊瑚丛之间，
或相互嬉戏玩耍，
或乘机摄取含珠贝壳中的养分，
或于岩石下静伺食饵。
贪玩的海豹和海豚在光滑的海面上
爬行翻滚，在洋面上掀起风波。
利末坦是所有生物中体形最大的，
它横卧于海上时，就如同沉睡的海岬；
游动的时候，就好像漂游的陆地；
然后从腮里吸进水，再从鼻子喷出。
温暖的洞穴、沼泽和岸边，
大量的小鸟从卵中孵出，
无毛的雏鸟破壳而出，
不久之后就变得羽翼丰满，
在高空中自由翱翔。
远远望去就像是垂天之云，
俯瞰大地不停啼叫。
其中鹰隼和鹳鸟，
在悬崖上和香柏树梢上筑起巢穴。
有的鸟儿独自展翅翱翔高空，
聪明些的还知道随着气候迁徙，
成群结队地组成楔形的队伍，
轮流领队飞行，
飞越陆地和海洋。
聪明的白鹤也是这样
乘着天风作一年一度的迁徙。
他们飞过之处，
无数的羽翼便激荡起了空气。
鸟儿们在枝头之间不停飞动，
嘹亮的歌声使树林生色不少。
有的则在银色的湖面上，
洗涤它们蓬松的羽毛。
天鹅展开宽大的翅膀，
骄傲地把长颈向上挺立，
用足掌拨着青绿的水波，
还不时振起强有力的羽翮，
神采飞扬地腾空飞舞。
还有的则坚定地在地上踱步。

雄鸡用喇叭般嘹亮的啼声
向人间精准地报告时辰。
就这样，水里有鱼，空中有鸟，
经过一朝一夕，
又庄严地度过第五天。
到了第六天，即创造的最后一日，
黎明在夕暮和拂晓的竖琴声升起。
天神说：
'地上要有各种各样有灵性的生物，
禽类和兽类各从其类！'
大地立即听命，
敞开宽大的肚子，
产出了一群群强健的生物。
野兽从兽洞中走出，
一对对在树林中漫步。
家畜从田野和草地里出来，
或独自觅食，或成群结队一同吃草。
现在草地上的草已经结籽了，
棕色的雄狮露出半身，
用后脚站立，抖着斑驳的鬃毛，
用爪子不停搔爬着，
随后像挣断了羁绊似的一跃而起。
山猫、豹子和老虎，
像鼹鼠一样奔跑起来，
将碎土堆积成高高的小山。
矫健的牡鹿从地下伸出脑袋。
地上的庞然大物——大象，
好容易才从模子中挣脱出来，
挺起那庞大的身躯。
羊群长了密密的软毛，
不停咩咩地叫唤着。
河马和鳄鱼出现在海陆之间。
一切在地上爬行的昆虫都出来了。
有的以柔软的扇子当作翅膀，
有的用天青色的、缀满各色斑点的
夏季彩衣，装饰最柔软的身体。
有的则拖着瘦长的身体，
像一条线一样，
在地上留下弯弯曲曲的痕迹。
然而并非最微小的生物才是这样。

蛇类中既有细长的，也有粗壮的，
盘着层层涡卷，有的还有翅膀。
蚂蚁虽小，却能预知未来，
小小的身体却蕴藏着伟大的心，
是以后正义和平等的楷模，
能够团结民众众志成城。
再看成群出动的工蜂，
用美味佳肴喂养蜂王，
还筑起蜂巢，贮存蜂蜜。
还有其他各种各样的虫类，
你知道它们的特点，
也曾经给他们起过名字，
所以我就不赘述了。
你也知道野地里最狡猾的、
身躯庞大的蟒蛇，
有时还瞪着黄铜般的眼睛，
伸出可怕的毒舌，
但是却不会伤害你。
当时天上十分灿烂，
所有天体围绕着创造者
预先所划定的轨道转动。
鸟兽虫鱼布满了海陆空，
成群结队地飞翔和爬行着。
第六天还有时间剩余。
还剩一个主要工作没完成，
造物的最终目的是为了
要存在一种生物与其他的与众不同，
不能只会俯首向下，愚蠢粗暴，
而是要充满神圣的理性，
身体是直立的，是向上生长的，
还能用清醒的头脑管理其他生物，
同时也有自知之明，
所以是气度非凡，通情达理的。
更难得的是有善心，
口、耳、眼、心并用，
对行善倾注热情。
尊敬崇拜至尊的上帝，
于是将其创造出来做万物的灵长。
因此永生的天父圣子大声宣告：
'现在按照我们的形象造人，

让他去当万物的首领。
管理海中的鱼、空中的的鸟，
治理原野中的禽兽，
以及其他一切匍匐爬行的东西！'
他说完之后，你就被造成了！
他照自己的形象造了你，
所以你和他一模一样。
他往你的鼻孔吹入生命的气息，
于是你便成活了。
为了让人类生生不息，
他把你造成了男人，
后来又造出女人，作为你的配偶。
他对着地球祝福道：
'都赶快繁殖吧，
住满地球并统治它，
驯服一切生物。'
至于创造你的地方，
那时各处都尚未命名，
所以说是哪里都可以。
你被带到了这个美妙的丛林，
这个生长着上帝树木的果园，
地上生产的种类无穷的东西全在这里。
你可以自由取用各种佳果，
但是禁止食用那棵善恶树的果实。
你何时吃它，何时就是你的死祭。
所以你必须好好控制食欲，
免得'罪'及其随从'死'袭击你。
说到这里他就停了下来。
然后看着他的创造物，确定一切都好。
就这样过了一朝一夕，
第六天就结束了。
然而工程还没有结束，
虽然创造主并不感到劳累，
却停下了工作，返回天上的住处，
从那里眺望自己创造的新生的世界。
他看到那神国新增加的部分，
是多么的美好，
多么的符合他的心意。
他乘着天风上升时，
有喝彩声和千万竖琴的合奏，

谱写出天使缭绕天地的交响曲。
诸天体和诸星座群起和鸣，
站在原地倾听，欢呼着上升。
天使们唱道：
'大开吧，永恒的大门！
迎接伟大的造世主，
欢迎他完成伟业凯旋。
他只用了六天的时间，
就创造了一个全新的世界。
打开吧，今后也要常开，
因为上帝爱造访
富有正义的人类的住所；
为了频繁的交往，
还要经常派遣天庭的使者，
到那里去布施恩泽。'
光辉的行列在这歌声中飞升。
天帝行经广开的天门，
立刻显现出一条宽广华丽的路，
就连尘土也是黄金的碎屑，
星星铺满了地面，
一直通向永恒的宫殿。
这时，伊甸园的第七个夜幕
从地球上升起了。
太阳已经落下，
夜的先驱从东方来临。
在天界高高的神山上，
上帝的宝座永远稳如泰山。
圣子到来时，便和天父一起坐下。
虽然他来去无踪，但他留了下来，
作为万物的作者，
指挥了创造的浩大工程。
现在暂时休息，庆祝创造完成的第七天，
并将其定为圣日。
这天他停止了一切的工作，
但并非静守圣日。
竖琴在不停地弹奏，
庄严的箫管和扬琴音色清纯，
柱上的琴弦金线发出叮咚声响，
各种乐器之声齐鸣合奏，
与合唱的歌声交相辉映。

金炉里冒出芳香的烟雾，
缭绕着神山。
他们歌唱神六天的所有创造：
'耶和华啊，
您的工程浩大，法力无边！
有谁能随便臆测，准确讲述呢？
您的这次功绩，
比战胜神魔撒旦还要伟大。
您的轰雷就已经赞美了您。
创造任何时候都比毁灭要伟大。
全能的君王啊，
难道有谁能伤害您？
有谁能侵犯您的国土？
您轻而易举地瓦解了
叛逆天使的阴谋企图。
他们本想着削弱您的威信，
减少您的拥护者的数目。
结果却适得其反，
反而更加显出您的无穷的力量。
您以他们的恶来造出更多的善。
在水晶之天，玻璃之海上面，
我们亲眼看到了离天门不远的
另一个全新的宇宙。
它的广袤是无限的，
其中有不计其数的星辰，
每颗星都是特定居民的世界。
其中人类喜爱的家园——地球，
被海洋紧密地包围着。
天神按照自己的形象，
创造了善良的人类及其子孙，
让他们在那里安居乐业，生息繁衍。
还让他们管理海陆空的一切生物。
如果他们知道自己身在福中，
并且能够保持善良，
那就是最大的幸福！"

卷八

内容提要

拉斐尔天使隐约告诉了亚当想知道的天体运行的事。拉斐尔则希望他问一些更有价值的问题，亚当同意了。然后，挽留拉斐尔讲述人类被造以后发生的事。自己是如何被安置在乐园里的，上帝是如何谈起配给自己伴侣的事，以及夏娃是如何与自己初见并结婚的。亚当就这件事与天使进行谈论。天使反复强调之后就离开了。

天使说完后，亚当的耳朵里
仍然缭绕着他那迷人的声音，
他仍旧全神贯注地听着，
以为天使还在继续。
很久以后才如梦初醒，说道：
"讲述历史的天使啊，
我该如何向您致谢呢！
您大大地满足了我求知的欲望，
如同朋友一样，温和地
讲给我许多难以明白的东西。
我听了以后又惊又喜，
也认为光荣应该属于创造主。
但我还有一些疑惑，
急需您巧妙的解答。
当我看到这个由天和地组成的世界，
想要测量它们的大小时，
就发现比起天空和那全部的星星，
地球只不过是一个小点。
群星布满了无限的空间，
却唯独照亮了这暗淡的地球。
只是这一小点的范围，
就夜以继日地供给光明。
可对于其他广大的空间
好像全无用处。
我常常觉得十分奇怪：
聪明睿智的'自然'为何会如此不均衡，
仅仅为了一个小世界，
就奢侈地造出这么多高贵的天体来，

未免算是大材小用了。
纵观所有天体，
它们都被迫旋转回还，永不停息，
而地球却悠闲地坐享其成，
只在极小的范围内运行。
它以逸待劳，同样也达到了目的，
领受到其他星球从遥远的远方，
飞速送来的温暖和光明。"
我们的祖先说完以后，
看他的样子，
似乎是陷入了奥妙的遐思。
站在旁边的夏娃，态度谦逊悠闲。
见此情景她便站起，
走到茂密的花果中去，
问候自己培育的花朵。
百花热烈欢迎她的到来。
她柔软的纤手一触碰到百花，
便生机勃发，欣欣向荣。
她并非不喜这样的谈话，
也不是听不懂高深的语言。
当亚当讲述时，她津津有味地听着。
比起天使拉斐尔来，
她更喜欢听她丈夫的讲解。
她喜欢向他询问一切，
而他总是插进一些风趣的话，
伴之以夫妇的爱抚。
在他的唇吻之间，
她喜欢的并不仅仅是语言。
啊，在当今社会，
如有像这样相敬如宾的夫妻实属不易。
她以女神一样的风韵走出去，
虽然没有侍女，然而种种富有魅力的
隐形的娴熟的行列，
时刻像侍奉女王一样侍奉她。
欲望的箭从她周围射进所有眼睛，
让他们愿意她停留在自己眼前。
现在，对于亚当提出的疑难问题，
拉斐尔温和地答道：
"我是不会责备提问和探究的，
因为天体就是一本在你眼前的

永远也读不完的书。
在书里可以读到上帝的神奇作品，
知道年、月、日、时。
要想知道这个问题的答案，
只要判断正确即可。
大建筑师向人类和天使
聪明地隐瞒其余的事情。
他们宁愿向赞叹者，
而非穷究者透露秘密。
若其他人愿意猜测，
他就任由他们议论天体的构造。
或许会笑他们离谱的猜测。
当他们后来会模拟天体，
以及测量星宿时，
随意猜想那庞大的构架是
如何构建和拆毁的。
讨论着如何用同心圆和异心圆，
天圈和周转圈，圈中之圈，
来圈住地球的荒谬的说法。
我推测是你率领你的子孙，
让发光的大天体服侍不发光的小天体。
地球稳坐如泰山，悠闲自在，
其他星体却如此繁忙。
首先，大而发光的却不显优越，
相比之下地球虽小却不发光，
却白白享受日光的照射。
太阳自己不求回报，
给予地球丰盛的实惠。
地球首先接受了太阳的光线，
要不然日光便不能显示其活力。
事实上，那辉煌的发光体
并不是为了地球服务，
而是为了你，为了地球的居民。
广大的天宇显示出创造主的庄严，
建筑物如此广大，
绳墨如此长远，
使人疑惑不是住在自己的房屋里，
而是住在光辉殿堂中的狭小角落，
而其余部分都是天神指定的专门场所。
那诸星球的速度之所以不可测量，

是因为物质里加入了灵的速度，
这又是全能神的一大功劳。
你千万别认为我行动得慢，
早晨，我从上帝的住处出发，
在中午之前就到达了伊甸园，
这其中的距离，
并非简单的数字能表达。
我并非夸夸其谈，
我必须强调，天体确实在运行着，
这是害怕我的话不能打消你的疑虑，
还是让你觉得天体根本不动。
事实上，是因为你所在世界的人
看起来好像就是这样。
上帝是有意要造成这种远离人的感觉，
因为如果把天和地放得太近，
从地上上去就会产生误解，
以为事物太高了，
所以一切都徒劳无功。
假如将太阳作为世界的中心，
别的星球都倾向他的引力，
在其四周不停地旋转，
那又是为什么呢？
就像我们看到的六个徘徊的行星，
诸星球的行程时高时低，
运行时或进、或退、或止。
第七颗行星——地球，
看似一动不动。
假如不知不觉中出现三种不同的运动，
那又会怎么样呢？
一定要把这三种运动
看成是几个天体斜对面冲撞的结果；
抑或是太阳想省下回转的多余的力。
否则在众星上是不会看到
快速转动的昼夜大圈的。
昼和夜的车轮是十分明显的，
地球自己会漫游到东方去。
若遇到白天，则有一部分要背对日光，
若遇到黑夜，也仍有一部分面朝日光。
地球送出光线，
经过空灵的太空到达月球。

白天，地球照亮月亮，
夜里，月球照亮地球，
结果又会怎么样呢？
月球上似乎也有陆地和居民，
其斑点看起来像是云，
云朵会制造出雨水，
让肥沃的土地可以孕育出果实，
从而为那里的居民享用。
也许别处的太阳，也有月亮作为侍从，
你可以看到它们之间传递着阳光与阴光，
这一传递使世界充满生机。
其他星球里或许也存在生物。
像自然这么广阔的空间，
假如不让生灵使用，
就会限于荒芜和寂寞。
只有得到光明，光线远远地传到
这个人类宜居的地球，
地球又将光线反射回去。
事实上真是这样吗？
究竟是太阳从地球上升起呢，
还是地球从太阳上升起？
究竟是太阳从东方开始他的火焰之旅呢，
还是地球从西方悄悄地结束白日？
你不必忧虑那些隐秘的事情，
把自己委托给天上的神吧，
服侍他，尊敬他。
其他生物也都委身于他，
听从他的吩咐安置自己。
你应该满意他赐予的
这个乐园和美丽的夏娃。
上天实在是太高太远了，
你难以知道那里发生的事，
所以要谦虚些、聪明些，
只要考虑与你自己有关的事情就行了，
别去幻想其他世界住着什么生物，
生活究竟是怎么一回事，
以及其他类似的事情。
我已经把地上的事全部告诉你了，
就连最高天的事也指点你了，
你也该心满意足了。"

亚当的疑虑打消了，回答道：
"聪慧的，淡定的天使啊，
您大大满足了我的要求，
教导我理清思绪去生活，
走最容易最轻松的道路，
不要让疑惑占据了快乐。
上帝曾命令所有烦忧滚蛋，
滚的越远越好，不要折磨我们，
除非我们自己想要自寻烦恼。
但意念如果飘荡不定，
最终就会受到警告，得到教训：
与其不切实际，好高骛远地
去探求神秘深奥的事物，
还不如关注当下的生活，
而这才是最实际的智慧。
更高的智慧是虚幻缥缈的，
反而使我们对关系密切的事
不熟悉，甚至是一窍不通。
因此，我从高峰飞到低处，
希望您讲述身边一些有用的东西，
或者是您容许知道的
和能够询问的事情。
您已经讲述了我存在以前的故事。
现在就请您也听我讲一讲故事，
也许会是您闻所未闻的。
天还没黑，等一下您就会知道，
我是如何巧妙地挽留您，
让您舍不得离开。
我和您坐在一起，就好像在天上似的。
您的话语让我感到十分悦耳，
比劳动休息时充饥的枣椰还要甜美。
枣椰甘甜可口，容易果腹，
您的话语却透露出神奇优雅，
令人感到永恒的甘美。"
拉斐尔答道：
"亚当啊，你口齿伶俐，
谈吐也优雅流畅善辩。
因为上帝在你身上倾注了心血，
不论从外形，还是从内心，
都是他完美形象的映射。

所以你的言行举止
全都流露出优雅的气质。
我们知道上帝赐予你荣耀，
也给天使同等的恩爱。
请继续说下去吧。
那天我接受了命令，恰巧不在场。
我率领全军踏上了黑暗的征途，
朝着地狱的方向远征，
察看天神在创造人类时，
是否有敌人或奸细出现，
以免伟业遭到破坏，
使得天神生气。
我们的任务不仅是为了
防止企图逃离地狱的天使的破坏；
也是为了让自己更迅速地服从命令，
维护至尊者的威严。
很快我们就到达了地狱的大门，
然后迅速将它关闭，以加强防御。
可是在我们未到之前，
里面就传出了喧闹的声音，
那不是喧嚣的歌舞声，
而是痛苦的呻吟声和激烈的怒吼。
我们顺利地完成了任务，
在安息日的前夕回到光明的天界。
现在我乐于听你讲述，
就像你喜欢听我讲述一样。"
亚当接着说道：
"人是很难说出自己的起源的。
有谁知道自己从何而来呢？
所以我很想再跟您谈谈。
我好像躺在软绵绵的草花上，
刚刚从酣睡中醒来，
阳光蒸干了我身上的汗水，
散发着着蒸腾的水汽。
我凝视着太空，
不一会儿，本能使我一跃而起，
好像要朝一个方向走去。
然后看见周围的山谷和树林，
宽阔的原野，潺潺的河流。
许多生物就在这里生活着。

枝头的鸟儿不停地鸣唱，
万物都在向我微笑，
顿时我心中充满了无限喜悦。
我观察着自己的手和脚，
凭借柔软的关节，时走时跑，
全都是尽兴而为。
但却完全不知我是谁，
从哪来，以及为什么来？
每当我想说话，话就脱口而出，
看见什么物体就给它取名。
我高兴地说道：
'美丽的太阳啊，
光辉照耀下的美丽大地啊，
山、谷、江河、树木、原野啊，
以及活的、动的、可爱的生物啊，
要是你们看到了，
就请说我是如何来到这的？
又是为何到这里来的？
我不可能自己生出自己，
这一定是那至善全能的造物主的作为。
那么我该如何认识他，敬畏他？
因为他，我得以生活、行动，
觉得无比幸福，然而所知却有限。
我这样呼吁以后，
最初吸入了空气，
最初感受到温暖幸福的光。
可是却不知要往哪里去，
于是便在烂漫的百花中徘徊，
在绿荫婆娑的河岸沉思。
睡眠终于降临于我，
轻柔压上我的蒙眬的睡眼，
我还以为自己被融化了，
回到了原来那无意识的状态，
然而我的下意识却还清醒着。
突然，一个影子出现我的梦中，
触动了我的思想，
让我相信自己还活着。
一个像是神的形象对我说：
'起来吧，亚当，
人类的始祖。

你的住处需要你。
听到你的呼吁后，
我就来为你指引快乐的家园！'
说完他便拉着上升，
就像在空中滑行似的，
我们越过田野和江河，
最终来到一座森林繁茂的大山上。
山顶是广阔的平原，
上面有围墙、行道和凉亭，
这里和我看到的地上的一切一样有趣。
每一棵树都悬挂着沉甸甸的果实，
令人垂涎欲滴，
使我起了摘食的欲望。
这时我就醒了，然后看看眼前，
发现一切都是真的，
与梦里的景象一模一样。
从此，我又开始了新的旅程。
惊喜之余，我用崇敬的心情
拜倒在天帝的脚下。
他扶起我，温和地说道：
'我就是你寻找的创世者。
我赐予你这个乐园，
让你辛勤耕耘，获得丰收。
你可以随心所欲地
摘食园里每一棵树的果实，
永远不必担心匮乏。
但是，除了那棵善恶树。
就是那棵栽在园的中央，
挨在生命树旁的那棵树，
它能给你辨别善恶的力量。
你绝对不能吃它的果实，
这条戒令作为你忠信的标志。
一定要记住这个警告，
千万不要去品尝它，
以免遭受痛苦的后果。
哪一天你品尝了它，
违反了我对你的唯一禁令，
那一天就是你的死日。
除此之外，你还会失去这个乐园，
被赶到一个悲惨的世界中去。'

上帝严厉而坚决地宣布了禁令，
恐怖的声音还久久回响在我耳中，
虽然我绝对不会自找罪受。
然而他的容貌又变得温和起来，
继续用慈爱的语调说道：
'我不仅把这些美丽的疆域赐予你，
还要把全地球都赐予你和你的后代。
你们主宰着地球及其一切生物，
所有的鸟兽都要听从你的智慧。
我现在把它们叫来，由你取名，
让它们顺从于你。
生活在水中的鱼类也是这样，
可是不能把它们叫来，
因为它们离不开水。'
他说罢，所有的鸟兽都成群结队而来，
所有鸟类都收翼降落，
群兽也都畏缩着俯首帖耳。
然后它们一一走过，
我就一一都给取了名，
认识了它们各异的天性。
虽然上帝让我顿悟了这么多知识，
但却仍然无法满足我的欲望；
我竟然向天上的幻影大胆问道：
'啊，请问要用什么名号称呼您呢？
您高过人类，高过比人类更高的，
实在让我难以定名。
伟大的创造者啊，
我该如何称呼您呢？
您给予人类如此丰盛的福利，
慷慨地供给所需的一切，
可是却没有与我同甘共苦的人。
一个人孤零零的，有什么快乐！
即使享尽欢乐，又有什么意义？'
我就这样冒昧地说出内心的想法。
光辉的幻影便微笑道：
'你说的孤单所为何物？
海陆空不是遍布各种生物吗？
难道它们不都是你的下属，
不经常到你面前嬉戏吗？
虽然你不懂它们的语言，

但它们的理性也不容轻视。
你和它们一起玩乐吧，
你的国土广阔着呢。'
上帝用命令的口吻说道。
我便低声下气地哀求：
'天上的掌权者啊，
伟大的创造主啊，
请不要介意我冒犯的言辞。
难道不是您把我放在这里做您的代言人，
把这些愚劣者放在我的身边吗？
不平等的生灵之间能有什么交际，
能有什么和谐，
又怎会有真正的欢乐呢？
这要求一种平衡的状态。
在不平衡的情况下，
相互不能配合，
二者肯定很快就厌倦了。
我所追求的真正快乐，
一切都出于理性的愉快，
是能够互相分享一切的欢乐。
鸟兽绝对不能做人类的配偶。
让它们找同类寻欢作乐去吧，
让雄狮去向母狮求欢。
你就是这样给给鸟兽配对的。
鸟和兽，鱼和鸟，
公牛和猿猴是不能交配的。
人类更加不能和兽类交配，
那是世上最下流无耻的事情。'
全能的神却丝毫也不生气：
'亚当啊，
你在选择伴侣方面，
倒是追求至上的幸福，
却在幸福中尝到孤独的不幸。
那么面对我的情况，
你又有何想法呢？
你是否认为永远处于孤独的我，
也是永远快乐的呢？
照你这么说，
没有别的生灵与我相等，
难道我可以与他们交流吗？

他们要不就是我创造的生灵，
要不就是远远逊于我的生物，
是比起你也低下无比的东西。
随后我轻声答道：
'万物尊敬的主人啊，
人类的心灵是无法体会
您那永恒之道的高度和深度的。
您本身就是完美无缺的。
人却不一样，
只有那比较之下的相对圆满。
假如能够与同类交谈，
就可以得到慰藉，克服自己的弱点。
您是至高无上的，不需要繁殖，
尽管是独一无二的，
却是包含了全数的绝对数。
然而人在数量上表现出单一的不完全性，
必须要龙生龙，凤生凤，
才能繁殖自己的后代。
所以比翼之爱，以及最亲密的情感
都是自然所要求的。
您看起来孤独，
实际上却神奇地和自己交游，
根本不需要别的交际。
高兴的时候，
还可以把所造之物擢升为神灵，
与他融洽交往，达到友谊的高峰。
我却不能提升卑微者，
也不能欣赏它们的语言和习惯。'
我大胆地运用了他赐予的自由
说了上面的一席话。
他那充满深情厚谊的慈声答道：
'我很满意刚才对你考验的结果。
看来你不仅清楚你命名的鸟兽，
也很清楚自己。
从内心出色地展现出我的形象，
以及自由的精神。
然而鸟兽是没有这种精神的，
它们不配与你交往。
你公然嫌弃它们是理所当然的。
在你没说这番话之前，

我就意识到人是不能孤独的，
而且也不能和鸟兽结成伴侣。
我只是试探你的真实想法而已。
现在我将创造你喜欢的伴侣，
她的形貌与你相似，
我让她做你的助手，
你绝对会满意的。'
他马上就说完了，也可能是我听不到了。
因为凡人经受不住上帝的威严，
只要与他对话，我就十分紧张，
好像有东西使我头晕目眩、
昏昏欲睡，最终伏倒，
需要借助睡眠来恢复精神。
最后他闭上了我的肉眼，
然而我的心眼——
想象的密室，却仍然开着。
虽然处在睡梦中，
我却看到了我躺着的地方，
看到之前站在我面前的光辉的形象。
他弯下腰，打开我的左胸，
取出一根带着心脏活力的肋骨。
尽管伤口很深，但立刻就愈合了。
他的巧手很快就将我的肋骨
捏成了一个生物，
那模样和我差不多，
但是却是一个异性，
美丽、可爱极了。
全世界的美都集于她一身，
包含在她的容貌里。
从那时起，爱情便注入了我的心。
前所未有的爱的喜悦被她的美丽激起，
然后吹进了万物。
接着她消失了，只留我在黑暗里。
等醒来时就再也找不到她了。
绝望之余，我却在不远处发现了她，
正如我在梦中看到的那样，
天生丽质，可爱万分。
她在造物主声音的指引下来到我身旁，
教给她神圣的婚姻的仪式。
她步调优雅，眼里映射这天国的美，

她是那样的庄重和娇媚。
我禁不住高兴地说道：
'我终于如愿以偿了。
慷慨仁慈的创造主啊，
您兑现了您的承诺，
她是您赐予的最美的恩物。
现在我看到我的骨中骨，肉中肉，
就站在我的面前。
她来源于男人，名叫女人。
所以，他必须成为我的妻子，
与我合而为一。
她听见了我说的话。
虽然她是神领来的，
却天真烂漫，充满娇羞。
她不唐突，不挑逗，
可是却更富有吸引力。
总而言之，她虽纯洁，
却没有任何可耻的想法，
这是本性使然。
当她看见我时，便背过身去。
于是我便追问她何为荣誉，
而她也顺从地回答了我。
我牵着如朝霞娇羞的她回家。
当时整片星空都洋溢着美妙的气息，
大地和群山都衷心祝贺我们。
鸟儿欢快地啼唱，
从翅膀上撒播蔷薇；
清风喃喃地向森林耳语，
在香木丛中播送芬芳。
一直到夜间的恋鸟唱起婚曲，
催促那晚星点起婚庆的红烛。
我把我的故事都告诉您了，
还把它升华到了地上幸福的极端。
欢乐诚然也能在别的东西中找到，
但无论如何，都不能引起心的变化。
别的快乐指的是味、色、香之间的协调，
然而这里却不是这样。'
我初次感受到了爱情的刺激，
对其他一切享乐竟都不再动心。
'自然'也有无能为力之处，

夏娃使我控制不住自己的弱点。
或许是从将我的肋骨取得过多了，
她得到了过分的润色，
所以外表精致而内心稍欠完美。
我知晓‘自然’的根本目的。
在最完美最重要的内部能力上，
她要稍逊一筹。
因为上帝既造男人又造女人，
然而像他的女人的形象并不多。
可是我一看到她的美色时，
就觉得她是最完美的。
她似乎也颇有自知之明，
最正当、最深思熟虑地
展现自己的言行举止。
在她面前，一切高等知识都要逊色。
就算‘智慧’对她谈话，
也只会让自己看来像个傻子。
权威和理性似乎就是为她而造的，
而非后来偶然造成。
上帝完美地创造出她的妩媚，
给她安装了宽广的胸怀，
还让‘敬畏’守护在她周围。”
天使蹙眉道：
“请不要责备‘自然’，
她已经尽职尽责了。
别不信任智慧，
如果你意识到自己品质低下，
需要智慧来帮忙时，
只要你不排斥她，她就不会弃你而去。
你刚才赞美的是什么？
是什么令你销魂？
难道不是外貌吗？
尊敬‘美’和崇尚‘美’，
当然无可非议，
但却不是让你服从于它。
所以你要正确估量她的综合品质。
你拥有的智慧愈越多，
她就越会崇拜你，
然后心灵的实质就会占据她的外表。
如果你的伴侣也具备这样的修养，

当她发现你理智的缺点时，
你将会更快乐，更令人敬畏，
你就可以毫无顾虑地爱她了。
但若把繁殖后代当作最大的享乐，
要考虑到鸟兽也都享有。
你和她的结合应该是最崇高的，
属于人的，正当永恒的爱。
爱情是美好的东西，情欲却不然，
情欲并不属于真正的爱情。
在理性基础之上的爱
可以净化思想，放宽心胸。
贤明的爱是上升到圣爱的阶梯，
也不会让你沉溺于肉体之欢。
因此，在兽类中是找不到你的配偶的。"
亚当略带羞愧地答道：
"与其说我喜欢她的外貌美，
或是肉体的快乐，
倒不如说是喜欢她在平时
表现出来的温和优雅，
加之爱情的滋润和甜蜜的顺从，
让我们二人同心，真心结合。
夫妇间的和谐，比起悦耳的丝竹之声
还要令人赏心悦目。
然而要令他人信服，这些还是不够的。
我要向您倾诉内心的感受，
我不想成为困惑的俘虏。
虽然对不同的对象有不同的感觉，
但仍要肯定最好的，
同时追随我认同的。
正像您说的，
爱情是登上天国的指引。
如果我的问题是合理的，
那么天国的精灵们恋爱吗？
他们是如何表达爱情的？
是只靠眼波的交换吗？
他们是直接地还是间接地接触？"
天使莞尔一笑，脸上泛着
爱情特有的颜色——玫瑰红的：
"没有爱哪有幸福，
而我们是非常幸福的，

你知道这点就够了。
和你一样，我们也极度享受肉体的欢乐。
精灵的拥抱随心所欲，
比空气和空气拥抱还要容易，
而不像肉与肉、灵与灵的交往
多多少少受到一些限制。
夕阳已经沉下大地的绿岬、
落到希斯佩莲的绿色群岛之外，
我现在必须要走了。
你一定要坚强，幸福地活下去！
要学会如何去爱！
首先要爱上帝，
爱他就是顺从他，
服从他的伟大命令。
千万不要让情欲影响你内心的判断，
免得做出身不由己的事。
你和你子孙的安危就掌握在你手中，
千万要小心谨慎啊！
我会为你的隐忍感到高兴，
相信上帝也会如此。
一定要行得正，站得稳！
不管是上升还是堕落，
都是你自己的选择！
要从内心不断完善自己，
坚强地抵制一切犯罪的诱惑吧！"
拉斐尔边说边站了起来。
亚当也随着站起，祝愿道：
"既然如此，天上的客人，
那就祝您归途一路顺风！
尊贵的使者啊，
我会永远记住您对我的深情厚意。
愿您常来做客，永远对人类友好！"
就这样，他们在浓荫中告别了，
天使回到了天国，亚当也返回其住处。

卷九

内容提要

在窥探了乐园的情况之后，撒旦心怀鬼胎，到夜间像游魂一样返回潜入到酣睡中的蛇里。第二天早晨，亚当和夏娃出去工作。夏娃提议分工合作，各自干自己的活儿。亚当却不赞成，认为这样太危险，有可能会遭受敌人的引诱。夏娃不愿意被亚当认为不够刚强，一定要单独劳动以测试自己的能耐。亚当最终还是屈服了。看到夏娃只身一人，蛇便爬上前接近她。开口说了许多吹捧夏娃的谄媚的话。夏娃看到蛇会说话，觉得十分惊奇，便问蛇如何能说人话，而且理解得这么好。蛇回答说，是吃了园中某一棵果树的果子就既能说话，又有理性了。夏娃便让蛇带她去看那棵树。结果发现竟是禁食的知识之树。然而蛇诡计多端，百般诱劝她尝试。最终她还是经受不住诱惑尝了知识果，觉得十分美味。她想，要不要让亚当也尝尝这东西？犹豫了一会儿后，终于决定带给他这果子，劝他也吃。亚当看到后大惊失色，倘若犯禁必死无疑。可是见夏娃已经失足，炽烈的爱使他决心和她同死，所以也吃了那果子。最后禁果在二人身上产生了效应，他们开始有了羞耻感。于是便急忙去找东西来遮盖自己的裸体。由此二人争吵不休，彼此埋怨。

天神或天使与人交往做客时，
就像朋友般一边促膝畅谈，
一边享受田园的膳食。
言者无罪的事，自此结束。
我只能转向悲哀的基调。
从人的方面来说，
这是可耻的不忠和不顺；
至于天神的方面，
则对人疏远厌恶。
在谴责之余，并给以审判，
人类给世界带来了滔天大祸：
"罪恶"和它的影子"死亡"，
以及"死亡"的先驱——"苦痛"。
这是多么可悲啊！
这个故事毫不逊色于
那在特洛亚追逐劲敌、
绕城三周的阿喀琉斯的愤怒；
也不亚于塔那斯得知与拉威尼亚的婚约
被解除时所产生的盛怒；

或者是长期使希腊人和西莎利亚之子
忧愁的朱诺的烈怒。
但愿天上的缪斯女神
赐予我如此恰如其分的文风。
女神曾经每夜主动降临访问我，
向睡梦中的我口传心授，
给予我飘逸的灵感，
让我可以轻易完成即兴的诗篇。
自从我喜欢上这个主题的英雄史诗，
就花了很长的时间选择题材，
迟迟才决定动笔。
英雄史诗的唯一主题似乎是战争，
可是我从未写过战争方面的题材。
描写战争的技巧在于设置
假想的骑士在假想的战争中
进行没完没了地冗长地厮杀。
可是不歌颂坚忍不拔的性格，
也不歌颂那英勇壮烈的牺牲。
一般首先描写竞走、竞技的情景，
描绘战袍、盾牌、战骑，
以及骑马比枪和战斗中的华贵骑士。
其次是描写将军的宴会，
例如客厅里仆役和管家的服侍。
这种精雕细琢的技巧，呆板的方法，
以及陈规旧套，
并没有给诗篇带来英雄的光彩。
更何况我没有掌握这些技巧，
更别提深入地研究了。
然而我有着更崇高的内容，
光是内容本身就足以名声远扬。
事实上，这类题材倒并不少，
假如不是时代过晚，风土寒冷
和年龄的增长使我意志消沉的话，
我早就将其掌握在手，
也不需要诗神的帮助了。
长庚星随着太阳落下了，
它是昼与夜的分水岭的标志，
负责给大地带来暮色。
现在，从这端到那端夜的半球的
地平线都笼罩在暮色之中了。

先前被加百列赶出伊甸园的撒旦，
现在改变了罪恶的计划。
他肆无忌惮地重回到伊甸园。
因为他害怕白昼，所以在夜间他逃走。
绕地球一周后，于半夜潜回乐园。
太阳的管理者尤烈儿远远看见他的侵入，
便提前告诫基路伯要严加防范。
极度的痛苦逼着撒旦连续飞行了
七个夜的黑空间，环绕了三次赤道，
横切了四次夜的车辙，
往返于南北极之间，横渡经纬线。
直到第八夜，他才从天使守卫处
对角的边境入口处偷偷溜进乐园。
那时那里底格里斯河流经乐园地底，
流进了地下的深渊，
部分从生命树旁喷涌上来，
形成了一道喷泉。
撒旦随着河水一同潜入地下，
又包藏在升起的水雾中，
和它一同喷涌而出。
然后寻找潜伏的地方。
海洋他是已经寻遍了；
至于陆地，从伊甸飞越邦都斯，
米奥底斯海，飞越鄂毕河，
再南下，到达南极地带，
又从奥伦特斯西跨至德岭，
便被大洋拦住了。
于是他又飞到恒河与印度河之间的地带。
这样，找遍了山海全球，
经过详细调查每一种可以利用的生物，
最后发现蛇是全部生物中最机灵狡猾的。
经过缜密思考后他决定
选择蛇，狡诈的家伙，
作为报复的工具。
因为与别的生物相比，
聪明的蛇天生的机灵，
所以施加任何诡计都最不会引起注意，
也最不会被怀疑。
而且蛇在体内除了有兽的意识，
还蕴藏着魔鬼的力量。

于是他大发感慨：

"大地啊，

你和天是多么相似！

即使比不上天界，

但也是诸神最适合不过的居所了。

因为这是参考了天界的建筑后，

经过反复考虑才建起来的！

为何天神在有了最好的天界之后，

还要再创造一个较次的呢？

你这个地上的天，

诸天围绕着你舞蹈，

还带来灿烂的供奉的灯火，

好像特意为你集中一切

有神圣力量的光线。

正如天神是天的中心，

然后再向万物扩展。

你在中心接收诸天体送来的光，

可是万物之所以能够生长，

是因为你，而非它们。

居于草木之上有更高尚的生物，

按次序被赋予生命，

向着生长、知觉、理性三个阶段发展，

最后综合于人。

我多么高兴绕着你游览！

如果我能从中得到快乐，

例如千变万化的景色，

一会儿是陆地，一会儿是海洋，

一会儿又是树木林立的河岸。

可是，这些地方都没有可供我避难的地方。

周围的快乐的事情越多，我就越自责。

可恶的矛盾包围着我。

一切的善，都将被我变成恶。

若不征服天上的全能者，

我就无法住在这里，

当能也不能住在天上。

我并不奢望我寻求的东西

能够减轻我的痛苦。

不，或许会惹出更大的灾祸。

所以我希望有生物能和我同流合污。

因为只有破坏，才能平衡

我残酷无情的报复思想。
毁灭他，或者得到使他失坠的一切，
因为这些他创造的东西与他祸福相依。
就让灾祸与他牵连着，
让破灭尽情扩大吧！
号称全能的他，
不知花了多长时间去设计，
还用了六天六夜去精心创造，
而一夜之间就被我毁灭殆尽。
那么地狱的所有当权者之中，
就唯我独尊了。
好啊，我就要在一夜之间，
解放出处于可耻的奴隶
状态中的半数天使来，
大大削减他的崇拜者的数量。
他即将遭到报应，
就算想要弥补他失去的天使也不行了。
因为他已经用尽了原来的力量，
现在不能创造更多的天使了。
或是因为不能再让我们受苦了，
便用泥捏的生物来取代我们，
并提高他们卑贱的素质。
牺牲天界、牺牲我们去成全人。
他造了人，并为其造了这个宏伟世界。
地球，是人类的家园，
那里的神灵都称他为主宰。
啊，这是多么可耻啊！
带翼的天使，光辉的使者，
也都要跟从他、伺候他，
还要看守和保护他们。
我是害怕这些守卫者的。
我隐匿于夜半蒸发的雾气中，
躲过他们的视线，
悄悄滑行，窥探丛林，
希望遇见沉睡中的蛇，
希望他那千缠百绕的盘褶中
隐藏着和我一样的黑心肠。
啊，这是何等的肮脏堕落啊！
当初在诸神中居于最高位的我，
如今却寄身于动物的体内，

混合着冷血动物的黏液。
崇高神性的灵质，
竟然堕落成兽身！
但只要一有野心和复仇的思想，
堕落成什么都是可能的。
野心家迟早会阴谋败露，
高飞者最终也会下落到卑微的地方。
刚开始时，尽管复仇是美丽的，
可是不久就会自食苦果，
一切都会被打回原形。
管他的，我一点也不在乎，
既高攀不上，又招我忌恨。
这个泥造的亚当，上帝的新宠儿，
更是我怨恨、憎恶的对象。
所以，最好的方法就是以怨报怨。"
他一边说着，一边进行半夜的搜索，
像一片低行的黑雾般穿过潮湿的密林，
希望能尽快找到大蛇。
不久，他发现了一条蛇，
它既不是在可怕的树荫下，
也不是在阴沉的洞穴内，
而是在草上无忧无虑地睡着了，
正蜷成弯曲的几个圈，环绕萦回，
将头部巧妙地置于正中心。
于是撒旦进入他的口，
渐渐前进至心胸和头部，
很快就把蛇的意识变为理智的活力，
然而它的睡眠却不被扰乱。
最后，恶魔躲在蛇里静待黎明到来。
现在，曙光初升，伊甸乐园里
带露的朝花初放妙香，
大地祭坛上飘着的快乐晨香沁人心脾，
万物都在虔诚地赞美造物主，
亚当和夏娃也加入无声生物的赞颂，
和有声的礼拜混合在一起，
在妙香与软风融和的时节分享快乐。
因为他们劳动力不足，
所以干不了广大的园地的活。
于是便讨论该怎样做好繁殖的工作。
夏娃首先对其丈夫说道：

"亚当，我们仍从事这园艺工作，
继续照料花草树木。
我们喜欢这种快乐的工作，
可是我们需要更多人手的帮助。
我们的工作将越干越多，永无绝期，
草木越修剪，就长得越多越快。
我们白天修剪的繁枝，
过了一两夜便又大肆地蔓生开来。
请你想出一个更好的方法，
要不就按我原先的想法去做。
我们现在就分开工作吧！
你到你喜欢或最重要的地方去，
清理林荫路上的忍冬花，
修剪常春藤蔓生的枝条。
我则到小树丛去，
在天人花和蔷薇杂交处干活儿。
我们整天在一起劳动，离得太近，
时常由于讨论选择何种工作
而延误了工作。
每遇新情况又要重新谈论，
这就更降低了效率。
经常到晚餐时分还收不了工。"
亚当温和地答道：
"亲爱的夏娃，我唯一的伴侣啊，
你是一切生灵中最优秀的。
你通过深思熟虑，指出了上帝
让我们在这里好好劳作的命令，
可是凡事还是要经过我的同意。
促进丈夫的工作，
是妻子的最可爱之处。
当神要我们休息养神时，
我们的食物、交谈，
或者会心地微笑和对望，
并不会加强劳动的强度。
微笑是在理性的基础上流露出来的，
所以鸟兽并没有微笑。
微笑是爱的食粮，
而人生最低的目的不是爱。
天神不辞劳苦创造我们，
是为了让人拥有与理性结合的快乐。

只要我们同心协力，一起劳作，
便很容易保持这些道路和花亭的整洁，
不久后，就会有年轻的助手了。
如果谈话太多使你厌倦，我愿意让步，
也可以作短暂的分离。
有时候孤单是最好的交往，
暂时的分离能带来更大的甜蜜。
但我还是不太放心，
怕你离开我后会遇到灾祸。
你也知道，天使曾说过
有恶魔嫉妒我们的幸福，
所以要破坏我们的欢乐。
或许他就埋伏在附近，
只要一看见我们独自一人，
就会千方百计来实施破坏。
假如我们时刻都在一起，
就可以互帮互助，
就没有那么容易受到欺侮。
他首先要做的就是
削弱我们对上帝的忠诚，
和破坏我们夫妻之间的爱，
让我们不再快乐，
从而就不会激起他的嫉妒。
这是多么卑鄙狠毒的手段啊！
我决不能让你离开我，
既然我给了你生命，
就要自始至终地庇护你。
妻子在面临潜在的危险时，
最应该做的就是待在丈夫身边，
接受丈夫的保护，患难与共。"
纯洁的夏娃，像蒙受了委屈似的，
严肃而镇静地答道：
"大地的主宰啊！
我知道，有敌人想要破坏我们。
但是你却怀疑我的忠诚。
你不怕敌人会施加暴力，
因为我们不可能死去，
所以暴力对我们毫无伤害。
你真正害怕的是他的诡计，
同样可怕的是，你竟会因他的诡计

而以为我的信心和爱情会动摇。
你心中怎能存有这种想法?
亚当,你怎能误解你的妻子呢?"
亚当则安慰道:
"我亲爱的妻子,永生的夏娃啊!
你是如此纯洁烂漫,完美无瑕。
我之所以让你留在我身边,
并不是怀疑你,而是不给敌人
留下引诱我们犯罪的机会。
尽管诱惑者的图谋终究会失败,
但被诱惑者也会蒙受污名。
只要你的信用被他破坏,
就难以保证能坚决抵抗诱惑。
你也知道,蔑视和怨恨陷害者是徒劳的,
所以你要明白我不让你独处的苦心。
敌人胆子再大,
也不敢同时伤害两个人。
即使敢,也一定先向我进攻。
你不能低估他的恶意和虚伪,
既然他能挑拨众天使造反,
必然十分机敏灵巧。
同时也也不要妄想他人的帮助。
我从你的眼神中得到力量,
变得更加聪明、警觉、强壮,
必要时还会更加强大。
难道你没有同样的感觉吗?
当我们在一起时,就可以一起试验,
看我是不是你锻炼品德的最好证人?"
亚当是出于关心妻子而这样说的。
可是夏娃却认为诚意不够,
所以仍然用温柔的声调说道:
"如果我们住在狭窄的圈子里,
又正处于凶残奸诈敌人的胁迫之下,
单独不能抵御的险境到处都是,
假如随时都处于恐惧和危害之中,
人生又有什么乐趣呢?
危害并不是罪恶的先驱。
敌人虚伪地奉承我们的高洁,
不仅不能直接损毁我们的声誉,
反而会损及他自身。

那样，还要避开什么可怕的事呢？
由于他推断的错误，
我们会获得双重的荣誉——
一是心里的和平；
二是抵御诱惑后上帝的恩宠。
如果不尝试着单独抵御诱惑，
仅仅依靠外力，
又有什么信、爱、德可言呢？
不要以为我们的幸福，
可以完全寄托在造物主身上。
如果不能靠自己独力或合力抵御，
那么我们的幸福就不稳定，
要不然，伊甸园也就不叫伊甸园了。"
亚当却热情地回答她：
"夏娃啊，
假如万物都按天神的旨意行事，
那就是最好不过的。
天神所创造的一切物体，
都是完美无缺的，
更何况是人呢？
即使危险就潜伏在体内，
但这是自己的力量所能控制的，
只要不违反自己的意愿，
便不会受到危害。
上帝让人类的意志自由，
而顺从理智便是自由。
他让理性能够公正判断，
也让它小心提防，使它矢志不渝，
以免伪装者施行突然的袭击，
导致错误地指挥意志去做违禁的事。
照顾你是我的责任，你也一样。
但理性可能会因敌人的教唆而出轨，
从而陷入意外的陷阱。
因此对于诱惑，能避则避；
只要你不离开我，就可以避免。
只有证明了你的顺从，
才能证明你的忠诚。
假如没有亲眼目睹你独自试练，
谁又能证明呢？
但对于不求自来的试练，

如果你认为自己能够小心防备，
认为两人在一起反而会疏忽，
那么你就自己去吧。
要是觉得在我身边不自由，就去吧。
凭你天真的本性，固有的品德，
尽力不要陷进敌人的阴谋！
上帝已经为你奠定了基础，
剩下的就看你自己的造化了。"
亚当这样说后，夏娃仍坚持己见，
最后温柔地说道：
"这么说你是答应了？
首先我铭记了天使的警戒，
然后你最后的论断是：
当试练不求自来时，
两个人在一起反而准备不充分。
这样倒不如我自己先去，
敌人不一定会先从弱者下手，
或许他将遭受更可耻的失败。"
她一边说着，一边从亚当手中
轻轻地抽回自己的手。
然后像奥丽亚德、德莱亚德，
或德丽亚的从者一样，
轻盈地走入丛林。
她那女神似的身段在步行时，
比德丽亚还要秀美多姿。
尽管她没有佩着箭的武装，
却带着简陋的园艺用具。
这样的装束之下，
感觉她就像是那佩丽斯，
或那逃离筏图姆努斯的波莫娜，
或那尚未成为育芙生普洛萨匹娜
之前的、风华绝代的处女色列斯。
亚当依依不舍地目送着她，
再三叮嘱她一定要早些回来，
她也答应了于中午时分回到庐舍，
准备好二人的午餐，然后休息。
啊，这个打算是多么荒谬啊！
不幸的夏娃，你竟然还打算回来！
从这时起，乐园中的你将
食不甘味，睡不成眠！

红花绿柳之中埋伏着敌人，
他们怀着地狱的切齿之恨在静候，
趁你不注意就截住你，
夺去你的纯真、忠诚和祝福。
因为天一亮，恶魔就以蛇的形象出现，
他的目标就只有两个人，
而这两个人却代表了全人类。
他在庐舍和田野里不停寻找，
终于在林荫茂密的小溪边，
发现了他们二人，
但他最希望的还是遇见单独的夏娃。
最令他意想不到的是，
他马上就得到了这样的机会。
他得知夏娃在单独地劳作，
时隐时现的香云包围着她，
繁茂的蔷薇簇拥着她，
与她美丽的容颜交相辉映。
她不时俯身扶起娇嫩的茎，
有红的，绿的，带着金色斑点的。
然而世事难料，她自己却是
一朵最鲜艳的娇弱的花，
支撑她的花茎离她太远，
可暴风雨却近在咫尺。
魔王经过杉、松、棕榈等乔木的
树下横道，繁茂的小树丛，
以及夏娃亲手修理的
小径和花坛之间，
若隐若现地大胆盘卷而行，
渐渐地向夏娃靠近。
无论是复活了的阿多尼斯的，
还是老勒阿替斯的儿子的东道主，
或是那著名的阿尔喀那斯的大都，
它们的花园都没有这里的美妙。
撇开神话中的美景不谈，
聪明的国王与他漂亮的埃及妃嫔
的游戏之处更为欢乐。
他十分喜爱这地方，更喜爱这里的人。
如同在住屋相连、人口稠密、
空气污浊的都市中久居以后，
在夏日的早晨来到近郊，

一旦呼吸到快乐乡野的气息，
遇见令人欣喜的谷物、母牛和牧场，
心中便涌起无限的喜悦。
若有美丽贞女的身影，
则会变得更加愉快。
她是独一无二，无可比拟的，
她的容姿是一切欢乐的焦点。
蛇怀着这种欢乐，眺望着这个花坛。
夏娃的幽栖处在清晨是如此孤寂。
她仙女般的美貌，天使般的神情，
更显出她女性的柔美。
她一举手一投足都是那么天真烂漫，
哪怕是最轻微的动作，
也足以使他的恶意消退。
纯洁的魅力击败了他的凶恶企图。
瞬时，恶魔茫然若失，
放弃了仇恨、欺诈、忌妒和复仇，
似乎产生了向善之心。
然而长期郁积在心中的
地狱的炽热仍在熊熊燃烧，
不一会儿就迅速烧毁了愉悦。
眼前的快乐都不是为他而设的，
看了只会让自己更苦恼。
于是他立即重拾起强烈的仇恨，
萌生歹毒的念头：
"思想啊，你将领我到何方？
你用不可抗拒的魅力将我带来这里。
要知道，此行的目的不是爱，而是恨。
既不是把乐园的希望带到地狱，
也不是在这里享受欢乐，
而是要毁灭一切幸福。
对我而言，除了毁灭后的快感，
其余的一切愉悦都不复存在。
因此，绝对不可失去这个难得的机会！
看，这个女人正孤身一人，
正是施行诱惑的好时机。
我已环顾四周，确定她丈夫不在近旁，
我不可轻视他那泥土制的英雄躯体，
要避开他较高的智力和气力，
他刀枪不入，难以对付。

我的力量已经今非昔比了，
地狱的痛苦使我变弱了。
她的美是神圣的美，
虽然爱和美中也有恐怖，但并不可怕。
假如憎恨不够强烈便无法靠近她，
因为强烈的憎恨会巧妙地伪装为爱。
这就是我要毁灭她的方法。"
这个人类的敌人、蛇的寄宿者一说完，
就向夏娃阴森地逼近。
他头戴高冠，眼似红玉，头颈呈金色，
他用尾巴卷成一个圆底为地基，
然后盘起一圈圈高耸的迷塔，
在那波动的塔尖的中心直立着，
然后慢慢地匍匐前进。
他的姿势透露出内心的愉悦。
开始时，他像小偷一样悄悄接近她，
但又害怕不方便，
所以便从侧面，横着前进。
接着又像个熟练的在河口驶船的船夫，
随着风向而灵活改变舵的方位。
他为了引起夏娃的注意，
在她面前耍了一些小把戏，
例如用尾巴卷成波浪似的圆圈。
就像平时百兽在田野里
很温驯地在她面前嬉戏打闹一样，
他甚至比赛西召唤假装的畜类时还要顺从。
因为她的工作很繁忙，
虽然听见了木叶的沙沙声，
也没有过多地在意。
现在撒旦的胆子壮了，
不等召唤，就自行站在她的面前，
用爱慕的目光望着她，
还不时低下小塔上的头
和金色的珐琅的颈项，
谄媚地舔着她所踩出的路辙。
最后，夏娃终于被他无声的表演吸引了。
他十分高兴引起了她的注意，
便用蛇的舌头开始了欺诈性的诱惑：
"美丽的女王啊，请不要惊奇！
事实上，唯一可惊奇的

便是您那娇美无双的容颜。
请不要露出嗔怪的表情，
嘲笑我冒昧的拜访。
造物主创造的最美生物啊，
一切生灵无时无刻不在凝望着您，
都一致赞叹您神圣庄严的美丽。
可是在这荒野的园子里，
粗野浅薄的鸟兽却不能
意识到您一半的美丽。
除了始祖亚当以外，可曾有谁垂青于您?"
恶魔便以这样的阿谀奉承
开始了他诱惑的前奏。
虽夏娃觉得这声音有些怪异，
但他的甜言蜜语还是渗进了
夏娃的心，她惊讶地问道：
"这是怎么一回事?
畜牲的舌头竟然能说出人的语言?
畜牲竟然能表达人的情感?
我原来还以为天神造百兽时，
完全没有赐予它们清晰发音的能力，
所以它们都是哑巴。
后来却觉得可以从它们的脸和行为中
看出它们表现的一些理性，
尽管十分模糊。
蛇啊，我知道你是地上最聪明的动物，
但不知道你也拥有着人的声音。
那么，请你重复这个奇迹，
给我说说你是怎样会说话的?
你又是怎样接近其他动物的?"
狡猾的蛇如此答道：
"美丽光辉的女王啊!
您命令我回答的问题是极其容易的。
起初，我和其他食草的
动物一样，同样卑陋浅薄。
除了会分辨食物和性别之外，
其余的事情一概不知。
然而，有一天当我正在野地里漫游时，
忽然发现远处有一株结着
金红相间的果子的宝树。
于是我便想上前仔细观察。

当时树上吹来了一阵香味，
超过了最好的茴香的香气，
这激起了我的食欲，使我更加喜欢它。
饥渴交迫教唆着我，
诱人的果实的清香，
则更加尖锐地诱惑着我。
为了满足自己的强烈欲望，
我毫不犹豫地要去品尝
那色鲜味香的果子。
不一会儿，我就爬上了长满青苔的树干，
并紧紧缠住离地很高的树枝，
这个高度要您或亚当尽力高举才能够得到。
其他动物都怀着强烈的食欲围绕着树，
但因为摘不到，所以只能眼巴巴地望着。
我攀到挂着诱人的果实的
树的半高处，我摘下果子大快朵颐，
觉得它味美无比，
就连泉水都没有如此甘甜。
吃饱后，我就觉得自己体内起了异样的变化，
虽然外形仍然保持这个样子，
但是理性逐步地生长，
过了不久就会开口说话了。
从此以后，我的思想就变得高深起来。
经常用器宇轩昂的心胸，
去观察海陆空中一切美善的东西。
但我看出你的身上集中了所有神的美善，
您的美具有天使般的光环，
其他的美都不能与您相比拟。
这使我不得不对您出神凝视，无比崇拜。
您当之无愧是神宣称的
万物的主宰，宇宙的女王！"
狡猾的蛇滔滔不绝地说完了这番话。
夏娃更加觉得惊奇，
轻率地说道：
"蛇啊，你这溢美之词，
让我怀疑你所说的果实的功效。
但不管怎样，你说说吧！
那棵树究竟长在哪里？
离这里有多远？
因为天神在这乐园中

栽了许多种类庞杂的树，
所以有很多我们还不认识。
如此丰富的物产任我们选择，
还有很多没有采摘过的果实，
依然挂在枝头永不腐烂，
为了人类的生生不息而储存食粮，
等候更多的人手为自然卸下重负。"
狡猾的毒蛇高兴地答道：
"尊贵的女王啊，
路途很近，而且还十分易行，
就位于那一排山桃花的后面，
就在泉水旁边，鲜花盛开的平地上，
就在长满没药和香水薄荷的
茂密的小森林里面。
如果您允许我做向导的话，
我十分乐意为您效劳。"
夏娃急切地说道：
"那么赶紧带路吧！"
他很快地领头呈涡卷状前进，
蜿蜒曲折的路也被他走成直的，
于是灾难就越来越近了。
他的冠毛因为希望而高高飘扬，
因为快乐而闪闪发光，
好像黑夜凝练寒气形成的鬼火，
燃成飘忽不定的火焰。
因为听说有恶鬼参加，
于是便在虚幻的光的照耀下，
带领夜游者进入沼泽、
泥淖、池塘和水潭里去，
任由他们被吞没直至死亡。
阴险的蛇也想这样陷害
幼稚的夏娃，人类的母亲，
正领着她向灾难之源——
禁树的方向走去。
当她看到禁树时，便说道：
"蛇啊，我们最好别来这里。
虽然这里有剩余的果实，
然而却不是我的果实。
它的功效如何，就只有你知道。
若真有这样的效力，也实在奇怪！

但对于这棵树，
我们既摸不得，更尝不得。
因为这是天神严厉的禁令。
此外，我们要依照自身的法律生活，
而我们的理性就是我们的法律。"
诱惑者狡诈地说道：
"事实的确是这样！
可是上帝可曾向地上的生灵宣告过
禁止吃园中一切树木的果实？
夏娃天真地答道：
"除了乐园正中央这棵树木的果实，
其他树木的我们都可以吃。
上帝还说，这棵树的果实不准吃，
甚至摸一下也不行，否则必死无疑。"
夏娃的话还未说完，
诱惑者却变得更加大胆了。
他装出一副热情和爱护的样子，
表示了对天神的禁令的愤慨。
于是他开始扮演新的角色，
不断地扇动起激情。
心绪混乱，举止却强作闲雅，
像是要做什么大事似的挺身而起。
虽然他现在没有说话，
却像一个老练的雄辩家，
在雅典或罗马的讲坛上，
大肆演说华丽的词藻。
他冷静地伫立着，还没有开口，
姿势和动作就引起了听众的注意。
有时由于抒发正义的热情，
来不及向观众交代序言，
干脆就从高潮开始。
诱惑者也像演说家一样站着，
手舞足蹈着，双手向上伸，
热情洋溢地说道：
"啊！神圣、聪明的智慧的树，
美丽知识的母亲啊！
我觉得你在我体内的力量是强大的，
不但让我认识了万物的本原，
还能企及圣贤至高的行动。
宇宙的女王啊！

请不要相信那残酷的死的要挟，
你们是不死之身。
怎么会吃个果子就轻易死去呢？
那果实除了给予知识之外，
还会给予我们生命。
威胁算什么！
你看看我，我不仅触摸了它，
还品尝了它，现在还活生生的，
而且我得到了比命运注定的
更完整无缺的生命。
难道这果实对动物开放却对人关闭？
天神为了这小小的罪，竟会大发雷霆？
他只是用死来吓唬你们。
你们不要管死是什么东西，
应该去寻求幸福的生活，
以及分辨善恶的知识，
只有这样，你们的勇敢美德才值得称赞。
如何判断善美？如何避免丑恶？
难道这不是我们应该知道的吗？
假若天神因此而伤害你们，
那就是不正义的行为了。
做出不义之举怎能为神？
你们不用怕他，也不用听从他。
正好以你们对死的恐惧来消除恐惧。
那么，天神为何要发布这禁令呢？
为何只恐吓你们——他的崇拜者，
将你们置于卑微无知的境地呢？
因为他知道只要你们吃了它，
就会完全睁开原来朦胧的双眼，
就会和他一样能分辨善恶。
现在，本质上我已经是人了，
你们也将会变成神。
我由蛇变人，你们由人变神，
这是符合正比例的。
这样一来，即使你们会死，
也不过是脱去人性，从而着上神性。
这种死是求之不得的，
即使受些威吓也不会导致更坏的后果。
诸神究竟是什么，
难道人就不能和他们享受同样的食物？

神们就是凭着这一点，来增强我们的信念，
让我们相信万物是他们创造的。
我现在则怀疑，这个美丽的大地，
由于阳光的普照而万物勃发，
可是他们却没有生产任何东西。
如果生产了这种吃了就会分善恶的果实，
那么又是谁在这棵树上
封锁这辨别善恶的智慧的知识呢？
况且人拥有了知识，又有何过错？
假如万物真的属于神，
那么你们的知识对他又有什么危害呢？
这棵树又怎会违反他的意志呢？
假如说这是出于嫉妒，
而天神的圣心又怎会产生嫉妒？
种种原因都说明，
你们需要这知识的果子。
人间的女神啊，
请伸出纤纤玉手来摘食吧！"
他就这样又说了一番花言巧语。
他狡辩的言词很快就打动了她的心。
于是她出神地盯着果子，
光是看，就已经足够吸引人了。
她的耳畔还响着恶魔巧妙的言词，
在她看来，理由充足。
那时临近正午，果子的香气
引起她难以克制的食欲，
而摘食的强烈欲望，
使她的秀目透露出无限渴望。
然而开始时，她犹豫了片刻，
陷入了深深的沉思：
"毫无疑问你是最好的果实，
你拥有强大的功效。
你虽然远离人类，却值得称赞。
初次食用，便能使哑巴巧舌如簧，
让无言的舌头也能唱出赞歌。
他禁止我们吃你，
却不向我们隐瞒对你的赞美，
他称你为分辨善恶的知识之树。
而他的禁令却更加宣扬了你，
同时也表明了你对善的传授，

以及我们的浅薄无知。
不知道善，何以得到善？
而得而不知与完全没得到，
有什么不同呢？
说白了，他为何单单禁止知识？
就是禁止我们知道善恶，禁止我们聪明！
这样的禁令是束缚不了我们的，
赐予我们的自由完全就是空头支票！
说我们一旦吃了这禁果，就会死！
可是蛇为什么不死？
它吃了却还好好地活着，
能说话，明事理，能辨别，
而且还拥有了以前没有的理性。
难道死是专为我们而创造的吗？
这个知识的食粮能够为兽类保留，
却竟然拒我们于门外？
第一个尝试过的生灵既不猜忌、
不虚伪也一点都不奸诈，
反而乐于亲近人、信心坚定，
还有喜悦等好事降临在它身上。
这样一来，还有什么可害怕的呢？
不知道善与恶，又怎能知道
生与死、罪与罚的可畏？
如果这圣果能治百病、使人聪明，
那么为何不直接采摘，用它完善自己呢？"
刚说完，就在这不幸的时刻，
她伸出急躁的手去采果而食。
大地为此而黯然神伤，
"自然"也发出长长的叹息，
预示灾祸将至，一切都将毁灭。
这犯罪的蛇偷偷溜回去了。
夏娃除了吃，其他的都不顾了，
自此才感到尝试的快乐，
既幻想着更高的知识，
也包含着成神的思想。
她继续贪婪地吃着，
殊不知是在吃着"死"果。
吃饱后，好像酒后亢奋似的自语：
"啊，乐园中最高的、万能的树啊，
你给予人类智慧，让我们幸福。

然而却鲜有人知你的伟大功效。
但从现在起，每天早晨，
我都要用诗歌来赞美你，
为你卸下满枝的重荷，
方便大家自由取用。
我从你身上获得了宝贵的知识，
现在和神一样通晓一切。
别的树可没有这种功效。
还有你，最好的向导啊！
如果没有你的引导，
我现在仍然愚蠢无知。
你开辟了通往知识的道路，
尽管它还隐藏在神秘里，
但已经很接近了。
天是那么的高，
从高处可看到地上的一切事物。
我们伟大的禁令者还有要担心的事呢，
所以会暂时忘记监视人间，
而且他的所有侦探都在他四周，
这一点完全可以放心。
可是我要怎样去见亚当呢？
我是否要让他知道我的变化，
分享我的所有快乐？
抑或是独享这知识的奇妙力量？
而知识弥补了女性的缺陷，
会更加与他平等，更加惹他怜爱。
说不定还能够胜过他呢。
卑劣者有何资格谈自由呢？
这也许是最好的办法。
但如果被神看见了，死亡降临怎么办？
到时我就完蛋了！
亚当将会和别的夏娃结合，
共度良辰美景！
这样和让我死又有什么区别？
因此，我要和亚当同甘共苦。
我是这么地爱他。
和他在一起时，万死堪当；
没有了他，活着还有什么意义呢？"
她说完，对着生命树深深地鞠了个躬，
感谢它赐予知识的力量源泉。

这时亚当正在焦急地等着她，
挑选最美丽的花朵
来编织装饰她的头发的花环，
以此来奖励她的辛勤劳动。
他耐心地等待着，等待巨大的欢乐，
等待姗姗来迟的心的安慰。
可是他却心绪不宁的，有了不祥的预感。
他浑身战栗地走向早晨时
与夏娃分别的那条路去迎接她，
那那条路就在知识之树的近旁。
他恰好在那里遇见了她，
而她正准备离开那树回家，
手里还拿着一枝新采折的
芳香四溢的最甘甜的果实。
她急忙迎上前去，脸上露出了谢罪之意，
但很快就用婉约的言词自辩：
"亚当啊，难道你不怪我没准时回去吗？
一日不见，如隔三秋。
这是我以前从没有过的爱的烦恼。
我们以后再也不要草草离别，
从而陷人相思的痛苦了。
可是，我迟迟未归的原因却很奇怪。
这棵树，并不像我们之前听说的
吃了很危险，还会引来未知的灾难。
恰恰相反，它拥有非凡的功效，
能使吃了它的人睁开眼睛，成为神仙。
有动物已经尝试过了，证明确实如此。
蛇很聪明，不像我们这般拘束。
他没有遵守禁令，吃了这果子却没死。
它还用巧妙的语言劝服了我。
所以我品尝了禁果，也发生了相应的功效。
暗淡的眼睛变得明亮了，
顿时觉得心旷神怡，豁然开朗，
感觉自己越来越具备神性了。
这些都是为了你去探求的，
假如没有了你，我便一无所求。
你若拥有了幸福，我便幸福；
否则，我将毫无幸福可言。
因此，你也尝尝这智慧的果实吧！
和我同呼吸，共命运，

就像在平等恋爱一样。
否则，肯定会因为地位不同而导致分离。
现在米已成炊，木已成舟，
即使命运不允许，
我要为你放弃神性也为时过晚了。"
夏娃用欢快的神色讲述着，
可脸颊上却燃烧着不安。
亚当一听夏娃犯了死罪就惊倒了，
怅然若失，好像全身的血管都
瑟瑟战栗着，关节也松弛了。
特为夏娃编织的花冠，
从手中无力地落下，
花冠上的蔷薇也枯萎散落了。
他脸色惨白地默默站立着，
最终打破了自己内心的沉默：
"啊，创造的神来之笔，
天神的最后最好的杰作，
圣、神、善、爱的万类中
最优秀、最卓越的人类啊！
你是如何坠落的？
为何一下子就凋零了？
为何要屈从于死亡呢？
你怎能违反严厉的圣令？
怎能亵渎那神圣的禁果？
也许是未知的敌人，
用阴谋诡计欺骗了你，
就连我也得同罪同死，
因为我已经决定与你共患难。
没有了你，我怎能活得下去？
我怎能背弃你我之间的誓言，
独自一人在野林里孤单生活？
即使上帝又为我造了另一个夏娃，
我也永远无法忘怀你的死！
不，自然的链条束缚着我。
你是我的骨中之骨、肉中之肉，
无论如何，我都不会与你分离！"
他似乎是一个刚经过极端的心绪纷乱，
而后惊魂方定的人。
他主意已定，用平静的语气对夏娃说：
"大胆的夏娃啊，

你知不知道你的冒险行为，
带来了多么巨大的灾难！
你出于贪心，被诱骗去看了那神圣的果子，
明知戒令不可违抗，
你却还要去品尝它！
但世界上没有后悔药，
就算是全能的神和'命运'也爱莫能助。
不过，事情可能没那么严重，
也许你也不会死。
因为这果子已经首先被蛇亵渎了。
在我们食用之前就已经是不洁的了。
上天也许不会施加死刑。
就像你说的那样，
它好好地活着，
像人一样过着高级的生活。
这便是我们受到诱惑的原因。
我想，聪明的创造主，
虽然用死来威胁我们，
决不会无情地毁灭万物之上的人。
万物是为我们创造的，
如果我们坠落了，
从属的万物也一定要坠落，
依此类推，神自己也将走向灭亡。
虽然他完全有重新创造的力量，
但却不会毁灭我们，
以免得敌人取胜之时还嘲笑：
'既然上帝最爱的人都失宠了，
那么还有谁能得到他长期的爱？
最初他毁灭了我，现在又毁灭了人，
接下来又将轮到谁呢？'
但我和你注定要同呼吸，共命运，
所以我要与你一同受罚，
与你相伴至死。
自然的纽带将我们联系在一起，
你中有我，我中有你。
我们的命运不可分离，
失去了你就等于失去我自己。"
亚当深情地说了这番话。
夏娃感动地回答：
"啊，这是多么成功的爱情试练啊！

我想超过你，却比不上你的美德。
我只能夸耀自己源于你的胸肋，
夸耀我们同心同德的情感。
今天你宣告了你的决心，
即使是如死一样可怕的事，
都不能斩断我们深厚的爱的联系。
如果品尝圣果是犯罪的话，
便会和我一起受罚。
圣果的功效，已经直接
或间接地显示了善的结果，
显示了你对爱情的无比忠贞，
否则将永远无人知晓它的灵效。
我想，如果骇人的'死'继续让我试练，
我愿意独自承担最坏的结果，
我情愿抛开一切死去，
而不愿危及你的生命。
但我觉得结果不该如此，
不应是死，而应是更好的生。
睁开双眼，迎接我们的，
是新的希望，新的喜悦。
那美妙的滋味，使我觉得从前
尝过的甘甜都太平淡了。
放心吃吧，亲爱的亚当，
请抛开死的恐怖吧！
她边说边拥抱了他，
由于喜悦而不停啜泣哽咽。
他的爱是如此的忠贞高贵，
为了她，竟然敢冒犯神威，
就连死也完全不顾。
她大受感动，出于报答之心，
便从枝上摘下那诱人的果实给他。
他失去了自己的理智，
被夏娃女性的魅力战胜了，
毫不犹豫地将果子吃了下去。
此时，大地再次震颤，
'自然'也再度呻吟，
空中乱云纷飞，闷雷轰响，
为人类犯下的原罪痛洒泪雨。
亚当毫不顾虑，只管吃了个饱。
夏娃也不怕重蹈覆辙，

温柔地从旁安慰着他。
二人醉心于圣果的绝世美味，
想象着心中的神性长出了翅膀，
就地向上不断飞腾。
那果实还有催情的作用。
亚当向夏娃投以挑逗的眼神，
夏娃也报以同样的万种风情。
于是亚当开始调情：
"夏娃啊，现在我已经见识到了
你巧妙无比的味觉和见识。
而我宁只要味觉，而不要见识。
然后将全世界的称赞都送给你。
今天你为我提供了这么美味的果实。
如果我们不吃，定会失去很多快乐。
如果真要禁止这种快乐的果实的话，
我宁可只要这一棵树，
而禁食其他的十棵。
来吧，这美果充分恢复了我们的元气，
那就赶紧来玩一玩吧！
从初遇你到和你结婚以来，
虽然你也曾盛装打扮，
然而却未像今天这样，
燃烧我全部的热情来欣赏你。
此时的你比任何时候都要美，
而这就是这棵神树的恩赐。"
他抑制不住情欲的眼神，
夏娃的眼中也同样透露出欲火。
他带她到了树荫摇曳的河岸边，
密枝交错，有浓绿屋顶的庐舍。
然后以百花为床，
相互慰勉，恣意玩乐，
直到玩倦了爱情的游戏时，
他们才安心地合上了眼皮。
他们的灵魂在快乐的烟云中游荡，
使得他们神魂颠倒。
果子催情的力量迅速消失了，
浓浓的睡意已经离开他们而去。
睡醒后，他们互相对视着，
觉得自己的眼睛逐渐明亮了，
可心神却暗淡起来，就像盖住

他们的不知罪恶的天真面纱离去一样。
虽然正确的信念，原有的正义
以及羞耻心仍然残留着。
他们立马就感到了赤身裸体的羞耻，
于是马上遮盖羞耻之处，
但他们的衣物却难以遮盖。
这情形就像是那
海格勒斯般强健的但族人参孙，
当从非利士淫妇大利拉膝上
一觉醒来时，发现全身气力已尽。
二人也失去了所有的功力，
只能茫然、狼狈地默然相对。
亚当虽然也同样害羞，
最终勉强吐出了这样的话：
"夏娃啊，你受到那虚伪的蛇的诱惑，
犯下了这滔天大罪。
不知谁教它模仿人的声音，
意在让我们堕落，而非长进。
我们睁开眼睛以后，
的确能够分辨善和恶了。
然而善却失去了，得到的却是恶。
如果真正的知识就是这样的话，
那对我们又有何用呢？
知识之果让我们赤身裸体，
失去了天真、忠信、纯洁，
就连日常的服装也被玷污了。
我们脸上露出的淫欲的表情，
使得万恶的最后灾祸———羞辱也来了，
更不必说开头的小灾祸了。
我们要以何颜面去见上帝呢？
以前可以快乐、欣喜地相见，可如今呢？
他将用厌恶的眼光看待我们。
啊，我孤身一人在此，
就像是山林野人，站在日光无法照进的
高大林荫下，独自承受夜幕一样黑暗。
清香的松树、柏树啊，
请用你们的枝丫将我遮盖吧！
请将我隐藏在见不到神灵的地方吧！
我们现在的处境糟糕透顶，
所以要想个办法遮盖羞耻，

使我们互相看不见难看之处。
摘下那阔大平滑的树叶吧,
将它们缝起来,缠在腰间,
把羞耻的部分遮盖住,
以免新客'羞耻'责备我们不净。"
于是二人一起走向那茂密的树林,
选取了无花果树——
一种不以果实知名的树,
然而至今在印度无人不知,
它盛产于玛拉巴、德康地区,
子树生长在母树的周围,
弯曲的树枝扎根于地下,
枝叶阔长且宽大。
常常有印度牧人在其下避暑,
从最茂密的浓荫处砍出一个小窗,
作为瞭望牧群的高台。
他们采集了阿玛逊的盾牌那么大的树叶,
用高超精妙的手艺缝合它们,
然后各自缠在腰间。
无用的遮羞布啊,
怎能遮住他们的罪行和耻辱?
啊,现在他们怎会有原始的
赤身裸体的光荣?
在新近哥伦布发现的美洲野人,
也是这样用羽毛制的腰带缠身,
而其他部位却毫无遮挡。
他们以为这样就遮住了羞耻,
然而心中还是无法平静。
他们坐下来失声大哭,
泪水如大雨般滂沱,
内心则涌起了更大更险的风浪。
而愤怒、怨恨、猜疑、吵闹,
则加剧了内心的汹涌澎湃。
曾经的心如止水已经一去不复返了!
理性治理不了他们,
意志也不服从命令,
二者都屈从于肉欲。
肉欲逐渐上升,夺取了最高的理性。
由于这种骚乱的心胸,
亚当的模样和性情大变。

他静默片刻后对夏娃说：
"这真是个充满灾难的早晨！
不知道你是从哪里来的奇怪愿望，
竟然想单独去劳作，
若当初听从我，留在我身边，
就不会变成这个样子了！
现在全部的善都被夺走，
留下的只有羞耻和悲苦！
从今以后，不要再找不必要的理由
来证明自己的忠诚了。"
这时，真正的坠落开始了。
夏娃很快就听出他的责备之意，答道：
"严厉的亚当，看你说的什么话！
你将所有责任都推卸于我。
谁知道，灾难不会降临在你身上呢？
如果你在场，也难以看穿
那奸诈狡猾的蛇的阴谋诡计。
我和他之间并没有过节，
为何他会加害于我呢？
难道我一刻也不能离开你吗？
假如像你责备的那样，
为何当初你不严厉地禁止我离开，
而任由我陷入危险呢？
那时你的心也软了，
没有强烈地反对到底。
不，事实上你不仅允许了，
还赞赏了我，而且深情送行。
如果当初你拒绝我的建议，
坚持到底，丝毫不动摇，
那么我就不会牵连你。"
亚当听后，首次爆怒道：
"难道这就是你的爱，
就是你对我的报答吗？
忘恩负义的夏娃啊！
当你堕落时，
我还对你忠贞不渝。
我本可以活下去，享受永恒的幸福，
当初却自愿与你同死。
难道现在还要因为你的罪，
而让自己遭受内心的谴责吗？

你还推卸说我对你管制不严，
但是除了警告你，关心你，
预先警告你阴险的敌人正在伺机进攻，
我还能做什么呢？
可你却过分地相信自己，
自信经得起光荣的考验，
不会陷入可怕的危险。
在这方面，我当然也有过失，
我过分相信了你的坚忍的毅力，
以为邪恶不敢诱惑你。
过分相信女人的价值，
让她的意志来统治的
结局都会如此。
现在我追悔莫及，这就是我的罪过，
而你就是那应受谴责者。

卷十

内容提要

　　守卫的天使便离开了乐园，回到天界，向上帝证明自己并未放松警戒。上帝说道："撒旦进入园内，这是他们无法防范的。"然后派遣圣子去审判犯禁者。圣子做了判决，并给予人类衣物蔽身，以示可怜。守卫地狱之门的"罪"和"死"看到撒旦在新世界的阴谋得逞了，便不愿苦守地狱，决心要去追随撒旦。为了让地狱到新世界的道路好走些，他们依照撒旦的足迹，在混沌界上面筑起了一架桥梁。他们正准备回地狱时，遇到了凯旋的撒旦，便互相庆贺了一番。撒旦回到魔殿，在听众面前夸夸其谈他是如何成功向人类施展了阴谋。听众却没有喝彩，只发出了"嘶嘶"声。他们和撒旦在乐园时一样，突然也变成了蛇。他们的眼前，幻化出禁树生长的画面，他们便伸长身子想要摘取果子来吃，结果却满嘴灰尘。"罪"和"死"仍然继续着他们的工作。

　　上帝预告圣子将最终战胜人类，然后万象更新。亚当逐渐意识到自己堕落的处境，深感悲哀，也拒绝了夏娃的安慰。为了避免诅咒落到子孙身上，夏娃建议亚当使用暴力反抗。亚当强烈反对，却想到可以让子孙去报复蛇。于是恢复了一丝希望，鼓励夏娃和自己一起用忏悔和祈愿来平息神的愤怒。

那时撒旦以蛇的形象，
在园中犯下了极端恶毒的诱骗行为。
然后夏娃又去引诱亚当偷尝禁果。
这些都逃脱不了明察秋毫的神眼，
欺骗不了全知全能的圣心。
聪明的神虽然给人的心智
武装了足以识破敌人阴谋诡计的
全副的力量和自由的意志，
可却不能防范撒旦的试探。
然而不管是谁来试探，
都应该清楚记住"勿尝禁果"的神令。
既然违背了神令，又怎能逃脱刑罚？
而且还是罪上加罪，
所以只能堕落沉沦。
天使卫队火速飞离乐园，回到天界，
人类的可悲事件使他们面面相觑。
他们都清楚两人的情况，
只不过未看见狡猾的魔王
是如何偷偷溜进乐园的。

这坏消息很快就从地上传遍了天界，
大家对此都深感失望。
天神的脸上也显现出黯然的神伤，
幸而还交杂着怜悯，
还不致让人类陷入绝境。
天使们纷纷赶来打听前因后果。
为了将事实解释清楚，说明严密的警戒，
他们迅速赶到天神面前证明情况。
至高永生的天父从神秘云层中
用雷鸣般的声音宣布道：
"聚集于此的天使们，
以及完成使命归来的天使们呀！
请不要沮丧、不要忧虑。
这件事是你们忠诚的警惕防范不了的。
当诱惑者最初逃离地狱的深渊时，
我就预告危险将要发生。
那时我就说过，
他引诱人的阴谋会得逞。
人受到奉承而听信诏言，
背叛他们的创造者。
我的意见是，
既不要让堕落成为既定的事实，
也不要用外力干预他们的自由意志。
然而他们竟然堕落了，
所以现在只好宣布他们受死刑。
必须立即执行他们惧怕的死刑，
决不能饶恕姑息。
正义绝对不可变为滥用的恩赐。
然而要派谁去审判他们呢？
除了能替代我的神子外，还能派谁呢？
我已经交给你天上、地上、
以及地狱的全部案件。
我要派你做人类的救赎者，
去审判堕落的亚当和夏娃。
你应该清楚，我的用心
是要同时兼备慈悲与公正。"
天父这样说完后，
他的右边展现出他的荣光。
神子身上大放神性的光辉。
他光华披身，显示出天父的一切美德。

他神圣严肃地答道：
"永生的父王啊！
您的任务便是发号施令，
我的任务就是执行您的至高意志，
做您的爱子，让您永远幸福。
我将到地上去审判这些罪人。
然而不管是谁去审判，
时候一到，极刑必定落于我身上，
这您也是知道的。
在您面前我保证决不后悔，
愿意以此身份承担他们的罪刑。
我将用我得到的权力去执行审判，
不过也要充分显示慈悲和公正，
协调好二者的关系，令您满意。
除了犯了罪行的两个人以外，
不需要第三个人参加，
所以我不需要侍从。
至于那违法犯规逃避罪责的诱惑者，
就让他缺席受审吧，
因为蛇的罪行是无法推卸的。
说完，他便精神焕发地站起，
显得威严无比，荣光焕发。
伺候他的大天使、首领、公侯、权贵等，
一直送他到了天门。
从那里，一眼就能望到
伊甸园和天国之间的无限风光。
他以不可计算的速度往下降落着。
现在早已过了中午十分，
太阳已经西斜入山，
微风吹醒了大地，迎来凉爽的傍晚。
神子的怒气已平息，所以更觉清爽。
他以慈祥的审判官的身份来到乐园。
红日西坠时，亚当夫妇二人
听见柔和的威风吹来圣子
在园中威严走路的声音，
就立刻躲进最茂密的树丛中去。
圣子走近时，对亚当大声呼唤：
"亚当，你在哪里？
难道你不应该来迎接我吗？
是因为把你撂在这里，

对你冷淡，就不高兴了吗？
以前你是那么热情地迎接天神，
难道是因为这次我来得太突然了？
莫非有事情耽搁了你？
莫非是发生了什么变故？
快出来吧！"
于是他带着夏娃出来了，
两人都心惊胆战，面带愧色。
而夏娃是最先犯禁的，
所以更加忐忑不安。
无论是面对神，还是面对亚当，
她娇艳的脸色已经荡然无存，
只剩下羞惭、烦躁、失望、愤怒。
犹豫良久后，亚当才简单地答道：
"我听见您在园中走路的声响了，
一方面既害怕您的声音，
另一方面又因为赤身裸体，
所以只好躲起来。"
慈祥的审判官没有责难他，说道：
"你向来是不怕我的声音的，
每次听到总是十分高兴的，
如今怎么倒害怕了？
是谁告诉你赤身裸体的概念的？
你是否吃了那棵禁树的果子了呢？"
亚当强忍痛苦回答：
"啊，天帝啊！
如今我站在判官面前，
实在是觉得左右为难，
不知是应该自己承担全部的罪行，
还是应该责备我的伴侣，
责备我生命的另一半。
她对我一向是温柔忠诚的，
按理说，我不应由于自己的委屈
而暴露和责备她的过错，
事实上我应当隐瞒才是。
然而严峻的命运和灾祸，
深深地逼迫我屈服了。
否则，不论罪与罚如何难当，
请让全部惩罚都落在我的头上吧。
即使我沉默不语，

您也应该很容易看穿我的心思。
您为我创造了这个贤内助，
的确是一份完美的礼物。
她是如此美好、适合、神圣，
所以我从不怀疑
她亲手给我的东西，
以及她过去所做的事。
我认为她的一切都是真诚的，
即使是这一次的作为，
似乎也是如此。
当她递给我禁果的时候，
我就直接拿过来吃了。"
神子则严厉地问道：
"难道她是你的上帝吗？
难道听从她比听从上帝还重要吗？
你是男性，地位比她高，
她是为了你而造的，
难道你就屈尊于她，
认为她和你平等，甚至更优秀吗？
你怎么能让她做你的向导？
你比她要完美和威严得多。
她的确是极美丽、极可爱，
美丽到足以引起你的怜惜，
可你不能就这样服从于她呀！
她的资质是适宜做你的手下的，
她是你的伙伴，是你的一部分，
但却不能把持统治权，
这一点你应该是心知肚明的。"
然后他又问了夏娃一句：
"说吧，违禁的女人！
你究竟干了什么好事？"
夏娃觉得羞愧无比，
马上就承认了自己的罪行。
然而在审判者面前，却不敢多嘴。
只是红着脸，简短地答道：
"蛇诱骗了我，所以我就吃了。"
圣子听了这话后，
便果断对诱骗的蛇实行判决。
虽然蛇是畜牲，却只是做坏事的工具，
不能将亵渎圣果的罪罚加于他，

但是他的本性是坏的，
所以对他的施行咒诅也是合理的。
然而却不能向蛇了解更多的消息。
但是按照上帝当时的想法，
还是应该责罚罪魁祸首——撒旦。
因此，他给蛇下了这样的诅咒：
"既然做了坏事，
你就应该比所有鸟兽
更应该遭受苦难。
你要永远用腹部爬行，
一辈子都要在吃尘土中度过。
我在你和女人之间种下仇恨，
你的后代和她的后裔
将相互为仇，互相残杀。
她的后代伤害你的头，而你则伤他的踵。"
神子最终宣布了这样的判决。
但只有到"第二夏娃"玛利亚的
儿子——耶稣看见太空之王撒旦
从天上迅速坠落时才能实现。
神子回头向夏娃宣告：
"我要大大增加你怀孕时的痛苦。
你要在痛苦中分娩婴儿，
还要服从你丈夫的意志，
他会君临于你，并且控制你。"
末了，他又转向亚当：
"因为你听从了妻子的话，
吃了知识树的禁果。
因为你，就连土地也受到谴责。
因此你以后也必须过着辛苦的日子。
土地将变得贫瘠荒芜，
即使是荆棘、野草也不生长，
所以你只能吃野地里的野菜。
你必须要汗流浃背才能糊口，
一直到最后你回归土地。
因为你出自泥土，
所以将来也要回归泥土。"
判官就这样宣判了人的罪行，
然而那天宣布要立即执行的死刑，
却被耽搁了许久。
看到二人在露天中赤身裸体地

尴尬地站在他面前，
不禁起了同情心，
觉得必须改善他们的处境。
他不仅用兽皮遮蔽他们的身体，
还用正义的衣袍打扮他们，
遮盖内心更加丑恶的赤裸，
不让他们暴露在天父眼前。
上帝让神子迅速飞升，
回归他无限幸福的胸怀，
重新享受他的荣光。
心平气和地向他报告
处理人类罪行的经过，
以及妥善安排一切的情况，
尽管他无所不知。
在人间犯禁和被判罪之前，
"罪"和"死"在地狱内相对而坐。
自打魔王通过禁门以来，
这门就一直敞开着，
从里面喷射出狂怒的火焰，
远远地喷进混沌界。
门是"罪"打开的，
她对着"死"说道：
"儿啊，我们为何还闲坐在这里呢？
我们伟大的父亲撒旦，
已经在别的世界发迹了。
我们是他疼爱的儿女，
也应该享有更好的地位了。
假如不幸被天神驱逐出来，
他早就应该回来了，
因为这里是最适当的受刑之地。
我心中突然升起一股新的力量，
长出了翅膀，觉得可以在这深渊之外
去夺取广大的领土。
不管是利用交感，还是自然的权力，
抑或最远的遥控力量结合起来的亲和力
等类最神秘的传递方法，
都将会吸引我前去。
任何力量都不能分开罪恶和死亡，
所以你是我不可分离的影子。
可是在归途中父亲会遇到种种阻碍，

几乎不可能越过这茫茫深渊。
冒险事业对于我们是最适合不过的，
如果能够筑起一条大桥，
作为便于交通和移居的大道，
就将会成为全地狱的无上丰碑。
这新生的横跨于地狱和新世界之间的，
强烈的引力和本能，
正强烈地催促着我，
所以决不能错失良机。"
瘦削的"影子"立即答道：
"向命运和强烈倾向引导的路前进吧！
在你领导的道路上，
我决不落后，决不迷失。
我已经嗅到了积尸
以及无数诱饵冲天的臭气，
我比那里所有的生物
都更擅长品尝死的味道。
我也能为您奔走策划，
给予你必要的帮助。"
他满怀喜悦的心情说了这番话。
他像一只贪婪的鸟，
嗅着地上死亡的气味。
他能嗅到百里外的战场上
第二天在血战中死去的尸体的气味，
然后就匆匆向驻军的阵地飞来。
另一个狰狞的恶魔也是这样嗅着，
将宽大的鼻孔转向阴暗的天空，
老远就闻到了猎物的气味。
于是二魔飞出地狱的大门，
飞进了广漠混乱、
黑暗潮湿的混沌界。
他们猛烈地在众水之上振翅，
碰到了许多或软或硬的东西。
他们到处飘荡着、冲击着，
似乎在翻腾的海上，
时而群集拥挤，时而你追我赶。
"死"用三叉戟固定住堆集的泥土，
用冷硬的化石槌子垒得严严实实的，
就像当年固住德洛的浮岛一般。
另外，他又用戈耳工般

可怕的神情瞪着那桥，
吓得它一动也不敢动，
然后用柏油来加固它。
这个坚固的大堤，高高的弓形的长桥，
是用沙砾堆积起来的，
和地狱的大门一样宽，
和地狱的基底一样深，
屹立在浮沫的深渊上面，
与巨大绵延的坚壁相连，
其长度难以计量。
如今死控制了这无可防御的世界，
大桥接通了人间和地狱，
这之间有了一条宽阔的、
畅通无阻的移居大道。
如果要以大比小的话，
则可以和想要夺取希腊的自由的
萨克西王的从首都苏珊那高大的
门诺念宫殿一直到海上的
架在希列斯庞海峡上的
沟通亚、欧二洲的巨大长桥。
他们多次鞭打那些桀傲不驯的浪潮，
因为桥梁被它们摧毁了好几次。
他们终于用神奇的技术完成了造桥的工作，
在湍急的深渊上架起一条
悬空的、岩石的栈道。
他们顺着撒旦的足迹，
来到比较舒适的混沌之地。
撒旦最初歇翼在混沌界外，
即这个圆形世界光秃的外侧。
他们在浪涛滚滚的渊面上
筑造了这样的巨大石桥，
为了使全桥永远坚固，
还钉上了金刚石钉，锁上了链条。
就是这架桥梁，使得人间得以和
这个世界的边界相接。
有三条不同的道路可以通向地狱，
而左边的一条是插在中间的长石路。
现在，他们要到乐园去，
在太阳初升于白羊星座时，
恰巧看见撒旦正以天使的光辉姿态，

向着人马座和天蝎宫之间前进。
他已经改变了样貌了，
然而他的女儿一眼就认出了。
撒旦诱惑了夏娃后，
就鬼鬼祟祟溜进森林的边缘，
窥视后来发生的事情。
夏娃学去了他的诈术，
并施加在她丈夫身上。
然后他们感到赤身裸体的羞耻，
可是却找不到适合的遮羞物。
当他看见审判官神子降临时，
突然大惊失色，赶紧逃离乐园。
虽然他不奢望能逃脱罪责，
但却能暂时避开当场被逮的尴尬。
审判完成以后，到了夜间他又兜回来，
听到了这对夫妇凄苦的叹息。
于是他开始思考自己的命运。
命运不可预知，是未来的事，
现在不如先将喜讯带回地狱。
接着他在混沌深渊的岸边，
诧异地发现了一架新筑的大桥，
还遇见了自己的亲生儿女。
家人重逢是件大喜事，
新建了大桥更是喜上加喜。
他不禁惊呆了，良久后，
妖艳的女儿"罪"打破了沉默：
"父亲啊，
这桥就是您的丰功伟绩，
虽然不是您亲手建造，
可实际上您是它们的灵魂支柱。
在一种神秘的和谐之下，
我的心和您的心一起跳动，
巧妙地结合在了一起。
就好像现在我心里已经感觉到了，
您脸上所显露的在地球上的成功，
即使我们相隔着几个世界。
我和"死"会永远追随您，
命运让我们三个紧紧结合。
地狱已经困不住我们了，
难渡的幽暗深渊也阻挡不了

您光辉伟业的进程。
您成全了我们地狱囚徒的自由，
赐予我们无穷的力量，
让我们能够在黑暗幽深的
深渊上建起这座巨桥。
现在这个世界完全属于您！
您的德行使您获得了一切，
您的卓越智慧弥补了战争的损失，
洗雪了在天上时的耻辱。
您将统治这个世界，
做到在天上不能做到的事。
就让他在天上继续称帝，
永远统治下去吧！
让他退出这个新的世界，
让他的身体和命运永远分离，
从此将和他您分享一切主权，
划清各自统治的疆域。
要不然就再进行一次较量，
直接震撼他的宝座。
阴险的恶魔高兴地答道：
"美丽的女儿啊，
你与你的儿子兼孙子，
证明了撒旦种族的优良血统。
这是我和全地狱的天使军，
在天门近处胜利所得的荣誉。
再加上我的光辉伟业，
连接起地狱和这个世界，
创造一个畅通无阻的帝国。
我要从你们造的宽广道路下去，
经过幽冥界，回到同盟军那边去，
告诉他们我胜利的消息，
让他们分享我的快乐。
而你们两个可以从这条大路，
穿过那无数的繁星之间，直达乐园。
你们就住在那里，
统理广阔的海陆空，
特别是那作为万物灵长的人类。
你们要先使他们成为奴隶，
最后再将他们杀掉。
去吧，以我的代理人的名义去吧，

带着我赐予的无敌力量，
去做地球的统治者！
全靠你们的协助，我才得以
掌握这个新王国的治权。
只要你们同心协力，
就不怕会因地狱的事而受到伤害，
去吧，一定要坚强！"
他送走了他们，然后
继续在繁星中全速穿梭，
去扩大他的破坏范围。
星星由于受毒气冲击而变得苍白，
受到瘴气熏陶的各行星，
也蒙受了真正的亏蚀。
撒旦下了大桥，走向地狱的大门。
桥的两边混沌的波浪汹涌，吼声震天，
不停地冲击着桥墩，嘲笑他的激愤。
撒旦走过敞开的、没有守卫的大门，
扑面而来的是四周荒凉的景象。
因为"罪"和"死"飞离了职守，
其余的都退到魔殿的围墙附近。
魔殿即是位于地狱深处、
被撒旦喻为明星的、
享有盛誉的鲁西弗王位所在的都城。
大军团正在那里东张西望，
首领们在开会讨论是否派出使者，
深恐魔王遭遇不测。
这是魔王临行前吩咐的任务，
而他们也一一照办了。
正如当年鞑靼人退出俄罗斯，
越过雪原，经过阿斯特拉坎一样；
或是那波斯王逃离新月之角土耳其，
从阿拉丢尔的荒漠地带撤退，
退到吐利斯一样。
这些坠落的大军退到都城的周围，
在那里翘首盼望，
等待他们的大冒险家
尽早从另一世界归来。
同时严加戒备，使得广袤的地狱边界
成为一片空虚的荒芜。
撒旦以最低级士兵的姿态，

从地狱的大殿门口进到里面，
隐蔽地从众人中间走过，
偷偷地登上他的宝座。
华丽的天灵盖之下，高台的上端，
向四周放射着帝王的光彩。
他坐下来，静静环顾四周。
终于，他灿烂的头颅，
好像从云中崭露头角，
发出了比星光更加灿烂的光辉。
那是他坠落后残留的余晖，
或者说是伪装的光辉。
地狱的群众见此光辉，
突然间全都惊呆了。
看到全能的领袖归来了，
于是四处一片欢呼。
正在开会议论的头领们也站起来，
匆匆往外赶，带着喜悦去祝贺他，
他用手势示意他们安静，
然后说道：
"诸位天使啊！
你们将得到的东西除了权利，
还有我此次得来的意外收获。
我这次回来向你们宣布成功的消息，
将要胜利地领导你们走出
这个令人诅咒的地狱，
充满灾难的住处，
暴君禁锢我们的监狱。
现在我们要像主人一样去占有
广大的、和故乡天国相差无几的国土。
这是我历经千辛万苦才得来的。
关于我是如何艰苦地渡过混沌界，
越过那可怕、空虚的大深渊，
这过程真是一言难尽。
为了你们的光荣的进军，
'罪'和'死'已经在上面筑起了桥梁。
我曾经跋涉于陌生的道路，
不得不在没有路的渊面上飞行，
闯进那无始的'夜国'，混沌的腹地，
为了隐瞒秘密，
他们投诉那至高的命运，

大战大闹，喧闹滔天，
阻碍了我陌生的行程。
我千方百计寻找新的世界，
即那传闻已久的新造世界——
一个具备惊人的完善组织的地方。
因为我们被流放，
乐园中的人得到了幸福。
我假意赞美创造主诱骗了夏娃，
说出来你们肯定会很惊奇，
因为我仅仅用了一个果子。
于是上帝便发怒了，真是可笑！
他抛弃了自己创造的人和世界，
全部丢给了'罪'和'死'，
也就是交给了我们。
我们不费吹灰之力，
就可以在那里自在逍遥地居住，
像人类统治万物一样去统治人。
当然，我也受到了他的审判，
实际上不是我，而是残忍的蛇。
我借了它的形象去欺骗人类。
他诅咒我将和女人之间有仇恨，
说我将咬伤人类子孙的脚后跟，
而人的子孙将会打破我的头作为报复。
想要获得一个世界，
付出痛苦的代价是不可避免的。
群神们，你们已经听完我的报告了，
还等什么，赶快进驻至福之地吧！"
他说完，等待着全体的鼓掌喝彩声，
然而事与愿违，只见
四周都伸出了无数的舌头，
发出咝咝的责骂声。
他对这结果惊诧不已，
但接着惊诧的是他自己。
他觉得他的脸被拉长了，
变得又尖又瘦，
双臂被肋骨缠绕，双腿相交，
腰部落在地上。
终于摔了下来，
变成了一条巨大的蛇。
虽然不断挣扎，但仍然是徒劳。

因为他被一种更强大的力量支配着，
照着神子审判所定的刑罚，
他会变成他犯罪时的模样。
他刚想说话，舌头却变成双叉的样子，
只能发出咝咝的声音。
而他那些叛逆的党徒也都变为蛇了。
所以满堂充满了咝咝的噪声，
盘满了蝎子、毒蛇、两头蛇、
角蛇、水蛇、海蛇、热病蛇等等
首尾交错的可怕的怪物。
即使是蛇发女神滴血的地方，
也没有这么多的蛇密集在一起。
然而群蛇之中，撒旦仍是最大的，
他胀大变成了龙，
比太阳在派索谷用黏土造的
派松巨龙庞大好几倍。
他们全都跟着他来到原野上，
在那里，坠落的叛军残部在警戒着，
器宇轩昂地等待着凯旋的首长。
然而他们看到的却是
一大群奇丑无比的蛇。
然后恐怖落到了他们身上，
他们觉得自己也变成了眼前爬行的动物，
他们的手消失了，枪支和盾牌落下了，
躯体也都全部倒下，
悲惨的咝咝声像传染病一样连续不断，
最终他们都落到同样悲惨的下场，
因为惩罚与罪恶是相当的。
这样，他们想象中的喝彩声，
变成了聒噪的咝咝声。
胜利变成了耻辱。
按照上帝的意志，
在他们变形的时候，
近旁会生长出一片丛林，
就像在乐园里结出美丽的果实，
作为夏娃的诱饵一样，
以此加重他们的刑罚。
他们凝视着这个奇异的场景，
心想，禁树不止一棵，
这无非是要增加自己更多的灾祸，

然而在焦渴和饥饿的逼迫下，
他们明知是陷阱，却又饥渴难忍，
于是蟠蜷堆叠起来爬上树去，
密密麻麻地坐在树上，
比墨其拉蛇的发绺还更拥挤。
他们贪婪地采摘那些美丽的果实，
就像采食所多玛城被焚处
沥青的海边的苹果一样。
为了填饱空虚的肚子，
他们便高兴地狼吞虎咽起来，
孰料这不是水果，而是苦灰，
他们高声叫着唾吐出那怪味。
由于饥渴所逼，他们几做尝试，
每次都觉得恶心不堪，
却只能让满口的煤渣折磨着双颚。
然而这是个巨大的骗局，
触觉不但上当受骗，
味觉也上当受骗了。
一次又一次，全体陷入了同样的妄想，
而不像上次只有一个人上当。
他们忍受着长期的饥饿，
以及恶心的呕吐，
一直到允许恢复原形。
有人说，这是天神为了挫伤他们
飞扬跋扈的骄气和诱惑人的狂喜。
他们受命每年要在固定的那几天，
忍受着同样的屈辱。
然而异教徒中却流传着另一种说法：
一条叫作奥非安的蛇
及其妻子幼里诺姆赢得了人类，
而他的妻子很可能就是统治地球的夏娃。
她最初统治俄林普斯雄伟的神山，
最终却被萨吞和奥甫丝驱逐。
然后她生下了狄克忒安的育芙。
与此同时，"罪"与"死"很快到达了乐园。
"死"在"罪"后面迟疑地走着，
还不曾骑上他的灰色的马。
"罪"这样对"死"说道：
"撒旦的孙子啊！
战无不胜的'死'啊！

你对我们的帝国有何看法？
虽然这帝国来之不易，
但比起在地狱黑暗的门旁看守，
肚子半饥半饱的，不是好得多吗？"
"罪"的儿子"死"马上回道：
"对于永远饥饿的我，
无论在那里都是一样的。
哪里的食物最多，哪里就最好。
这里食物虽多，但却觉得不足以
喂饱我这个皮肤松弛的巨体。"
乱伦的母亲则说道：
"你不妨先吃了这些花、草和果实，
然后是一切的走兽、飞鸟和鱼类。
暂且把他们作为低级的食品吧！
尽量吃完'时间的镰刀'割下的东西，
到时我将住到人类中去，
熏陶他们的思想和行为，
给你烹调最美味的食物。
说罢，他们各自去毁灭万物。
看到此景，全能的天帝便从高位上
对伟大的天族愤怒地说道：
"看那些地狱的丧家之犬，
一心只想糟蹋新造的世界。
那可是我煞费苦心的结晶，
本来可以好好地保持原状，
但因为人的蠢笨，
而引入了这些破坏的暴徒。
他们就这样轻而易举地进去了，
而且还取得了这么高的地位。
他们目空一切，挑衅般耀武扬威，
还以为这是由于我的愚蠢所致。
地狱的魔王和仆从们也这样认为，
他们嘲笑我，以为我兴致大发，
甘愿向他们的暴政让步，
送给了他们这一切。
却不知我真正的目的是呼唤
地狱的群狗来舔净人间的罪孽。
舔舐落在纯净之物上的污秽和渣滓，
直到腐肉碎骨胀破胃囊。
我亲爱的孩儿呀，

只要你胜利的铁腕一扔，
不管是罪和死，还是血口大开的坟墓，
都会被扔到混沌界，堵住地狱的入口，
封住那些贪婪的颚。
然后，万物更新，恢复纯净，
以后将永远不受污染。
到那时，对他们的诅咒将发挥威力。
他说完后，天上的听众
犹如汹涌澎湃的海浪般，
齐声高唱"哈利路呀"：
'这是多么正直的道路啊！
您对万物下的命令是多么公正啊！
有谁能够削弱您呢？
其次，我们要赞美神子——
人类的救赎者。
因为他，新天地将会从天而降。'
他们唱完这支歌时，
造物主叫出了强力天使，
交代他几项任务。
太阳最先接受命令，
按照指示移动光线，
让地球存在严寒和酷暑，
从北方带来肃杀的寒冷，
从南方带来夏至的炎热；
清纯的月亮也收到了任务；
至于其他的五颗行星，
则按照指定的运转路线和位置，
即十二宫的六分之一、四分之一、
三分之一，以及毒宫的对座处，
还规定何时会出现不祥的接连位置；
另外指点恒星，让其在
特定的时候发挥坏的作用。
如何时与太阳同升降，
何时掀起狂风暴雨来扰乱；
至于风，规定它们从四面八方，
何时用暴风雨扰乱海陆空；
此外还规定了雷电要何时轰鸣。
有人说，上帝命令天使扭转地极，
让其尽力推斜了中心的球，
比太阳的轴心多倾斜了二十多度。

有的说，太阳被命令自黄道向右运转，
向上升到双子宫、伴同七曜姊妹星的
金牛宫，以及夏至线上的巨蟹宫，
然后急转直下，
经过狮子宫、处女宫、天秤宫，
最后深入到山羊宫，
目的给各国土地的季节充满变化。
否则春天永驻，地球则永远开花。
除了极圈以外，其他各处昼夜相等。
而在两极，为了弥补其距离，
所以太阳低垂，昼夜常驻，
看起来似乎总是悬于地平线之上，
使人难辨东西。
因此从寒冷的艾斯托替兰
一直到南方马格兰的低地，
都不得降下冰雪。
太阳为了要照耀禁果，
似乎有意躲避席斯特斯的宴席，改变了航道。
要不然，人类居住的世界，
即使没有犯下罪过，
也免不了遭受更刺骨的严寒
以及更炎热的酷暑。
这些变化虽然在天上慢慢进行，
然而海上和地上也一起发生了变化。
例如星星的毒气腐蚀有毒的云雾，
以及炎热的蒸汽等等。
现在来自诺龙北加的北部
和撒模特北海岸的冰雪、冰雹和暴风，
冲破他们牢不可破的地牢。
凛冽的北风、东北风、西北风，
还有赛拉里昂山上黑压压的云层
吹过来的南风和西南风，
以及呼啸的东南风和西南风，
翻山倒海而来，颠覆了地狱。
暴行首先由这些非生物发起了。
然而"罪"的长女"不和"
由于强烈的憎恶，
首先把"死"带进无理智的东西中。
如今，兽和兽，鸟和鸟，鱼和鱼开始了战斗。
牲畜们都不再吃草，而互相厮杀。

这些都是额外的悲惨事件。
亚当从荫蔽处看到了这一切，
心中不禁涌起无限悲哀，
然而他内心里却有更坏的事。
他在汹涌的波涛中漂荡，
凄苦地哀诉着，希望卸下重负：
"啊，真是乐极生悲！
难道这就是光荣新世界的结局吗？
我原本拥有无上的光荣，
现在祝福却成了诅咒。
原先上帝那善良慈爱的面庞，
现在也对我避而不见了。
事到如今，也只好算了，
我愿意承担我该承担的所有责任。
可是这都还不够，
我的一切食物和后代子孙，
都将受到无情地诅咒。
啊，天神曾说过：
'繁殖吧，让人类充满地球吧！'
然而现在围绕在身边的却是'死吧！'
除了能增添落在我头上的诅咒之外，
还能够繁殖什么呢？
日后因我而受难的后代子孙，
难道不会对我大加咒骂吗？
他们会愤怒地埋怨道：
'我的始祖毁了我们的生活，
因此我们要感谢亚当。'
而这感谢其实就是咒骂。
这样，除了我自己受到的诅咒永存，
子孙的一切咒骂也都要倾泻在我身上，
就像自然的重量都全部压到重心一样。
啊，短暂的乐园的欢乐时光，
竟然要以无休无止的灾祸为代价！
造物主啊，难道是我要求您
用泥土将我造成人吗？
难道是我哀求您将我从黑暗中解救，
将我安置在伊甸园吗？
我想，假如我不适宜在乐园生存，
倒不如让我回归泥土中去。
因为我达不到您的要求，

无法具备您所要求的美德。
所以愿意归还您赐予我的一切。
刑罚已经充分地惩罚了我的过失，
为何还要加给我无止境的灾难呢？
您的正直实在令人费解，
其实我的这番论述也已经太晚了。
不管怎样，当提出这些条件时，
就应当马上拒绝，可你竟接受了。
哪有谁像你一样先欣赏善良，
然后再挑剔条件的？
虽然没有你的许可，上帝就造了你。
假如你的儿子背叛了你，责备你
'为什么要创造我？我不想出生，'
到时你要怎么办呢？
难道你能容许他这样傲慢不羁吗？
何况你没有选择的余地，
只能依据自然的需要创造了他。
上帝选择了你，并让你成为他的创造物，
所以你就要服从于他。
给你的恩惠，是出于善心；
对你的刑罚，也是公正公平的。
就这样吧，我愿意服从您的意志。
我来自泥土，终将归于泥土。
啊，什么时候都可以！
今天既然他判决了，就该立即执行，
为何要拖延，延长我的生命呢？
为何又以死相威胁，
在痛苦中继续折磨我呢？
依照判决，如果让我死去，
变成毫无知觉的泥土该多好呀！
我死了，就如同回归母亲的怀抱，
那是多么幸福呀！
在那里，我静静地安睡，
不用再顾忌他可怕的声音。
而我的所有后代子孙，
便不用恐惧会发生更坏的事，
也不会再来责备我。
但是，我还有一个疑问，
我是否不会彻底地死去？
因为纯净生命的气息

上帝吹入人体内的灵气，
不可能与泥土同归于尽。
假如在坟墓或其他凄凉的地方，
或死或活的，又如何能知道这种情况呢？
假如事实如此的话，实在可怕！
但这又是为什么呢？
犯罪的只是生命的气息。
那么，死去的又是何物呢？
除了那生命和罪恶，
身体原本就没有生命，
也没有罪恶呀，
所以我就要完全死去。
这就解开了疑惑，
因为这不需要过人的智慧。
万物的主宰是无上的，
难道他的怒气也是没有上限的吗？
反正人却是一定要死去的。
难道能在生命有限、并且必死的人身上，
施加无限的愤怒吗？
难道他能叫不死者去死吗？
这是多么奇怪的矛盾啊！
对上帝自己来说，或许不是这样。
难道因为泄愤，他就可以在犯罪者身上，
无限延长他那不满足的严酷吗？
若真是那样，便是他的宣判无限扩大到
超越土地和自然的法则以外去了。
自然的法则使其他一切动因
都要在物质适应的一定的范围内运动，
而非扩展到自身力量以外去。
尽管这样，死却不像我所想的那样
是夺去一切感觉的一击，
而是永无绝期的悲惨。
无论是体内，还是体外，
都充满了无穷无尽的悲苦。
唉，恐怖笼罩在我毫无防备的头上。
'死'永远都不离开我。
子子孙孙也都将不停地诅咒我。
亲爱的子孙们呀，
我本该要留给你们一大笔遗产，
可我自己却耗尽了它，

什么都不剩下了！
如此剥夺了你们的继承权，
你们怎会不变祝福为诅咒呢？
啊，因为一个人犯了罪，
难道全人类都要被判罪？
即使他们没有罪。
可是他们全都腐化了，
不但在行为上，心地和意志都腐化了，
难道还能繁衍出更好的后代吗？
他们怎会被许可出现在上帝面前呢？
我一定要向上帝澄清这一切。
我的所有空话和各种理由，
即使拐弯抹角地说出，
最终也只会导致伏罪。
一切腐化都源自我，
一切罪责都应由我承担。
上帝的愤怒也是这样！
这是多么愚蠢的愿望！
难道你的负重比地球还大吗？
虽然你和那坏女人分担了罪责，
但仍比整个世界都沉重。
这样，你所希望的、害怕的，
全部都灰飞烟灭了。
结论便是，罪罚是空前的，
只有撒旦的与之前相差无几。
啊，我被良知逼进了
何等恐怖的深渊啊！
没有出路，只能坠入更深的渊底！"
亚当就这样自怨自艾着。
那是万籁俱寂的一个夜晚，
没有人类堕落以前那样
明朗、凉快、柔和了，
而是沉着黑压压的天空。
这是多么潮湿，多么可怕的夜啊！
在他忏悔的良知的基础上，
幽暗用双重的恐怖表现着一切。
他伸腰躺在冰冷的地上，
不断咒骂着他的创造主。
自从被判决以后，
死刑的执行几度延迟。

他愤恨地说道：
"为何不让我早点死，
给予我那渴望的一击，
从而结束我的生命呢？
难道真理也不守信用，
神圣的正义也不实事求是？
如今竟求'死'不得！
森林啊，泉水啊，
山岗、溪谷、树荫啊！
先前我在你们身旁歌唱的乐曲，
竟然得到了极其不同反响的回音。"
夏娃原本也哀愁地独自坐着，
看到亚当如此苦恼，便走上前去，
想用温柔的语言激起他的激情，
却遭到了他的严厉训斥：
"你这条毒蛇，别出现在我面前，！
你和毒蛇联盟，同样虚伪可憎！
你的体态和蛇一模一样，
你的和颜悦色暗藏着内心的诡诈。
我要告诫其他生物今后要远离你，
免得你美色中隐藏的虚伪毁了他们。
要是没有你，若非你的骄矜虚荣，
我原本是多么幸福啊！
在最危险的时刻，你不听从我的警告，
一心只想打败一切，
甚至想和恶魔一比高低。
谁知一遇见了蛇，
就被愚弄和诱骗了。
你被他欺骗，我被你欺骗，
我原来十分信任你，
认为你冰雪聪明，意志坚定，
足够抵御一切不轨的袭击。
谁知却只是徒有其表，没有真能耐。
事实上只是我肋旁的扭曲的肋骨。
假如这部分多余的话，
拔出来扔掉就是了。
为何聪明的创造主，
竟会造出这样小巧玲珑的东西，
成为大自然的美的瑕疵。
假如只造男人和天使，而不造女人，

用其他方式来繁殖人类的后代，
那该有多好啊！
这个祸水一降下来，便一发不可收拾，
地上无数的祸乱都是女人引起的。
那些与女性的结亲者，
由于找不到适合的对象，
只好将就娶妻的男人，
被女人不幸连累。
或者是被父母阻拦的两情相悦的，
或者是选中了佳丽却晚了一步，
被可恨的无耻情敌夺走了的。
这就是制造人间无穷灾害的
破坏幸福家庭生活的因素。
他转过身去，便不再说话。
夏娃没有反驳，却只是流着眼泪，
头发散乱地谦卑地伏在他脚下，
抱住他的双腿，恳求他的原谅，
同时辩解道：
"请不要抛弃我，亚当！
皇天明鉴，我对你的爱忠贞不渝，
对于你，我满怀尊敬和爱慕，
我被不幸地欺骗了，
无意中触犯了天条。
我恳求你，不要在这烦恼缠身之时，
夺去我赖以生存的支柱——
你温和的容颜，你的帮助
还有你温柔的忠告。
假如没有你，我该何去何从？
在我们相处的短短的时间内，
我们和睦相处，相濡以沫，
同甘共苦，同舟共济。
可就是那残忍的蛇，
破坏了我们的幸福生活。
请不要为了这件事恨我，
我是彻底地堕落了，
我的境遇比你还要可悲。
我们两个都犯了罪，
而你只背叛了天神；
但我不但背叛了天神，
还背叛了你。

我要回到当初审判的地方去，
用哭声苦苦哀求那天神，
请求将你头上的全部罪名
全部转移到我身上。
因为这些灾祸都是我一手造成的，
事实上，上帝愤怒的对象是我，是我。"
她哭完了，悲痛地认罪，
然后在地上一直俯伏着不动。
亚当看到她恭顺的态度，
不禁动了恻隐之心，心想，
之前，夏娃就是他的生命，
她现在唯一的慰藉
就是俯伏于他的脚下，
向他要求和解和帮助。
他的暴怒消除了，
便用温柔地鼓励她：
"希望承担全部的罪罚，
这是你没有自知之明的愿望。
你啊，和从前一样，粗枝大叶。
还是先承担你自己的部分吧。
上帝的怒气是你所承受不了的。
你现在意识到的只是极小的部分，
就连我的不高兴你都承受不了呢！
假如祈祷能够改变神的判决，
我将用更高的声音呼吁，
宽容你的柔弱无知，
请求承担所有的罚。
起来吧，够了，
我们不要再争了，
也不要再互相责备了。
从此互相怜惜，一起分担悲愁吧。
照我看来，今天宣告的死，
不会立即执行。
而是要在缓刑中增加痛苦，
将长期的死的痛苦延续到
我们不幸的子孙后代身上！"
夏娃的心情平复了，答道：
"亲爱的亚当呀，
悲苦的经验使我知道，
刚才我的话是多么的可笑。

虽然我已经堕落了，
却得到了你的原谅。
我心中唯一的期冀就是
希望重新得到你的爱。
不管是生是死，
我都不想对你隐瞒我的想法。
我们的苦难必须得结束，
艰难困苦也容易熬过。
然而一想到我们的子孙
可怜地承受先祖的不幸，
一生下来就蒙受灾祸，
最终要淹没于死。
我们把自己的骨肉送到
这个令人诅咒的世界上来，
成为境遇悲惨的族类。
受尽艰难痛苦以后，
还要成为丑恶怪物的食物。
在不幸的子孙未受孕之前，
请别让他们来到这个世界。
这个主权掌握在你手中，
请就此绝种吧！
这样，'死'就会上当，
在找不到食物之后，
就只能啃噬我们的老骨头
来填饱他们的辘辘饥肠。
假如你认为克制谈情说爱
和控制情欲是一件很困难的事情；
那是多么可悲啊！
为了我们和我们的子孙，
不如赶快从忧惧中解放出来。
我们现在马上去找'死'吧，
如果找不到，就自己结束自己吧。
何必要忍受这种战栗的恐惧，
现在除死以外没有解脱的方法了！
我们有权用各种方法去死，
最快的方法就是用毁灭去破坏毁灭。"
说到这里，便停住了。
也许是被强烈的失望打断了。
她的脸一片惨白，一心只想寻死。
但亚当并没有被她说服，

反而更热切地怀着更好的希望，
决心要去劳作，说道：
"夏娃呀，你藐视生命和幸福，
这说明你身上具有比你蔑视的
更高尚、更优美的东西。
但如果因此而想自我毁灭，
那就毁了你原来的出色思想，
而你饱含着忧愁和后悔的蔑视，
会让你失去极度热爱的生命和幸福。
若真是痛苦到了极致，想要死，
就是想要逃避自己的罪罚。
而上帝肯定会先发制人，
用更聪明的办法来发泄他的怒火。
我最怕的不是那掠夺成性的'死'，
而是这种冥顽不化的行为，
会激起上帝更大的愤怒，
从而让死永驻于此。
因此我们寻找更加妥当的办法。
依我所见，得先回想一下判语中的'你的子孙要打伤蛇的头'。
这是多么可悲的赔偿！
我想，这肯定是因为敌人撒旦
以蛇的形象来欺骗我们。
打碎他的头，的确是报仇雪恨。
如果照你说的自行毁灭或绝种，
就会白白丧失复仇的机会。
那么敌人就可以逃脱罪责，
反而会给我们造成双倍的痛苦。
不要再提自绝和绝种的话了，
那只能表示我们的彻底绝望，
意味着我们见识短浅，
也意味着对上帝审判的反抗。
你想想，当他审判我们时，
是多么的心平气和，多么的温情脉脉，
既没有发怒，也没有责骂。
我们想要立即毁灭，
意味着当天就要死。
然而，你看，你的惩罚只是
承受怀胎和分娩的痛苦。
孩子一出生就马上偿还你的欢喜。
对我的刑罚也只是从事劳作，

让我必须劳动才能糊口。
这有何不好呢？
懒惰本就不是好的品德，
我们完全可以靠劳动养活自己。
他每时每刻都关心着我们，
就连我们没要求的东西都准备好了，
还亲手将衣裳覆盖在
我们羞耻的裸体上。
他对我们同情有加。
若是我们向他求情，
他定会仔细聆听，怜悯我们，
教授我们避免严寒酷暑的方法。
这座山上会显现出天色的各种变化。
当潮湿的风狂吹，
扰乱这些茂盛树木的秀发时，
就让我们找个隐蔽的地方去回避，
找个更暖和的地方去温暖身体。
当夕阳西下，寒夜来临之前，
让我们利用经反射而聚拢的光线，
来燃烧干燥的物体取暖；
或是摩擦生火的方法，
就像刚才杂糅的丛云，
在风的推挤之下，剧烈地冲撞着，
顿时迸出闪电，斜喷火焰下来，
烧着了枞树和松树多油的树皮，
如同补充了太阳的光线，
从远方送来温暖的热气。
而当我们犯下过错时，
就用灾难的方法教导
我们学会祈祷，请求慈悲。
这样，就不必担惊受怕度此余生。
他会一直安慰我们，
直到我们最后回归故乡安息。
现在最好还是回到审判的地方，
毕恭毕敬地伏在神子面前，
真诚地承认自己的错误，
用眼泪洒遍大地，
用叹息充满天空。
而这些都出自真正悔改的心，
是真诚的悲哀，谦卑的忏悔。

无疑，他定会大发慈悲，
变不高兴为高兴。
就算他盛怒到极点时，
也不过满脸庄严满面。
而在他高兴时，
除了光辉的善意、
恩惠和慈悲之外，
还有什么呢?"
我们悔罪的始祖如此一说，
夏娃也一起忏悔。
于是便回到原先神审判他们的地方，
毕恭毕敬地伏在神座面前，
一同忏悔，请求饶恕。
泪洒大地，叹息满天，
表达真诚的悲哀忏悔的心情，
以及谦卑的歉意，毫无虚伪。

卷十一

内容提要

神子向上帝献上人类始祖忏悔的祈祷，并从中调解。天父接受了，但宣告不让他们再住在乐园中。他派天使米迦勒率领其基路伯军队将他们赶出，但要先对亚当启示未来的事情。米迦勒于是来到乐园，为亚当和夏娃指示前兆。认出米迦勒后，亚当前去迎接。天使通知他们必须离开乐园。亚当和夏娃在悲叹和哀怨中服从了。天使带领他们上了高山，在亚当面前展现了未来的远景，一直到洪水的发生。

他们站在高山上忏悔着，祈祷着，
是那样的谦虚和卑顺，
期望慈善的天帝施下想象中的恩惠，
卸下二人心中的重担，
然后长出新肉来填补它。
但二人的态度和一般的乞愿者不同，
他们发自内心的哀诉事关重大。
虽然时代是晚了一些，
却并不逊于古寓言中的那一对——
为了拯救坠落的人类的
那丢卡利翁和匹拉，
虔诚地在特弥斯庙前求拜。
他们的祈祷会一直向上飞升，
既不会在中途迷失，
也不会被嫉妒的风吹散。
无形的祈祷飞进天国的大门，
伟大的神子在金坛的熏香处，
为其披上奇妙的天香，
然后来到天父的高座面前，
开始这样调解：
"看吧，亲爱的父王啊，
您在人类身上播种的恩惠，
让大地生长的累累果实，
让这些叹息和祈祷，
在这金香炉里散发着芬芳，
而我，您的祭司，则为你献上。
这些果实是天真未坠之前，

您播种在悔悟的心田里的，
人手耕耘的丰硕成果。
它比乐园中任何树木
所结的果实都要香甜。
因此，请您倾耳倾听
他这声温柔的叹息。
虽然他祈祷的语言不够精妙，
那就让我这调和者为他解释吧。
不管他的工作好不好，
请让我来接管吧！
我的德行会使它们更完善，
我将会以死为代价。
请接受我的请求吧！
让我替您接受对人类和解的馨香吧！
让他重新回到幸福生活，
虽然是凄苦的，
但至少活到命定的年龄。
从今以后，就让他和我这个赎罪者
一同生活在快乐和幸福中，
与我合为一体，就好像
我和父王融为一体一样。"
天父脸上的愁云消逝了，
慈祥地对圣子说：
"善良慈悲的儿呀，
我接受你为人请求的一切。
尽管你请求的都符合天意，
但我设立的自然的法则是
禁止他在乐园里永远住下去。
乐园中单纯不朽的元素，
夹杂着鄙陋的秽物。
如今必须要像清除传染病一样，
驱逐出污秽的他。
粗鄙的东西，不管在哪里都是粗鄙的，
所以最好的处理方式就是
将他归入最初滋扰万物，
使不腐败者腐败的罪造成的死，
成为'必死者'的食物，
把他们驱除出去。
我当初用两种美好的恩物——
幸福和不朽来创造他，善待他。

可他却不知珍惜，
所以直至命定的死亡时刻，
都只能留下永无止息的痛苦。
人类最后的解脱只能是死。
在经过严峻的苦难考验，
依靠忠诚的工作提高生涯之后，
在正直者的呼唤下苏醒过来，
与新天地一起被赋予第二生命。
但是我要召来广大天界的
受福者举行一个会议，
向他们公布我处置人的判决。
就像当初他们看到我
如何处置坠落的天使一样。"
上帝说完后，神子暗示那个
容光焕发的守卫吹起号筒，
发出的可怕的声响，
恐怕只有在上帝降临何烈山，
或者在审判世界末日时，
才可以听到。
天界各处都响着那天使的吹奏：
"不凋零花朵盛放在树荫下、
喷泉之畔、有福的亭子上，
所有天使怀着喜悦的心情站起，
响应天神的号召火速赶来开会。
全能的天神从至高的宝座上
宣告他的至高意志：
"神子们呀，
人类偷尝了禁果，
现在和我们一样能辨别善恶。
难道就让他们夸夸其谈，
宣扬如何失去善得到恶的知识吗？
只知道善，而不知道恶，
本来是多么幸福的事啊！
然而现在他悲伤悔恨不已，
最终悔悟而进行祈祷。
这是我的工作对他起到的影响，
我的工作一停止，就没用了。
我知道他会变得心猿意马，
变得善变，难以驾驭。
因此，难保今后他由于憧憬长生不死，

不会更胆大妄为地摘食生命树的果实。
我命令将他驱逐出乐园，
让他自己去找适合的土地耕种。
米迦勒呀，我交给你这个任务！
你可以带领一些高级基路伯天使
和一些燃烧着火焰的战士去，
免得恶魔利用人的名义，
侵入空虚的乐园，挑起新的混乱。
快，把这对犯罪的夫妇
利落地赶出神圣的乐园！
宣告他们和他们的子孙，
已经永远被驱逐出境。
但在执行这个任务的时候，
别让他们昏倒在地。
因为我看到了他们的温顺和忏悔，
却唯独没有内心的恐惧。
如果他们强忍痛苦服从命令，
就不要不加安慰地离弃他们，
而要向亚当展示未来的事。
按照我吩咐的，说明我要和
女人的后代重修盟约。
即使要悲惨而和平地送他们走，
也要在最容易爬进伊甸的地方——
乐园的东侧入口处，
派遣强壮的天使守卫，
挥舞火焰的利剑，远远地吓走
想要通向生命树的各条道路的生灵。
一定要严加把守，
免得污秽进我的乐园，
让我的树木成为他们的食物，
再次拿来欺骗其他生灵。"
他话音未落，大天使长
就立刻率领一队有高度警觉的，
基路伯天使，准备好迅速下降。
有着四张面孔的基路伯，
就像是双重的耶努斯，
全身闪烁着亮光的眼睛，
比阿耳戈斯的还要多，
比阿卡狄的箫管、赫耳墨斯的牧笛
的力量都要更强大。

与此同时，曙光女神琉科忒厄醒来了，
用鲜露将大地沐浴了一番。
亚当和夏娃刚刚做完祈祷，
觉得身上充满了从天上来的力量，
尽管还有交织些许的恐惧，
却从失望中迸出一股新的希望，
亚当反复对夏娃说道：
"夏娃啊，
你应该清楚地看到，
我们享受的好处全部来自天上。
然而有关至福之神的心思
和志向这股强大的力量，
是从我们这里升上天去的，
这一点则难以相信和认清。
你要知道，人的祈祷或叹息，
都能被天神听见。
我发现祈求可以令神息怒，
只要跪在神前，一心一意谦卑虔诚，
就会让他心平气和，从而心怀宽宥。
我心中滋长着受他感染的善念。
我的心胸重归平和，
我们的子孙将击伤敌人的咒语
又重新回到我的记忆，
但却没有当时忧惊的滋扰了。
现在一切都说明了
死的痛苦已经过去了，
我们将要继续活下去。
我现在要为你欢呼！
高呼你的正名全人类的母亲！
一切生物的母亲啊，
万物为人类而生存，
而人类依赖你而生存。"
夏娃用悲哀的语调温柔地说道：
"在我看来，罪人的罪名很适合我。
我原定是要做你的助手，
结果却害得你堕落受苦。
所以，可耻、不忠的丑名，
对于我更加适合。
然而对我的惩罚却是无限宽容。
我最先给万物带来了死，

却被称为生命的源头。
再说了，你应该也会赞成的，
我实在配不上这么高贵的称号。
如今田野正召唤我们辛勤劳动，
尽管是在不眠的长夜之后。
晨光也不管我们的失眠，
开始显现她蔷薇色的脸庞。
我们现在就去劳动吧！
不管到哪里劳动，
我都不会离开你身旁半步。
我会一直干活儿，
直到夕阳西斜。
行走在这些快乐的小径上，
我又会有什么劳苦呢？
在堕落的情况下，
光是允许我们住在这里就很满足了。"
夏娃这样谦卑地说了自己的希望，
然而命运却不许可。
自然通过鸟、兽和天空显示预兆，
天空上一会儿晴空万里，
一会儿却又风云突变。
育芙的神鸟盘旋猛扑而下，
追赶一对有着华丽无比的羽毛的鸟。
最初的狩猎者，统治森林的兽王，
从山上下来，追逐林中那一对
体态最优雅的牡鹿和牝鹿。
亚当凝视着这一切追捕，
动心地对夏娃说道：
"夏娃呀，近旁还有更多变故在等着我们。
天神用这些自然的征兆，
无声地预示了他的目的。
要不就是警戒我们，
不要以为宽限几天，就可以
太过自信自己已经逃脱死刑。
谁能知道我们究竟能活多长呢？
到那时，我们的生活又将怎样？
我们来自尘土，最终也会回归尘土。
除此之外，我们什么也不知道。
我们面前为何会同时发生两起
天空和地上的追捕和逃命事件呢？

为何东方破晓之时却出现黑暗，
在西方晚霞里看到光辉的晨曦呢？
蓝天上摇曳着一道煌煌的白光，
似乎带着什么东西徐徐降落。"
亚当说的一切都是事实，
因为那时有几队天使
从碧玉般的天空降到了乐园，
停在了一座小山之上。
即使是雅各在玛哈念的原野里
遇见的搭天幕的守护者，
也没有这种灿烂光华。
即使是多坍的火焰山上爆发的
蔓延整个战场的火焰，
也没有这种耀眼的光亮。
这一团光辉的景象，
使亚当的眼睛眩晕了。
在无限的辉煌中，天使长
派遣部下去占领乐园。
而他则独自去找亚当的庐屋。
亚当是认得他的，
在这伟大的客人走近时，对夏娃说：
"夏娃，重大的消息来临了！
恐怕我们的事情已经有了定论。
我看见一个光辉的天使
从小山上的彩云里走出，
听他那走路的步调，
应当是天上的大君或王公。
像拉斐尔一般威严无比，
却又庄严优美，并没有那么可怕。
我们绝对不可失礼。
我要毕恭毕敬地迎接他，
你暂且退下吧！"
他一说完话，天使长很快就走近了。
他不露天姿，一身凡人装束，
像是专门来会见常人的。
他那灿烂的武装上，
流映着紫色戎装的霞光，
比休战期间古代王者穿的
梅利匹亚染制的紫色丝绸都更鲜艳。
他摘下金光闪耀的头盔，

展现出一位盛年男子的风采。
手执长枪，腰佩阴森恐怖的剑，
在黄道带中发出光辉。
亚当深深地向他鞠躬，
而他却连身也不欠，
直接开门见山点明来意：
"亚当，上天的敕令说一不二。
上帝听到了你的祈祷。
在你被宣判罪罚后，
'死'迟迟没有得到你。
神之所以赐予你恩惠，是因为你悔改了。
多了一种善行便遮掩了一种恶行。
因此上帝大为欣慰，
从死的魔掌中救赎了你。
但你不能再在乐园里住下去了。
我来就是要把你逐出乐园，
让你到适合的土地上去耕耘。"
他的话到此便结束了。
听到这个消息，
亚当的心如同刀扎一样，
脸也蒙上了重重的悲哀。
夏娃在后面也听见了一切，
便发出了一声悲叹：
"啊，出其不意地打击比死还坏！
乐园啊，难道就这样离开你了吗？
我的家啊，难道就这样离开你了吗？
我们二人正想着要在这里，
可悲而平静地度过这余生。
啊，易地不能开放的花儿啊，
从早到晚，我一直照料着你。
从你初绽蓓蕾时起，
我就用柔弱的双手培养你，
给你取美丽的名字。
从今以后，谁将搬你到向阳处，
用发着天香的泉水浇灌你呢？
我美丽的新房啊，
我曾用芳香绚丽的东西装饰你。
我怎能离开你，往在低湿阴暗的地方呢？
我们已经吃惯了不朽的灵果，
又怎能去呼吸混浊的空气呢？"

天使则温柔地插话道：
"夏娃，你不要悲伤，
不要过分留恋不属于你的东西，
要学会忍痛割爱。
你并不孤单，和你同去的
还有你的丈夫，你要跟从他。
他所住的地方，就是你的故乡。"
一股冷意惊醒了亚当，
于是他突然从凌乱的心绪
和沮丧的状态中清醒过来，
谦卑地对米迦勒说道：
"天使呀，
你有这如同王中之王的尊贵雄姿，
却慈祥地向地向我们传达神旨。
若换了其他天使，可能会恶言相向，
甚至动手驱逐我们。
而且你传达的是脆弱的我们
禁得起的悲哀、沮丧和绝望。
乐园唯一令我们感到安慰的地方。
其余的地方都是荒凉、寂寞的。
没人知道我们，我们也不知道别人。
假如不断地祈祷能够改变万能者的意志，
我们定会歇斯底里不停地哭喊，
一直到他厌烦为止。
但是祈求绝对命令逆转的祈祷，
如同逆风呼气一样全无用处。
因此，我愿意服从命令。
最痛心的是要离开这里，
离开他至福的圣颜。
而在这里，我可以时常来到
他神圣的面容出现的地方，
对我们的儿孙们说：
'在这座山上，这棵树下，
在这松林中，这道泉水旁我曾见过他，
听过他的圣音，与他谈过话。
我要用草泥筑起许多感恩的祭坛，
用流水磨光的石头垒起纪念碑，
在上面献上芬芳的花果。
但是在下面世界，我怎能看见他
那炫目的容颜，寻求到他的踪迹呢？

尽管我要逃避他的怒气，
但还要延长生命，繁殖后代。
我现在很希望看到他光辉的背影。"
米迦勒仁慈地望着他说：
"亚当，你知道的，
不单是这个乐园，天地都为他拥有。
天神无处不在，海陆空及其一切生物
都显现着他的光辉身影。
大地全部都归你治理，
这是一份不可轻视的礼物。
因此，不要以为神只显现于
伊甸园这个小的范围之内。
本来你可以把伊甸作为首都，
从这里扩大到地极和海角，
让全人类都尊你为伟大的祖先。
可如今你已经失去了优越的地位，
所以必须降落，和子孙住在平地。
毫无疑问的是，神既然住在这里，
也同样住在山谷和野地里。
他的圣像将永远陪伴着你，
善意将时常围绕着你。
因此，在你离开这里之前，
一定要端正信仰，坚定信心。
他派我来是指示你和你的子孙，
让你知晓将来的事情。
你要兼听善和恶，因为天上的
恩惠与人间的罪恶时刻在斗争。
从此以后，一定要学会忍耐，
协调欢乐与恐怖、虔诚与悲，
安然处理荣枯、兴衰等不同的境遇。
只有这样，才能平静地度过你的一生。
最后做好准备，迎接"死"的到来。
快登上这座小山吧！
当你在清醒观看预兆的时候，
就让夏娃先在山下安眠。
就如同当年她被创造时，
你正在安眠一样。"
亚当感激地说道：
"我听从您正确的指引。
请领我安稳地走过曲径幽谷吧！

无论如何，我会向灾难挺起胸膛，
希望在我劳动之后会得到安息。"
于是他们一起上山，进入神的异象。
那是乐园中最高大的一座山，
从它的峰顶，所有的风光都一目了然，
甚至能看到半球的极境。
世界古今各国的名都，
从契丹可汗所在大都的长城
到奥撒斯河边撒马尔汗，
帖木儿的宫廷，中国古代的北京，
再到莫卧儿的阿格拉、拉霍，
一直下到金色的东印度，
波斯王的艾克巴登、伊斯法罕
等等举世闻名的地方都尽收眼底。
也能看见涅古斯王国境内的
港口阿科科和小小海王国蒙巴萨，
基罗亚、梅林和索弗拉到刚果的境地，
一直到极南的安哥拉。
接着是从尼格河流到阿特拉斯之山，
穆斯林各个王国，非兹和苏斯，
摩洛哥、阿及斯以及特列米森。
再次是罗马所统治的欧罗巴，
富饶的墨西哥，摩特佐马，
秘鲁的库佐，更加富饶的阿塔巴利帕，
以及被葛容之子称为"埃尔多拉多"的
没有受到掠夺的圭亚那大都市。
为了能够看得更清楚些，
米迦勒去掉了亚当眼中的薄膜，
那薄膜是在吃了能够令人
明目的禁果后长出来的。
因为要看的东西繁多，
所以要用明目草来洗涤视神经，
还要从生命泉中取三滴水来滴眼。
药力深深地渗透眼底，
亚当经受不住，只得闭拢双眼，
扑倒在地上，失去了知觉。
慈祥的天使立刻把他拉起来，
让他注意：
"睁开眼睛吧，亚当。
首先看看你的子孙后代，

因为你的原罪造成的恶果吧。
他们没有触摸禁树，与蛇同谋，
却由于你的罪过而一起堕落。"
他睁开双眼，映入眼帘的是一片田野。
一部分是耕地，以及新割的稻麦，
另一部分是牧羊的草地和羊圈，
可中间却是一个草泥的祭坛，
像是界碑似的立在那里。
霎时间，一个大汗淋漓的收割者，
在田地里握着初熟的稻穗，
不加选择随手就割。
另一边，出现了一个温柔的牧人，
精心挑选了初生羔羊作为祭献品，
在羔羊的内脏和油脂上撒香，
放在条木上，虔诚地举行仪礼。
不久之后，慈祥的火从天而降，
闪着跳跃的光和快乐的蒸汽，
一把火烧掉了供品。
可收割的那一边却不是这样，
由于他没有真心诚意。
他见状，便升起一股怒火，
在另一边说话时用石头猛击
其横膈膜，夺去了他的生命。
他面如土色地倒下，
灵魂和涌迸出来的血一起
痛苦地呻吟，最后出了窍。
亚当见此光景，便觉心痛不堪。
急忙忧惧地对天使叫道：
"天使啊，那个温和的人蒙难了！
他已经好好地献了祭，虔诚地皈依，
为何会得到恶报呢？"
米迦勒也动了恻隐之心，说道：
"亚当，这二人都是你的亲生儿子，
他们之间是血浓于水的兄弟，
正义的被不正义的所杀害。
因为不正义的嫉妒兄弟的
献物被上天接受了。
但这血腥的恶行一定要遭到报应的。
正义的人的信仰既受到了赞赏，
同时也得到了补偿，

虽然他死了，却转化为尘和血。"
始祖亚当惭愧地说道：
"啊，凶残的行为，可怜的起因！
我这是看见"死"了吗？
难道我也要这样归于尘土吗？
啊，多么可怕的景象啊！
这是多么的肮脏和丑恶！
想起来就觉得无比凄惨和可怕！"
米迦勒对他说：
"你看到的还只是"死"
在人类中展现的最初形式。
死的形式多种多样，引导到
凄凉坟墓的道路成千上万，
每一条都是阴森恐怖的，
而入门处是最恐怖的。
有些如你所见是由于暴力而死的，
有些是由于火灾、洪水和饥荒而死的，
由于饮食过度而死的更是不计其数。
你可知道，夏娃的违禁
给人类带来了多大的不幸呀！"
忽然，他眼前出现了一个
悲惨、恶臭、阴暗的地方，
看来就像一所麻风医院，
里面横七竖八地躺着患者。
有心绞痛的、热病的、惊厥的、癫痫的、
肠结石的、溃疡的、疝气的、忧郁的、
神经错乱的、虚脱的、水肿的、哮喘的
以及关节疼痛的等等。
所有人都在辗转反侧，痛苦地呻吟。
"绝望"正在照顾着病人，
忙碌地从这张床奔跑到那张床。
死亡则得意扬扬，在病床上
舞刀弄枪，但他迟迟不下手，
让人类求生不能，求死不得。
如此丑陋悲惨的情景，
即使是铁石心肠也会被软化。
尽管亚当不是女人所生的，
却还是禁不住流下了泪水。
怜悯充满了男子汉的心，
一时间淹没于泪水之中。

最后，坚强禁止他过分伤心，
稍稍平复以后，他继续悲叹：
"啊，悲惨的子孙啊，
你们正深陷于水深火热之中啊！
为何给了他们生命又要拿回？
为何这样捉弄我们呢？
早知如此，还不如不接受，
或者是和平地放弃它。
神的形象在人的身上，
曾经造得如此正直而美好，
后来犯了罪，就要受尽非人的
折磨，深陷深重的灾难吗？
人至少还保存几分神圣的面影，
难道不该因此而得到解脱吗？"
米迦勒说道：
"当他们为了纵欲而践踏自己
的时候就放弃了神的容姿。
甚至还利用崇拜者的姿容
来加重了夏娃的罪。
而这些都是人面兽心的罪恶！
因此，他们的下场才会如此凄惨。
因为他们曲解了纯自然的健全法则，
所以就不配神圣的姿容，
于是生了令人憎恶的病态，
扭曲了原先的纯洁。
当然，这也是因为他们没有
发自内心尊重自己神明的姿容。"
亚当则回答：
"我承认这没错。
但除了这样痛苦地死去，
难道就没有别的方法回归泥土吗？"
"有。"米迦勒坚定地说，
"假如你恪守'适当'这一原则，
不图一时之快而暴饮暴食，
从而摄取恰当的营养。
多年后，果实成熟，瓜熟蒂落，
自然会落入母亲的怀抱，
到时就可以享尽天年。

到年老时，你的青春、力量和美，
全部都会衰竭枯萎，变得迟钝。
使你不得不放弃对新鲜事物的尝试。
充满活力的青春风貌，
也会变成冷淡枯燥的忧郁浓云，
然后让你的活气消沉，
最后耗尽生命的香脂。"
亚当对天使说道：
"从此，我不再逃避死亡，
也不奢求生命的延长。
我要在命归西天之前，
耐心地准备我的死亡，
美不胜收地结束此生的重负。"
米迦勒则回答道：
"既不要溺爱生命，也别恨它。
好好珍惜活着的日子，
不要强求寿命的长短。
现在我给你看另一光景吧！"
一片广阔的原野上，
散布着五颜六色的账幕。
账幕旁有成群的吃草的家畜。
有些账幕中飘出了悠扬的琴音，
隐约可以看到拨动琴弦的人。
他们通过高低音阶的协和，
通过飞快地弹拨，得心应手地
奏出奔腾浩荡、回环激荡的旋律。
另一边则是一个正在熔合铁和青铜的男子。
流动的矿水被注进备好的模子里，
他们首先用模子造出劳动工具，
然后再铸造其他金属物品。
此外，从相邻的高山到平原
去的斜坡上，住着另一种人。
从其穿着打扮看，像是正直的人。
他们的任务是恰如其分地尊崇上帝，
研究他伟大的有目共睹的工程，
而对于人类自由和平的事却不闻不问。
他们很久没有到原野上行走了，
当看见账幕中走出一群珠光宝气、

服饰华丽，在竖琴的伴奏中
盈盈而来、深情款款的美女时，
男人们虽然庄重，
但眼睛便不由自主地被吸引了，
最终坠入了情网。
他们各自选择了心之所好。
相互谈情说爱，直到爱情的前驱晚星降临，
然后他们欢喜地点起婚庆的华烛，
召唤童神海明前来，举行盛大的婚宴，
让幸福的笙歌响彻各个账幕。
这种幸福的盛会，青春美好的爱情、
妙曲、花冠、花束以及欢快的交响乐，
紧紧攫住了亚当的心。
霎时间，他的心中充满了快乐：
"这大大开了我的眼界！
多福的天使长啊，
这个幻象比之前的两个好上千万倍，
它预示着更多和平美满的日子。
前两个代表恨和死，甚至是更坏的痛苦。
而这个幻象则不同，在这里，
'自然'似乎达到了它的一切目的。"
米迦勒对他说：
"先不要凭快乐来判断好坏，
这看似合乎自然，然而如同和神一样
圣洁的你的创造，是有较高的目的的。
你看见的帐幕虽然如此快乐，
事实上，却是罪恶的帐幕。
居住其中的是残杀兄弟的族类，
他们一味地追求修饰生活的艺术。
虽经神灵的教导，却毫不感念
他们的创造主，不承认他的恩赐。
然而他们的后代却是如此美丽。
你看到的犹如女神们的那群美女，
如此快活，如此华美；
然而女人重要的家庭荣誉，
以及妇德等一切的善都荡然无存，
她们唯一的教养便是骄奢淫逸，
唱歌、跳舞、打扮、暗送秋波。

那群因宗教生活而号称神之众子的，
严肃的人类，也将放弃一切德行。
可一切荣誉，却愚蠢地倾向于这些荡妇。
因此世界成了眼泪的世界，
必须要悲哀地痛哭。
亚当短暂的快乐立刻便消失了：
"啊，这是多么可怜、可耻啊！
那些人竟然从正道误入邪途！
由此可见，男人的苦难仍然继续着，
那都是从女人开始的。
天使则说道：
"不，那是从男人的软弱散慢开始的。
只有依靠过人的智慧和天赋，
才能够稳固地维持他的地位。
现在再看看另一个场景吧。"
于是广大的国土展现在亚当眼前，
众多城镇中夹杂着乡村的茅屋竹舍，
都市有高大的城门和塔楼，
有武装会战，有好战的勇猛巨人。
或挥舞武器，或勒住汗马，
或单枪匹马，或列队整顿作战。
部分人从肥沃的草地征发了
一群优良的牡牛和膘壮的牝牛，
以及一群越野的牝羊和啼叫的小羊，
作为自己的战利品。
牧人们经过千辛万苦终于逃脱敌手，
然而奔走呼救声却引起更大的血腥。
他们曾为争夺牧场进行过残酷地比武，
弄得荒野尸骨横阵，血腥不堪。
有的布置阵地，有的用大炮去袭击
和围攻强大的都市。
有的则爬上城墙投枪、射箭，
用石头和硫黄来抵御敌人。
双方都有伤亡，也都有巨大的战功。
另一部分人，则在执王笏的传令官的
召集下召开城门会议。
很快就有白发的老人和严肃的面孔，
混杂在将军中匆忙赶来参加，

于是响起了热烈的辩论声，
可不久便陷入了党派纷争。
终于，一个聪明高尚的中年人站起，
发表关于正义与邪恶、公正与宗教、
真理与和平，以及上天的评判的意见。
结果引起了众人的嘲骂，
并且想用暴力逮捕他。
幸好有彩云从天而降救走了他。
从此强暴、高压与刀枪政治，
在人间恣意横行，无处逃避。
亚当这时哭成了泪人，转身
悲伤地对着天使哭诉：
"啊，看，这是什么？
简直不是人，而是死的徒众！
如此残忍地弄死人，
比杀害兄弟的罪行更加深重。
他们虐杀的难道仅仅是兄弟吗？
但那正直人究竟是谁？
若无天助，他的正义将被埋葬！"
米迦勒对他说：
"这些就是坏因缘的产物，
善与恶结合生下的儿女。
连他们自己都厌恶这种结合，
轻率地实行杂婚，
生出了奇形怪状的胎儿。
这些巨人的名声却很大。
因为在那时代力气最受推崇，
这被叫作勇武和英雄气概。
战争的胜利征服了国土，
不仅杀人无数，还带回战利品，
当成是人间最高的荣誉。
由于这胜利的荣誉，
还被称为大征服者、人类护卫者
以及神明、诸神之子之类。
其实正确的称号应该是世界的
破坏者，人类的瘟神。
他们这样闻名，弄得尽人皆知，
可最优秀的却默默无闻。

你看，你的第七代孙子，
是这个丑恶世界中唯一正直的人。
只有他敢说令其他人憎恶的真理，
因而被憎恨，受到敌人的暴力。
神将率领众天使将审判他们。
你看，至福者驾着飞马来迎接他，
让他与上帝同行，
赐予无上的救济和幸福的国度。
这个幻象教你如何酬报
善良的人，惩戒丑恶的人等。
你马上就可亲眼目睹那些惩罚。"
然后事物的面貌便大为改观。
铜制的战争号筒停止了吼叫，
满世界权势游乐与竞技、淫乐和放荡，
吃喝的和跳舞的，结婚的或卖笑的，
充斥着亚当的眼球。
凡一群群尤物引诱之处，
凌辱和奸淫便不可少。
最后一位可敬的老翁来到他们中间，
大肆批评这些丑陋的行为。
他时常参加各处开的集会，
无论是庆功会，还是节日庆祝会，
就像对监狱里临审前的囚犯一样，
对他们宣讲皈依和悔改的道理，
然而毫无效果。
当他看到这种场景时，
就会停止争论，远远搬开帐幕。
接下来的场景便是
高山上的原木被砍伐下来，
被用来制造巨大的船只。
人类用肘测量它的尺寸，
在四周涂上沥青，在侧边打开一扇门，
准备储存人类和牲畜所需的粮食。
看！这是多么奇怪啊！
各种各样的鸟、兽、昆虫，
都是雌雄各七对相继而来，
按照教导的顺序依次而入。
最后是老翁带着他的三个儿子，

以及四人各自的妻子，蜂拥而入。
最后，上帝将门锁上。
就在那时，吹起了南风，
阴云密布，漫天飞舞。
群山也不甘示弱，
猛烈地吹送潮湿的雾气。
于是天空顿时阴霾密布，
倾盆大雨不断倾泻而下，
将整个大地都淹没了。
然后大船浮起，在水面上漂荡，
张嘴的船头在波浪上翘起，
一路乘风破浪，安稳地航行。
所有住处都被洪水淹没了，
一切荣华富贵都被埋葬在深水之中。
海上又覆盖了无边的大海，
原先豪华奢侈的宫殿，
变成了海中怪物繁殖崽子的厩棚。
原先众多的人类，幸存下来的
都乘上一片小舟，在水上漂流。
亚当呀，你应该感到悲哀才是。
眼看着你的子孙全都灭亡了，
人类就要濒临灭绝了。
你则淹没于另一洪水——
眼泪和悲苦的洪水。
你和你的子孙一样被淹没了！
等到仁慈的天使将你救起，
最终使你重新站立起来。
当一个父亲痛哭自己的子女
在眼前突然被赶尽杀绝，
只能天使发出这样的哀诉：
"啊，与其让我看见这些
未来的灾难的幻影，还不如对未来一无所知的好。
这么多的灾祸将要降临于我，
我已经难以承受明天的命运了。
如今更是把好多代人的重担，
一齐加在我的肩上。
由于预见，我成了不足月
就被生下来的孩子，

在出生之前就已经受尽
非出生不可的思想的折磨。
但愿今后人类再也不会预知
他自己和子孙将发生的事情。
发生的的确是灾祸，
那都是不能预防的。
而且他对未来灾祸感到的痛苦，
和实际遭遇的祸患一样难以承担。
忧患终将会过去，警戒
对于人是没有用的。
少部分逃脱了饥饿和哀痛的人，
结局仍是徘徊于水漫的旷野。
我曾希望地上会停止暴行。
让战争绝迹，万物俱兴，
人类在和平中获得持续的幸福日子。
然而我大错特错了，因为我看见
和平所腐蚀的却多于战争所毁坏的。
这究竟是为什么呢？
无所不知的天使呀，请您说说，
难道人类就此完蛋了吗？"
米迦勒对亚当说道：
"你刚才看到的战胜者及其掠夺的财富，
自夸劳苦功高，夸耀不朽的功业，
但是却不具备真正的德行。
他们所到之处血流成河，
征服了许多国家，享誉世界，
获得极高的头衔和丰富的战利品。
然后便沉溺于寻欢作乐，
不节制饮食，过度纵欲。
从和平的友谊中滋生敌对行为。
战败者不幸沦为奴隶，
丧失一切自由和德行，
乃至对天神的敬畏。
由于他们的假虔诚在激战的时候，
得不到天神的帮助，
于是变得心灰意冷，从此随风从俗，
在其主子许可的范围内尽情享乐。
因此人类全部堕落和腐败，

正义和节制，真理和信仰
全被忘得一干二净。
除了那个在黑暗时代的光明之子。
他反抗丑恶的世俗，
抵制诱惑、习俗和激怒的世界，
不怕遭到非难、嘲笑和暴行。
他批判他们的邪恶行为，
当面指出正义和平的道路，
警戒他们的顽固不化将会招致神愤。
虽然受到嘲弄而返回，
但神却认为他是唯一真正的人。
按照神的命令，他制造了一艘
如你所见的奇妙的方舟，
从注定要毁灭的世界，
拯救自己和全家人。
他立刻选择值得生存的人畜
放在方舟里，严密封实好方舟。
然后天上所有的大瀑布都向大地齐泻，
倾盆大雨一刻不停地下着，
于是海洋的水位急剧升高，
泛滥高涨，漫过一切关隘，
就连最高的山峰也被淹没了。
那时，伊甸园的山也因为
涛天大浪的冲击而偏移了原地。
在洪水的冲击下，草木被毁了，
大树被冲进大河，漂进广阔的港湾，
扎根在一个满是盐碱的荒岛——
海豹、鲸鱼、海欧的住处。
你必须知道，如果人们常住
某地却没有带来任何东西，
上帝是不会承认那地方是神圣的。
现在接着看将来的事吧！"
方舟继续漂荡在洪水上。
萧萧的北风驱逐着云彩飞跑，
洪水被吹皱，吹干，吹缩了，
像是衰老了，然后渐渐地退了。
日光火辣辣地照耀着阔大的水面，
似乎是在大渴之后拼命汲取清波。

水波从静止的大湖中轻轻退去，
然后柔和地向大渊溜去。
如今天窗被关得严严实实的，
深渊的水门也被关闭了。
方舟好像被固定在地面一样不再漂流了。
露出水面的群山的峰顶像极了暗礁。
那时"哗哗"作响的急流，
追赶着激烈地向大海撤退浪潮。
一只乌鸦从方舟中飞出，
继而又飞出更可靠的信使——
鸽子，它三番两次被派出
去探寻可以歇脚的绿树或陆地。
当信鸽第二次回来时，
喙里衔来一片象征和平的橄榄叶。
过了不久，露出了干燥地面，
而这位古代贤翁，带领家人走出方舟，
张开热望的眼睛，高举双手，
虔诚地感谢上天。
他的头上有朵带露的湿云，
飘着三条鲜艳的彩带，
那是喜气盈盈的霓虹，
是从天神那里揭示的和平圣约。
亚当见此情景，愁苦便被欢乐所代替，
而且爆发出极大的喜悦：
"啊，聪慧的向导啊，
刚才的景象令我恍然大悟，
确信了人能和万物一起生活，
并且保存它们的种子。
我为坏子孙毁灭了世界而悲叹，
这远远比不上知道有正直的
人的喜悦来得强烈。
他兴起的另一世界，
使神转怒为喜。
但请您解释天空彩色纹理的含义，
是否是表示上帝认为雨过天晴呢？
抑或仅仅是作为缝在乌云裙裾上的花边，
以防其消融而再度倾泻于地上呢？"
大天使对他说：

"你很聪明，猜对了。
上帝也乐意平息自己的怒气，
以前他眺望充斥着暴行的下界，
人类的血肉由于各种原因腐烂了，
于是深深地痛恨堕落的人类。
但却还能发现一个正直的人，
于是大发慈悲，决定不消灭人类。
让洪水不再毁坏地球，
不让海洋越过其边界，
不让暴雨淹没这个住满人、畜的世界。
当地球的上空出现绚丽的霞光时，
上帝在里面放上了三色的彩虹，
要让人类一看见就想起他的誓言：
白昼和黑夜，严寒和酷暑，
播种、浇灌和收获，
将会在他们的轨道上循环回转，
一直到圣火净化万物，
使正直者所在的世界万象更新。

卷十二

内容提要

继洪水的故事之后，天使米迦勒接着讲后来的事。亚伯拉罕的故事中解释了亚当和夏娃坠落时，天神对他们说的"女人的种子"为何物。说明了人类的降生、死亡、复活和升天整个过程的情况。亚当知道后感到心满意足和安慰，便和米迦勒一同下山去叫醒夏娃。这期间，夏娃沉睡不醒，美梦使她变得性情柔顺。米迦勒带着他们二人走出乐园，用火剑在他们身后挥舞着。最后让基路伯天使守卫乐园。

就像一个行色匆匆的路人，
在中午时分暂时停歇脚步，
米迦勒在讲到毁灭了的世界
和恢复了的世界之间稍作停息，
以便亚当可以插话。
然后又高兴地转换话题：
"你已经看完了一个世界的始终。
人类将又从第二个始祖开始繁衍。
接下来你还能看到更多的事，
但我觉得人的视力越来越差了，
因为神灵有意减弱人的知觉。
从现在开始，你必须好好听，
我要讲一些未来的事，让你警戒。
第二源头的人类人数较少，
心里还残留着之前审判的恐怖，
所以他们十分敬畏神，
小心谨慎地正义地过好日子。
于是他们很快地就繁殖起来了，
谷物、美酒和油也收获甚丰。
还常精心选择小牛和小羊羔来献祭，
并斟上大量甘冽的葡萄美酒，
然后在洁白无罪中欢度天伦之乐。
在族长的统治之下，
各家各户都过着和平幸福的生活。
一直到一个不满公平正义、
天下一家的状态的高傲的
野心者起来不正当地篡夺权力，

残酷地凌驾于自己的同胞之上，
把人间的和平与自然法则，
清除得一干二净。
他不时地以猎兽或猎取人群为游戏，
布下了战争的天罗地网，
俘虏那些反对他的暴政的人。
因此，在上帝面前他将
被称为强大有力的猎人。
他藐视天神，贪婪地想要
从天上取得第二主权。
虽然他自己由于叛逆成名，
但却谴责和反对别人的叛逆。
他的党羽也怀有同样的野心，
在他的眼皮底下恣意横行。
他们从伊甸园向西进军，
发现了一片平原，地底下
有一股黑色的旋流喷射涌出，
那便是地狱的入口。
他们要用那黑流和砖头建筑
一座通往天界的高塔，
从而使自己流芳百世，
以免其子孙分居各国后遗失记忆，
忘记他们那流芳或遗臭的名声。
然而上帝也时常到人间微服私访，
在人类的住家之间行走着，
先是看着他们所作所为，
然后便一边看一边嘲笑他们的城市。
在他们的高塔还来不及
连接上天界的塔群之前，
将制造'分歧'的精灵
安放在他们的舌头上，
使他们丧失共同的语言，
然后播下各种互不理解的语言，
高声地、不停地争吵喧哗。
建筑者之间由于全然不懂互相的叫喊，
终于声嘶力竭而狂怒不已，
好像被人辱骂后的暴跳如雷。
天人们向下眺望着奇异的骚乱，
顿时笑声四起。
从此这座建筑物便成了笑柄，

人们把这个工程叫作‘混乱’。"
此时的亚当就像个郁郁寡欢的父亲。
悲痛地说道：
"可咒的子孙啊！
他休想凌驾于所有的同胞，
强夺上帝没有赐予的权力！
他只给了治理海陆空的绝对主权，
而却没有制定人上人的主权。
这样的称号只为天神自己保留，
而人与人之间就只有自由。
这个野蛮篡夺者的侵略不会长久的，
想要用高塔包围天界的做法
简直就是痴心妄想。
可怜的人啊！
难道他能运送粮草上天去支援
自己那些糊涂莽撞的军队吗？
即使不饿死，云彩之上的
稀薄空气地会使他们肺脏衰竭。"
米迦勒对他说道：
"你厌恶那压制正当的自由、
给人间和平带来骚乱的子孙，
这是完全正确的。
但同时你也要知道，
自从你犯了原罪之后，
就没有渴望的自由了。
真的自由总是与真理相结合，
离开了真理就不能单独生存了。
人的理性减弱了，
只要一产生违法乱纪的欲望，
向上爬的情绪便马上占了上风，
于是原来自由的人就被降到奴隶的地位。
因此，自从允许自己的内心
不合理地统治自由的理性之后，
上帝做出正确的审判，
判他服从外来的暴君，
并不时地束缚他的外部自由。
虽然不能原谅暴君，
但暴君是必然存在的。
而有时各国降低了道德的标准，
使理性受到了不祥的诅咒。

自此外部自由被剥夺，内部自由消失。
你看造方舟者的那些不孝的子孙吧，
因为儿子侮辱了父亲，
便使那罪恶的家族受到
'奴仆的奴仆'的深重的诅咒。
这家族的后代也和前人一样，
变得越来越坏。
终于，上帝厌倦了他们的罪恶，
从他们中间抽身隐退，
熟视无睹，任凭他们走向堕落。
然后决心从其余的人群中
另选一族特别的子民，
让他们皈依自己。
那是一个意志坚定者的后代，
成长于幼发拉底河边的
偶像崇拜者中间。
你也许无法相信，那些人
在逃脱洪水灾难的族长尚健在时，
就愚蠢地抛弃活着的上帝，
甘愿屈身膜拜木石雕成的伪神。
然而至尊的上帝却让他
离开他自己父亲的家，
离开他自己的家族和伪神，
去到一个指定的地方，
在那里建立强大的国家，
并施与他种种恩泽，
由此所有的国家都蒙受了恩惠。
他虽然不知道那是怎样的地方，
却立即服从了，因为他对此坚信不移。
我可以看见他，而你看不见。
他满怀信心离开故乡的伪神们，
经过迦勒底的吾珥，
越过浅滩，进入哈兰；
还带了大批的牛羊和众多仆役，
这并非是逃难到未知的境地，
而是把财产托付给召唤他的神。
不久，他就到了迦南，
在示剑邻近的摩利平原搭起了篷账。
他接受了上帝施与的恩惠，
把那里全部的土地——

北达哈马，南达荒野，
东达黑门，西抵西大海，
都慷慨地给了子孙。
按照我的指点依次眺望吧！
那边是濒临海岸的迦密山，
这边是最东的边界——约旦河。
可是他们的子孙还要把疆域
扩大到示尼珥居住的
连绵不绝的群山上。
要注意，他的种子使各国得福。
那种子就是打破蛇头的救世主。
不久就会更明白地揭示这件事。
一到时间，这个福大命大的族长
就会被称为'坚定的亚伯拉罕'。
他会留下一个在信仰、智慧和
荣誉上与他相当的子孙。
他一共有十二个儿子，迅速繁衍起来，
然后从迦南分支出去，
到了一个以尼罗河为界限，
后来称作埃及的地方。
尼罗河水奔腾不息，
分为七个河口汇聚于海洋。
在饥荒时期，他被幼子请去，
幼子因立下大功，
升为王国的第二法老。
而他的遗裔则繁衍为一个民族。
不久之后，即位的国王心怀猜疑，
嫌别的民族繁衍过多，
千方百计阻止他们繁衍过多，
残酷地奴役他们，
还杀掉他们的男婴。
直到后来，上帝派去
摩西和亚伦兄弟俩
从奴隶中召回神的子民，
带着光荣和物资回到上帝赐予的福地。
可最初那的暴君拒绝承认。
于是上帝不得不用
可怕的征兆来威胁他：
让河水流着凝结不流的血，
蟾蜍、虱子、蚊蝇等不断侵入，

充满了王宫，以至埃及全地。
家畜也都死于瘟疫。
国王的身体因水肿长出疱疹，
并且传染了全国所有人民。
天空雷雨交加，雹火杂降，
撕裂了埃及的天空。
不断地吞没了旋转的地方，
未被吞没的草木和五谷
也都被蝗虫的风卷残云殆尽。
全国的土地都笼罩在
触手可及的黑暗之中。
最后，在深更半夜，
重袭埃及人的头生儿子，
将他们赶尽杀绝。
这样，用了十处创伤驯服了河龙，
暴君才终于肯放走寄居的客族。
尽管几次想要软化顽固的心，
但仍然坚硬如冰块。
融解之后又再次凝结，
甚至凝结得比以前更硬。
最后，还是狂暴地追击已经放走的客族。
结果暴君及其军队却被海水吞没了，
因为海水害怕摩西的鞭子，
所以立即分向两边，
如陆地一般留出一条旱路，
直到被解放的人群由此上了岸。
上帝赐予他的圣者如此奇异的力量，
当今在天使身上表现无余。
天使在他们的前面走着，
率领他们前进。
笼罩在云彩和火柱里，
白天是云，夜间是火柱。
顽固的法老尾随而来，
把云和火移到后面去卫护。
若敌人彻夜追赶，黑暗就能阻止他们前进。
上帝从火柱和云彩中往外眺望，
粉碎了敌人战车的轮子，
使他们变得一片混乱。
摩西也再次把大力的鞭子伸向海上，
让大海乖乖地服从，

翻腾着波浪覆没法老的队伍。
客族的子民上岸以后，
只得绕行旷野沙漠向迦南前进，
避开早已在备战的迦南人。
没有作战经验的人，一遇到战争，
便恐惧不已，想返回埃及，
宁愿过着奴隶的屈辱生活。
没有经过战争的训练，就不能使用蛮力，
因为无论身份贵贱，性命最重要。
客族成功地停滞在广漠的荒野，
在那里设立政府，在十二个支派中
选举组成了核心的元老院，
并颁布法律，展开治理工作。
上帝从西奈山上下来时，
就连灰色的山头也被震撼了。
雷电交加中，上帝亲自
向他们公布法律和典章制度。
既有关于世俗的公理，
也有关于牺牲的宗教仪式，
还用象征和形象告诉他们
种子将打伤蛇而救赎人类的意义。
但神的声音对人来说是惊人可怕的，
为了避免心惊胆战，
他们要求让摩西来传达神旨。
摩西答应了他们的请求，
暂时充当象征的形象，
介绍一位更伟大的人，
好让各时代的先知知晓其全盛岁月，
在各自的时代颂扬这伟大的弥赛亚。
制定好法律和仪式之后，
元老便褒奖遵守神旨的人们。
在他们中间建造帐殿，
供他们与圣神同住。
他们用包金的香柏树建了圣所，
将圣约等经典收藏里面的圣柜内。
两个光辉的基路伯屹立在其上，
守护着他们的羽翼间的黄金圣座。
七盏点燃了的灯火被置于圣座前，
用来表示天体黄道带的天火。
在神圣帐幕的上空，白天有

绚丽的云彩，夜间有光明的火光。
这样，天使一直领导着他们，
一直到上帝曾经允诺给
亚伯拉罕及其子孙的土地。
除此以外，还有很多很多事。
例如他们怎样打了多次的仗，
怎样打败了许多王国，
怎样使太阳整日停在天中心不动，
一边黑夜延长正常行经的路程。
在人们的呼吁下，太阳在基遍停住脚，
月亮也停在亚雅仑谷，
一直到以色列人取得胜利。
从亚伯拉罕的第三代起，
以撒的儿子就这样呼吁群众，
于是其全体子孙就赢得了迦南。
这时亚当插了话：
"啊，天上的使者，
您驱除了我的困惑的黑暗，
尤其是关于亚伯拉罕及其子孙的可喜事情。
现在我才大开眼界，心也平静了。
之前我对自己以及全人类的
前途忧心忡忡，一片迷茫。
现在我看到各国各族都得到了恩赐，
而我则不配得到这恩赐，
因为我用被禁止的手段，
去探求被禁止的知识。
然而我尚未完全明白，
为何上帝在地上与人同住时，
要制定这么多、这么复杂的法律呢？
法律越多，就证明他们之中有越多的罪恶。
这种情况下，上帝怎能与他们同住呢？
米迦勒答道：
"这无疑是罪恶在你的子孙间横行。
因此要把在他们之中颁发法律，
以此显示他们腐败堕落的本质，
鼓动罪恶向法律宣战，
让他们明白法律能揭露罪恶，却不能取消。
虽然有象征性的微薄祭物
公牛和山羊的血，却也无法赎罪，必须用更贵重的血
以及公正来为罪恶付出代价。

即通过信仰归还他们的正义，
在神面前要有正确的认识和良心。
法律不能用仪式抚慰良心，
人也不能靠践行法律的道德而活，
但法律道德不能实行就不能活。
这样，法律就显得不够完善。
只有等到时机成熟，
才能让更好的《圣约》代替它们。
到那时，就要经历以下过程：
从象征的预兆发展到真理，从肉体到灵魂，
从严刑峻法到具有更多实惠的自由，
从奴隶的恐怖到子孙的敬畏，
从法律的课题到坚定的信仰。
因此，摩西虽然深受圣爱，
也只不过是一个法律的使者，
是不能亲率群众到达迦南的。
只有被异邦人称为耶稣的约书亚，
一个具有光辉的荣誉和业绩的人，
才能消灭掉敌人和蛇，
才能率领人民越过世界的荒野，
经过艰苦危险的长征，
然后安全进驻永安的乐园。
当时他们定居在地上的迦南，
很长一段时间都安居乐业。
后来国民的罪孽危害了世界和平，
激怒了上帝，致使敌人兴起。
先是士师，然后是列王，
曾三番两次拯救悔罪的人，
让他们能够脱离敌手。
而在信仰和武功方面，
列王的第二代都举世闻名，
蒙受不变的《圣约》，享受永久的王位。
先知们所歌颂的诸如此类的事，
正是向你预言：
大卫的王统长出了一个女人的种子，
各国人民都要依赖他，
因为他是最后的王，其统治将永垂不朽。
然而漫长的王统必须首先延续着。
他的儿子以豪富和聪明著称，
一直位于帐幕里的云彩萦绕的圣柜，

将会被迁入五光十色的神殿。
从者都为他做记录，不管是好是坏。
而坏的记载卷帙浩繁，
他可耻的偶像崇拜和其他罪过，
加上民众罪恶的总和，
引起了神愤，所以一举抛弃他们，
暴露了他的国家和都城、
圣殿、圣柜及其所有圣物。
而这所有都被一个叫作巴比伦的
高傲都城鲸吞蚕食了。
那高大的城墙，将会在你眼里
残留混乱的景象。
他让他们在当了七十年的俘虏，
然后将他们带来。
他并没有忘记当年对大卫誓立的《圣约》，
不断施恩，使如日中天的江山永固。
他们的行为感动了神，
得到了列王主子的许可，
得以从巴比伦回来重造神殿。
他们暂住在粗陋的屋宇里，
等到人财兴旺时，
便掀起了党派之争。
纷争首先发生在祭司中间，
守护祭坛的他们理应致力于和平，
可是却纷争不断，玷污了圣殿。
最后，他们竟敢不尊重
大卫的子孙，夺取了王杖。
使得王权终于落到异邦人之手。
真正的王弥赛亚生于王权旁落的时代，
他诞生时，天上出现了一颗奇星，
宣布他的降临，引导东方的
圣人前来奉献乳香、没药和黄金。
一个庄严的天使将他的诞生地点
告诉了在夜间放牧的纯朴的牧羊人。
于是他们欣喜若狂地赶到那里，
只听到列队天使合唱的颂歌声。
虽然其生母只是个普通的处女，
但其父亲却是至高无上的能者。
儿子将登上世袭的王位，
普天之下全是他的王土，

普天之上都充满他的荣光。"
天使长见亚当不发一语，
便停止说话了。
亚当悲伤地低声说道：
"好消息的预言者啊，
终极希望的完成者啊！
现在我已经完全明白了，
为何我坚定探求的东西三番两次落空，
为何人类中的伟大者被称为'女人的种子'。
啊，万岁的处女母亲！
承受天宠的尊者出自我腰间，
至高神的儿子竟产自你腹中。
这就是神人合为一体。
蛇的头部将遭到致命地痛击，
这一点它必须知道。
请问，他们将于何时何地决斗？
怎样的打击才会伤到胜利者的脚后跟？
米迦勒答道：
"他们的战争不过是一次决斗，
只是头部或脚跟受到伤害。
他并非是简单的人身、神首的结合，
必须要拥有更强大的力量
才能打退撒旦，战胜你的敌人。
虽然撒旦曾经从天上坠落，
受到过沉重的打击，
但仍能给你致命的伤害。
你的救世主已经降临，
然而目的不是要消灭撒旦，
而是要驱除他对全人类的毒害。
这需要你经历从未经历的事，
遵从神的法律，经受死的折磨，
因为你和你的子孙是罪有应得。
只有这样，才能实现崇高的正义。
依靠顺从和爱，神的法律才能顺利完成。
神以肉身显现，以遭非难的生
和可咒的死来承担你的死刑。
他宣告信仰他的人都将
得到救赎和永生。
由于信仰，要共同分担他的顺从。
而对于法律的规定的执行，

却是他的功德，而不是人类自己的。
为此，他一生被人憎恨和咒骂，
遭受暴力逮捕的审判，一直到
被自己的国人钉死在十字架上。
然而你的敌人反而被他钉在十字架上，
一切反对你的法令和全人类的罪恶
都和他一起被牢牢钉在那里了。
凡是真正相信他的救赎的人便不再受害。
虽然他死了，但很快又复活了。
所以‘死’不能永久对他作威作福。
第三天，在晨曦出现之前，
晨星们亲眼看到他走出了坟墓，
和曙光一样清新有活力。
你已经付清了死的赎金，
因为他代替人死并给予永生。
凡是被救赎的由于信仰、善行
而怀有恩德人都不受蔑视。
这神圣的行动取消你的刑罚，
并且将打破撒旦的头，瓦解其力量，
打断他的左膀右臂‘罪’和‘死’。
这个打击深深钉入了他的头脑，
程度远远胜过暂时的死和受伤的脚跟。
凡被救赎的人，都像睡觉一般死了，
静静地飘荡到永生之处。
他复活后不会长时间滞留在地上，
只有几次出现在他生前的门徒面前，
布置他们向各民族传授他们学到的
东西和他的救赎道理的任务。
让他们在流动的河水中为信者洗礼，
表示洗去他们过去的污秽和罪恶，
重新开始纯洁的生活，
遇事能和救赎主一样视死如归。
他们还要教导万国的人民。
因为从那一天之后，
不仅仅是亚伯拉罕的直系子孙，
全世界所有信奉亚伯拉罕的
的子孙都是救赎之道的传播对象。
那时，圣子带着胜利升登高天，
在空中一路打败你们的敌人，
奇袭了空中的王，还让大蛇

拖着镣铐行经他的全部领土，
并且从那里狼狈逃遁。
圣子自此沐浴在荣光之中，
然后回到上帝右边的宝座。
直到这世界差不多被毁灭殆尽时，
再次带着光荣和权力降临，
审讯活人和死人，
审判没有信仰的死者，
赏赐天神的忠实信徒，
将信徒迎进幸福境地去过幸福的日子。
因为那时大地已经变成
比伊甸园更幸福的乐土。"
大天使米迦勒说完后便稍作停顿，
正好向世界告一段落。
我们的始祖既高兴又惊奇地说：
"啊，这是多么无限的善良！
善变成恶，恶又变为善，
这比创造时光出于暗更令人惊叹！
但我仍疑惑不已，我现在无比
悔恨自己有意无意犯下的罪，
也高兴于更多的善所涌出的幸福，
更多的光荣将属于神，
更多天神的善意将属于人！
若我们的救世主再次升天，
又出现了夹在真理之敌
和不信之徒中间的信徒，
这又该怎么办呢？
谁将领导他的人民，保护他们？
他们会更坏地对待他的门徒吗？
天使说：
"那当然会。但他从天上为其门徒
派出了他的安慰使者，即天父的圣灵，
住在他们里面，通过爱的工作，
将信仰的法律记录在心里，
指给他们一切真理的道路，
用灵的爱和武装抵御撒旦的攻击，
做力所能及的抵抗，消灭他的火箭，
就算死也毫无畏惧。
并且会时时支持他，
让最耀武扬威的迫害者感到惊恐不安。

因为圣灵首先倾注在他派去的
教导万民的门徒身上，
然后再由他们倾注给受洗礼的信徒，
给予他们出奇的天赋，
让他们能说各国的语言，能做各种奇事，
就像以前救世主所做的那样。
这样，他们受到各国人民的喜爱，
并接受了从天而降的福音。
最后完成了他们的使命，
写下了教义和史传，然后安心死去。
但正如先知宣告的那样：
取而代之的将是残暴的群狼，
继他们之后去做人类的教师，
出于私利和野心来自行编造
天上一切神圣的奥秘。
原本应纯真地记录的、
用灵性理解的真理，
却被他们用迷信的谬论去曲解。
他们还将名誉、地位和称号，
与世俗的权力相结合，
鱼目混珠，假称是上帝的灵权，
并使用世俗的权力，
对人们的良心进行施压，
使写在《圣经》里、刻在人心中的
灵法消失得无影无踪。
除了逼迫'慈惠的灵'，
束缚它的配偶'自由'
难道他们还会干什么好事吗？
除了毁灭信仰建造的活的神庙，
将他们自己的信仰取而代之外，
难道还有别的吗？
在地上，背信弃义的人
绝不会使人心悦诚服。
然而厚颜无耻的人却不少。
他们迫害一切坚持用灵
和真理来崇拜神的人们。
剩下的就是以表面的礼数和伪装的
形式让人误以为是完满的宗教。
真理被诽谤的箭射穿，
信仰的业绩已经在走下坡路。

这样，世界黑白颠倒，
好人受罪，恶人享福，
在重负之下，世界呻吟着前进。
终于，女人的种子——
先前《圣约》预定的你的支援者，
带着光荣的使命再次来临！
使正义者得到安息，恶人遭到恶报。
当时曾有预告朦胧地指出这样的日子，
现在终于为众人所知。
云彩中你的救世主，
披着天父的荣光出现，
让撒旦和坠落的世界一起灭亡。
燃烧的溶块将被烤炼净化，
诞生新的天地和永恒的年代，
奠定正义、和平和爱的基础，
结出永远美满幸福的果实。"
他说完后，亚当最后答道：
"有福的先知啊，
你的预言快速描述了整个无常的世界，
与时光一起飞逝，直抵时间的彼岸。
而彼岸全是混沌的永远的浩劫，
没有人能够看到它的边际。
我的思想已经趋于平静了，
也得到了很深的教训。
我将从这里出发，
如饥似渴寻求知识，以求满载而归，
除此以外便别无所求。
因此，我会顺从、爱慕和敬畏唯一的神，
感谢他的慈爱，荫庇他所有的创造物，
不断地用善良抗击邪恶，
以弱者的身份战胜世界的强者，
成为为真理受难的最高胜利中的坚毅斗士，
让死成为有信仰的人的永生之门。
这是宽宏的救世主为我们
做出的榜样，给予我们的教导。"
天使最后答道：
"假如你学会了它，
那就是到达了智慧的顶点。
虽然你知道所有星辰的名字，
知道诸神以及一切深奥的秘密，

但也不要抱着更高的希望。
海陆空中的一切东西，
都享受世上的所有财富和治权，
都拥有同一个帝国。
只要你将知识与实践相结合，
加以信仰、德行、忍耐、节制，
还有非常重要的爱——就是后来
被叫作其他一切灵魂的'仁爱'的，
这样，你就不会因离开乐园而伤感，
另外一个更快乐的乐园会留在你内心。
我们现在从这纵览时空的
山顶赶紧下去吧，
预定的时间在催促着我们。
你看，山的那边卫队列阵，准备行动，
前面猛力挥舞着燃烧的火剑，
这是示意我们快快离开。
我们现在就去叫醒夏娃吧，
我也会用温和的梦境安抚她，
使她镇静自若而柔顺，
向她显示好的预兆。
在适当的时候，
你要分享你知道的一切，
尤其是那些她必信无疑的知识。
她的种子将要施行对人类的救赎。
你们一定要坚强地活下去，
两个人信仰一致，
要检讨过去的愁苦和坏事，
经常想着幸福的结局鼓舞自己。"
说完，他们便一同下山。
亚当向夏娃睡觉的庐舍里走去，
看见她已经醒过来了。
她用全无悲苦的语言迎接他：
"我知道你从哪里来，到哪里去了。
当我悲伤烦恼、昏昏欲睡之时，
上帝就在梦境中教导我，
告诉我大好的消息。
快带我走吧，我决不犹豫。
和你同行与留在乐园无异。
没有你时，即使留下也与被放逐一样。
由于我明知故犯的罪连累了你，

你就是我的一切，
就是世界的一切东西。
而比这更令我安慰的是，
能让我安心地离开这里，
尽管这是我不配接受的恩典。
由于我的原因，一切都离我们而去，
但按照《圣约》所定，我的种子
会使一切都得以恢复!"
人类的母亲夏娃如此说道。
亚当听后十分高兴，但一言不发。
与此同时，大天使从旁边的山上
到达了他们预定的地点。
灿烂夺目的基路伯队伍也下来了，
像流星一般滑翔到地上，
在队伍前方高扬着宝剑，
像彗星一样辉煌夺目；
又像是利比亚热浪般的空气，
让这里清爽的气候受到炙烤。
天使见此情景，急忙牵住我们的始祖，
将他们一直领到乐园的东门，
然后如履平地般急速奔下山岩，
最后消失在亚当和夏娃的视线中。
他们二人回望伊甸园的东侧，
看到上面挥动着带火焰的利剑；
门口布满了面孔恐怖的、
带着全副火武器的队伍。
他们自然地流下了眼泪，
但很快就被风擦拭干净了。
整个世界都被置于他们眼前，
在神的意图的指导下，
由他们自由选择安身的住处。
二人相互携手，对伊甸做了最后的告别，
然后慢慢移动流浪的步伐，
踏上了他们的寂寞之旅。